Zu diesem Buch

«‹Was am See geschah› spielt in dem kleinen amerikanischen Ferienort La Porte und ist mindestens so spannend wie jeder Jury-Fall, psychologisch sogar noch feinsinniger und komplexer ... Drei Frauen und ein junges Mädchen sind in den vergangenen vier Jahren bestialisch ermordet worden. Sheriff Sam glaubt nicht an die Schuld dessen, den man anhand von fadenscheinigen Indizien als Täter verurteilt hat.» («Berliner Morgenpost»)

Martha Grimes, geboren in Pittsburgh/USA, studierte Englisch an der University of Maryland sowie an der Johns Hopkins University und lebt in Washington, D.C. Ausgedehnte Aufenthalte in England haben ihr das sichere Gespür für jene Atmosphäre verliehen, in der ihre Romane spielen. Martha Grimes gilt als wahre Meisterin des klassischen Detektivromans und als ebenbürtige Nachfolgerin von Agatha Christie.

In der Reihe der rororo-Taschenbücher liegen vor: «Inspektor Jury sucht den Kennington-Smaragd» (Nr. 12161), «Inspektor Jury küßt die Muse» (Nr. 12176), «Inspektor Jury bricht das Eis» (Nr. 12257), «Inspektor Jury besucht alte Damen» (Nr. 12601), auch als Großdruck (Nr. 33125), «Mit Schirm und blinkender Pistole» (Nr. 13206), «Inspektor Jury geht übers Moor» (Nr. 13478), «Inspektor Jury lichtet den Nebel» (Nr. 13580), «Inspektor Jury spielt Katz und Maus» (Nr. 13650), «Was am See geschah» (Nr. 13735), «Inspektor Jury gerät unter Verdacht» (Nr. 13900), «Inspektor Jury schläft außer Haus» (Nr. 5947), «Inspektor Jury spielt Domino» (Nr. 5948).

Im Wunderlich Verlag liegen vor: «Inspektor Jury besucht alte Damen» (1990), «Inspektor Jury geht übers Moor» (1991), «Inspektor Jury lichtet den Nebel» (1992), «Inspektor Jury spielt Katz und Maus» (1993), «Was am See geschah» (1994), «Inspektor Jury gerät unter Verdacht» (1995) und «Inspektor Jury steht im Regen» (1996).

Martha Grimes

Was am See geschah

Roman

Deutsch von Maria Mill

Rowohlt

121.–132. Tausend Oktober 1996

Veröffentlicht im Rowohlt Taschenbuch Verlag GmbH,
Reinbek bei Hamburg, Februar 1996

Die Originalausgabe erschien 1992 unter dem Titel
«The End of the Pier» bei Alfred A. Knopf, New York

Umschlaggestaltung Susanne Heeder
(Foto: Mauritius / Zarember)

Gesamtherstellung Clausen & Bosse, Leck
Printed in Germany
1290-ISBN 3 499 13735 6

Für Kent, Bill und James W.

die es mir sagen würden, wenn sie es wüßten

Ramon Fernandez, sage mir, wenn du es weißt,
Warum, als der Gesang zu Ende war und wir uns wandten
Zurück zur Stadt, warum glashell die Lichter,
Die Lichter in den Fischerbooten, die dort ankerten,
Und die, als sich die Nacht jetzt senkte, schwankten,
Die Nacht beherrschten und die See in Teile schnitten,
In entflammte Flächen und funkelndes Gepfähl,
Und so die zauberische Nacht vertiefend ordneten.

Oh, schöne Sucht nach Ordnung, blasser Ramon,
Des Schöpfers Sucht, die Worte selbst der See
Zu ordnen, der duftenden Portale mild besternt
Und unsrer selbst und unsres Ursprungs
In geistigeren Grenzen, kühnren Lauten.

«Die Idee der Ordnung auf Key West»
Wallace Stevens

ERSTER TEIL

Maud

I

Am Abend vor einem Feiertag rechnete man im Rainbow Café immer mit dem Riesengeschäft. Maud stellte ein warmes Roastbeefsandwich und Kartoffelbrei auf die Theke und fragte sich, wie Shirl bloß darauf kam, daß ein plötzlicher Massenandrang bevorstand. Ubub und Ulub Wood hatten als einzige an der Theke gesessen und gegessen, was sie immer aßen: das Tagesgericht. Ubub und Ulub hießen eigentlich anders, doch das war längst in Vergessenheit geraten. Dodge Haines oder Sonny Stuck – einer von beiden hatte beschlossen, sie nach ihren Autokennzeichen zu benennen: UBB und ULB. Sie fuhren schwarze, zerbeulte Ford Pickups, die einander glichen wie ein Ei dem anderen. Keiner verstand, wie sie es geschafft hatten, ihre Autos auf die gleiche Weise zu zerbeulen, so daß sie sich einzig und allein durch das Kennzeichen unterschieden.

Maud hatte an diesem Tag nicht zur Arbeit gehen wollen, war dann aber doch gegangen. Sie hatte zu Hause bleiben wollen, aber es war das Wochenende vom Labor Day, und so hatte sie schließlich beschlossen, eine Stunde später als sonst hinzugehen. Shirl hatte es nicht einmal bemerkt, trotz ihrer Voraussage, daß es voll werden würde.

Sie ließ Kaffee in einen weißen Becher laufen und stellte ihn vor Ulub hin, der kein Wort von sich gab; er sagte nie etwas. Maud fragte sich, ob er überhaupt schon einmal etwas gesagt hatte. Da er immer das Tagesgericht wollte, wußten Shirl und Charlene auch so, was sie ihm zu bringen hatten. Wenn es überhaupt etwas zu sagen gab, so erledigte das Ubub für beide.

Shirl rief von einem hohen Hocker hinter der Registrierkasse eine Doughnut-Kaffee-Bestellung aus und schob das Zeug über die schwarze Theke dem Teenager entgegen. Sie gab ihm das Wechselgeld und bedachte ihn mit einem giftigen Blick, als habe er sie mit gezückter Pistole gezwungen, die Kasse zu öffnen. Er ging.

Als der Junge das Café verlassen hatte und am Fenster vorbeimarschierte, wandte Shirl sich an Maud und begann, sich über «dieses kleine Miststück» auszulassen. Nicht dasjenige, welches gerade gegangen war, sondern ihren Sohn. Wahrscheinlich erinnerte sie jeder junge Mann in diesem Alter an ihren Sohn. Er hieß Joseph, und sie sprach ihn nur dann mit seinem Namen an, wenn sie gerade mal *nicht* wütend auf ihn war, was selten vorkam. Alle anderen nannten ihn Joey. Er war «das kleine Miststück»; sein Vater, der sie direkt nach Joeys Geburt verlassen hatte, hieß immer noch «das große Miststück». Charlene sagte immer wieder zu Shirl, sie solle doch froh sein, daß er sich nicht bekiffe und von Dächern runterflöge.

«Das kleine Miststück ist zu faul zum Fliegen, und selbstverständlich nimmt er keine Drogen – dann hätte er ja weniger Zeit für seine Ladendiebstähle. Joey hatte am Tag zuvor im SuperSpar-Diskontladen eine Sonnenbrille mitgehen lassen. Shirl hatte es Charlene von einem Ende der Theke zum anderen zugerufen, während sie einem Kunden eine schmucklose weiße Tortenschachtel hinschob. Zitronenbaiserkuchen war immer die «Torte des Tages», außer an Thanksgiving und Weihnachten, wo Charlene dann die Tafel abwischte und «Kürbiskuchen» darauf schrieb.

Joey kam fast jeden Tag zum Mittagessen, und Maud brachte ihm dann sein Lieblingsgericht – Rindfleischeintopf – und schmierte ihm vier Butterbrote. Meistens war er nicht in der Schule – eine zeitweilige Beurlaubung, geflogen war er bisher noch nicht –, und Shirl führte sich auf wie ein Polizeiaufseher. Der Junge hatte ein blasses kleines Gesicht und ein

Lächeln wie ein Nebelstreif, kaum zu sehen und schon zerstoben, als habe es in der Vergangenheit einmal etwas gegeben, das ein Lächeln lohnte, eine Erinnerung, die sich verflüchtigt hatte.

Shirl schlurfte zu ihm hin und legte los, beschimpfte ihn als «Joseph dies» und «Joseph das», stellte ihm je nach Jahreszeit alle möglichen Fragen: ob er den Rasen gemäht, die Blätter gerecht, den Schnee geschaufelt habe? Sie hörte erst auf, wenn er die vierte Scheibe Brot gegessen hatte, steckte sich dann eine weitere Zigarette an und schlurfte wieder davon. Dann goß Maud ihm die zweite Tasse Kaffee ein. Er schenkte ihr sein flüchtiges Lächeln, bekundete ihr sein Beileid, weil sie hier arbeiten mußte, knüllte seine Serviette zusammen und verschwand. Das war das Ritual, wenn er mal wieder Schulverbot hatte, weil er Schließfächer aufgebrochen oder den Mathematiklehrer Perversling, Drecksack oder fiese Ratte genannt hatte. Fünf Tage in der Woche sah Maud ihn hereinkommen und hinausgehen und erinnerte sich dabei an so etwas wie: Tore aus Elfenbein, Tore aus Horn. Sie war drei Jahre aufs College gegangen, hauptsächlich in Literaturseminare, und las leidenschaftlich gern. Dennoch konnte sie sich nicht entsinnen, wo diese Tore standen, nicht einmal, was sie bedeuteten, nur daß sie einen wichtigen Durchgang zu einem irgendwie... endgültigen Ort darstellten.

Als sie an jenem Abend um sieben Uhr ihre Schürze an den Haken hängte und ihren Mantel herunternahm, dachte sie daran, daß Joey am Tag nach dem Labor Day wieder zur Schule gehen würde.

Und dann dachte sie nicht mehr an Joey und die Schule, denn das erinnerte sie nur an Chad, und der war fort.

Deswegen hatte sie nicht zur Arbeit gehen wollen. Eigentlich hatte sie nach hier unten kommen wollen, ans Ende des Piers, wo sie jetzt war.

Maud saß am Ende des Piers und beobachtete die Party auf der anderen Seeseite, die schon den ganzen Sommer anzudauern schien. Maud fragte sich angesichts des Trubels, was man sich auch angesichts eines Baumes im Wald fragen könnte: Wäre es damit vorbei, wenn sie nicht mehr da wäre, um ihn wahrzunehmen? Kurz vor dem Vierten Juli, dem Unabhängigkeitstag, war es gewesen, als sie die Lichter bemerkte, herunterkam und über den weiten See hinüberstarrte zu den Lampions, die wie eine Weihnachtsbeleuchtung aussahen. Das erstemal hatte sie bloß eine Weile dagestanden, mit zusammengekniffenen Augen übers Wasser geblinzelt und der leisen Musik gelauscht.

Am nächsten Abend kam sie mit ihrem Martiniglas herab, setzte sich an den Rand des Docks und ließ die nackten Beine baumeln.

Am Abend darauf war sie mit einem Holz-Aluminium-Stuhl und einer gekühlten Flasche Popov-Wodka gekommen, und in den folgenden Nächten und Wochen richtete sie sich auf dem Ende des Piers allmählich häuslich ein.

Nach dem Vierten hatte sie ein Tischchen und eine Plastikwanne mit Eiswürfeln heruntergebracht, in die sie ihre Popovflasche mit der fertigen Martinimischung steckte. Und dann, als Chad vom College nach Hause kam, ließ sie sich aus dem Schlafzimmer ihres Häuschens am Waldpfad einen alten Schaukelstuhl von ihm hinunterschleppen. Es sei kein Pier, sondern ein Dock, sagte er zu ihr, und er könne nicht begreifen, weshalb sie abends stundenlang da draußen hocke.

Chad hatte auf dem Aluminiumstuhl gesessen, Bier getrunken, sich am Seeufer umgeschaut, das Sumpfgras inspiziert – das Pier befand sich in einer kleinen Bucht – und auch den Baum mit der dicken, freiliegenden Wurzel, die aussah, wie ein gebeugtes Knie, ein Baum, der inmitten des verfilzten Gestrüpps aus Gras und Unkraut betete.

Er seufzte, schon mit zwanzig der Welt überdrüssig, und fragte sie: «Warum arbeitest du immer noch bei Shirl?»

«Wahrscheinlich, weil's dunkel und ruhig ist.»

Er zog ein neues Bier aus dem Karton; man hörte ein leises saugendes Zischen, als er es öffnete. «Ich hoffe doch, es gibt noch was andres im Leben – nicht nur Dunkelheit und Ruhe.»

«Wenn du Glück hast», hatte sie geantwortet.

In der Dunkelheit drehte er den Kopf. «Ach, komm schon, Mom.»

Das war sowieso nicht seine eigentliche Frage gewesen. Die lautete nicht, «warum arbeitest du bei Shirl?», sondern «warum wohnen wir an einem Ort, wo nichts los ist, warum hast du das Studium nicht beendet und einen Abschluß in Anglistik gemacht, warum hast du keinen tollen Job gekriegt, warum bist du nicht – zum Beispiel – Managerin geworden oder hast wenigstens einen geheiratet, jemand, mit dem wir statt mit *ihm* hätten leben können, warum hast du kein eigenes Restaurant, warum ist in deinem Glas ein Eiswürfel und nicht der Mond?» Maud sagte: «Shirl mag dich.»

Er zündete sich eine Zigarette an, die Flamme des Einwegfeuerzeugs leuchtete sein Profil an und erlosch. «Ist das so verwunderlich? Ich bin schließlich ein höflicher Mensch.»

«Darum geht's nicht. Sie mag *niemanden*. Aber du bist eine Ausnahme. Sie stellt dich Joey immer als gutes Vorbild hin, und sogar *er* mag dich.» Maud schüttelte die Eiskristalle von der Popov-Flasche. «Über was redest du eigentlich mit ihr? Sie würde es nie zulassen, daß Charlene oder ich dich bedienen.» Das freute Maud ungemein.

«Über ihre Füße.»

Maud drückte die Flasche wieder in die Plastikwanne und wandte sich ihm zu. «Über ihre *Füße*?»

«Sie hat Hühneraugen und entzündete Ballen. Deswegen hat sie immer Pantoffeln an.»

Die Melodie von «I Concentrate on You» kam über den See herübergedriftet – Cole Porter mochten die da drüben.

«Es war das erstemal, daß sie jemandem einen Job angeboten hat, seit ich hier arbeite, und das sind jetzt immerhin schon zehn Jahre. Damals hat's dir hier noch gefallen.»

«Mit zehn gefällt's einem überall, mal abgesehen vom Gefängnis. Aber egal, ich glaub nicht, daß ich bei Shirl dicke Trinkgelder verdient hätte. Spielen die da drüben eigentlich auch mal vernünftige Musik?»

«Auf die Grateful Dead kann man nicht tanzen. Die wollen tanzen. Ich sag ja nicht, daß du den Job hättest annehmen sollen – nur, daß sie ihn dir angeboten hat. Und Lorraine hat gesagt, Jewel Chapman hätte dich sehr gerne in seinem Futtermittelladen arbeiten lassen.»

«Da springt einfach nicht genug bei raus. Du willst doch, daß ich Geld für die Uni verdiene, und in Hebrides gibt's jede Menge Häuser zu streichen –»

«Ich sag ja nicht... Ach, vergiß es.» Hebrides war zwanzig Meilen entfernt; ohne Auto konnte er da eben nur an den Wochenenden hier sein und nicht den ganzen Sommer über.

Heute war er abgefahren, und deswegen hatte sie nicht zur Arbeit gehen wollen. Doch ein Teil von ihr wußte es besser, wußte, daß sie, wenn sie nicht hinginge, den ganzen Tag im Haus herumsitzen würde, wie eine Trauernde nach einer Beerdigung. Sie waren mit dem Taxi nach Bakersville gefahren, um die kleine Maschine in die Stadt zu erwischen, und dort die große Maschine und dann das Space-Shuttle...

Maud starrte in den Nachthimmel und suchte das winzige rote Licht eines Flugzeugs, das wie ein roter Stern über den Himmel zog, in der Hoffnung, seine Maschine sei vielleicht wieder umgekehrt. Dieses unermüdlich pulsierende rote Lichtpünktchen hatte heutzutage wohl die Melancholie, die im Pfeifen eines Zuges lag, ersetzt, sinnierte sie.

Er war früh abgereist, zwei Tage früher als nötig. «Mom, ich hab mir überlegt... Würd's dir was ausmachen...?»

Wenn Chad so anfing, wußte sie, daß das, was er zu sagen hatte, ihr etwas ausmachen würde. «Ich-hab-mir-überlegt-würd's-dir-was-ausmachen» war eine Wortgruppe, die mittlerweile ein Eigenleben entwickelt hatte. Ja, es würde ihr etwas ausmachen, wenn sie es auch fast immer verneinte, weil das, was darauf folgte, nie unvernünftig, sondern einfach nur schmerzhaft war. Es hatte immer etwas mit Fortgehen zu tun, damit, daß er abreiste, ehe er eigentlich wegmußte. Maud empfand es als «Sich-dünne-Machen»; Chad bezeichnete es als «Zur-Uni-Fahren».

Die letzte Errungenschaft für die Ausstattung des Piers war eine Lampe, die Maud in dem niedrigen Winkel unter der Dachschräge gefunden hatte. Sie war schwarz, hatte klauenähnliche Füße und einen fleckigen beigen Lampenschirm mit verblichenen Rosen. Sie brachte Chad dazu, mehrere Verlängerungskabel aneinanderzumontieren, so daß die Schnur schließlich lang genug war und sich in die Steckdose an der Rückwand des Häuschens einstöpseln ließ. Wenn es auf der Party auf der anderen Seeseite ruhiger wurde, wenn alle hineingegangen waren und sich den Bauch vollschlugen und sie die Musik nicht mehr hörte, knipste Maud die Lampe an und las, was immer sie sich zum Wodka mitgebracht hatte.

In letzter Zeit nahm sie ihre alte College-Anthologie amerikanischer Dichtung mit zum Pier. Sie war auf Wallace Stevens' Gedicht «Die Idee der Ordnung auf Key West» gestoßen, dessen Aussage sie zu verstehen versuchte. Es ging ihr weder um die geistige Übung noch darum, sich in der Welt der Dichtung weiterzubilden. Ihr lag überaus viel daran (wenn sie auch nicht hätte sagen können, warum), dieses Gedicht zu verstehen. Sehr viel würde sich ihr dann offenbaren, das spürte sie. Einige Passagen hatte sie Sam vorgelesen, der es auch nicht verstand und der anscheinend sowieso lieber über die Lampe schimpfen wollte.

Sam mäkelte ständig an der Lampe herum und wollte, daß sie verschwand. «Sie ist gefährlich», sagte er immer wieder, blieb aber sehr vage, wenn sie ihn fragte, worin denn die Gefahr genau bestand. Sie fragte, ob er fürchte, sie werde die Fische durch den Stromstoß töten, falls sie ins Wasser fiele, und er antwortete, daß wahrscheinlich überall in der Gegend die Sicherungen durchbrennen würden. Was denn daran gefährlich sei? fragte sie ihn. Wenn doch nur Sicherungen rausflögen?

«Na ja, aber findest du nicht, daß es irgendwie komisch aussieht, wenn die» – er nickte in Richtung der Party – «hier rübergucken? Und da jemanden unter einer Lampe sitzen sehen? Das sieht einfach merkwürdig aus, finde ich.»

Sie sagte ihm, sie brauche die Lampe zum Lesen.

Der einzige Mensch in ihrem Bekanntenkreis, der über Bücher Bescheid wußte und verstand, wie sie einen im Boden und in der Vergangenheit verwurzelten, so, wie es dem Fernsehen irgendwie nie gelang, war Miss Ruth Porte. Miss Ruth kam jeden Abend zu Shirl zum Essen, außer donnerstags und an den Wochenenden. Immer saß sie in der hintersten Nische, deren Trennwand ausgerechnet auf der Seite war, von der aus sie den großen, ununterbrochen ratternden und wimmernden Fernseher nicht sehen mußte. Er mache sie wahnsinnig, behauptete Miss Ruth Porte. Warum brachten die Leute sich denn kein Buch mit – Miss Ruth mochte Jane Austen –, wenn sie Unterhaltung brauchten?

Miss Ruth strich dann über ihre kalbsledergebundene, sorgfältig in Plastikfolie eingeschlagene Jane Austen und sagte: «Es ist, als wär's die eigene Familie, Menschen vom eigenen Fleisch und Blut. Diese modernen Schriftsteller verstehen einfach nicht, daß die Leser das Gefühl haben wollen, in einer Familie zu sein, die sie hautnah umgibt. Heutzutage schreiben die Schriftsteller» – und es wurde nie klar, wer die eigentlich waren – «nur noch über Nervenzusammenbrüche und Scheidungen, alles geht bei ihnen in die Brüche, und alle gehen zum Teufel.» Dann hielt sie inne, klappte ein paarmal die Speisekarte auf und zu, unzufrieden, weil sie ihren Gedankengang – wie der nun auch genau aussah – nicht richtig ausgedrückt hatte. «Es muß keine gute Familie sein – die meisten Familien sind keine guten, weiß Gott, und Miss Jane Austen weiß es offensichtlich auch. Schauen wir mal, was ist denn heute das Tagesgericht?»

Maud stand dann geduldig mit ihrem kleinen Block und gezücktem Bleistift bereit, um die Bestellung aufzunehmen. Häufig sprach sie über die Bücher, die sie gerade las, nicht, um Miss Ruth (die die letzte Porte und angeblich reich war) Honig um den Mund zu schmieren, sondern weil es sonst kaum jemanden gab, mit dem man sich über Bücher unterhalten konnte. Neben Wallace Stevens las Maud gerade F. Scott Fitzgerald, und Miss Ruth war ganz begeistert und sagte, er sei viel, viel besser als Ernest Hemingway, auch wenn die *Lesezeichen*-Leute das anders sahen. Das *Lesezeichen* war ein Lesezirkel, der jeden Donnerstag zusammentraf, weswegen sie an diesem Abend nicht ins Rainbow Café kam.

Miss Ruth erkundigte sich stets nach Mauds Sohn, Chad, den sie «großartig, einfach großartig» fand, und das war kein hohles Kompliment. Was sie sagte, entsprach der Meinung, die offenbar auch alle anderen von Chad hatten, und Maud wünschte sich, sie würden aufhören, von ihm zu reden wie von einer Gottheit auf Besuch. Alle schienen herumzulungern und darauf zu warten, daß er sie salbte oder so was. Er konnte einfach mit den Leuten reden, so einfach war das. Gott allein wußte, woher er diese Gabe hatte, von ihr bestimmt nicht. Sie betrachtete sich als das, was man gemeinhin als «krankhaft schüchtern» bezeichnet, und das war einer der Gründe, warum sie gerne bei Shirl arbeitete. Die Kunden waren an Shirls bärbeißige Art gewöhnt, die auch auf Charlene und Wash, den Koch, abgefärbt hatte und sogar auf die beiden Aushilfskellnerinnen, die bei großem Andrang oder dem, was Shirl darunter verstand, einsprangen.

Maud wurde im Gegensatz zu allen anderen als wahres Goldstück betrachtet. Shirls Kunden fragten sie dauernd, warum sie denn bloß hier arbeite, und sie pflegte mit einem kleinen Zwinkern zu antworten: «Hab wohl einfach Glück gehabt.» Dann lachten sie. Wenn sie an der Theke in Reih und Glied dasaßen – Dodge und Sonny und Bürgermeister Sims und manchmal sogar Wade Hyden vom Postamt und Ubub und Ulub – und unisono auf etwas reagierten, die Köpfe nach rechts oder links drehten, erinnerten sie Maud an eine klapprige Chorus Line, und dann mußte auch sie lachen.

Sie wußte, es verwirrte die Kunden, daß sie so gebildet war und trotzdem als Kellnerin arbeitete. Es war schwer, ihnen verständlich zu machen, daß manche Leute – ob mit oder ohne Bildung – einfach keine derartigen Ambitionen hatten, keine Karriere wollten und auch nicht das große Geld und daß sie eben eine von denen war. Mit ihren drei Jahren College und ihrem schüchternen Lächeln nahm sie daher an, daß sie sie für eine Frau mit einer traurigen Vergangenheit hielten, vergleichbar etwa einer Herzogin im Exil.

Zwei Rennboote zischten vorbei, und ihre Kielwasser kreuzten sich. Am Pier spürte man den Nachhall, das Schwappen des aufgewühlten Wassers, ehe es wieder glatt und nahtlos hinter den Booten zusammenströmte.

Maud steckte eine Olive auf einen Cocktailspieß. Die Schüssel mit den Oliven stand auf dem Holzfaß, das sie hinter dem Haus gefunden hatte. Der Spieß stammte aus einer kleinen, flachen Sechserpackung, die sie unter der Dachschräge entdeckt hatte. Jeder einzelne war noch einmal sorgfältig in eine kleine weiße Halterung aus Pappe gedrückt gewesen. Sie waren aus durchsichtigem Glas mit rosa Glasflamingos am oberen Ende, gehörten eben zu jenen Dingen, die man sich nie selber kaufen, sondern höchstens verschenken würde. Dieser Spieß hier war allerdings weder benutzt noch verschenkt worden.

Ein weiteres kleines Boot trudelte drüben am Dock ein. Inzwischen waren es mindestens ein Dutzend, mehr als sonst, da heute Labor Day gefeiert wurde. Die Gäste kamen natürlich nicht alle mit dem Schiff; die meisten reisten wohl über irgendeine Landstraße auf der anderen Seite des Hauses an.

Jetzt stiegen die Partygäste aus dem silbrig-weißen Boot. Maud war zu weit von ihnen entfernt, um erkennen zu können, was sie tatsächlich anhatten – sie sah nur ein paar goldene und blaue Kleckse aufscheinen –, aber sie wußte, daß einige von ihnen lange Abendkleider trugen, was sicherlich das Aussteigen erschwerte. Die hohen, trillernden Stimmen der Frauen, die kurzen Lacher der Männer, die ihr Auftauchen aus dem silbernen Kokon begleiteten, suggerierten ihr, daß sie ihre Kleider schürzten, damit die Säume nicht durchs Wasser schleiften. Andere kamen mit ihren Gläsern und Zigaretten zum Dock herunter – sie sah, wie die Enden immer wieder aufglühten. Sie halfen den Neuankömmlingen an Land, und dann zogen alle gemeinsam wieder in Richtung Terrasse zum Fest. Sie fragte sich, wo die späten Gäste hergekommen waren. Ob weiter unten noch eine Party stattfand, die wichtiger war? Das war kaum anzunehmen. Wahrscheinlich kamen sie von ihren kleinen Cocktailpartys in ihren kleineren Ferienhäusern, wo sie sich kurz getroffen hatten, um schließlich hierherzukommen.

Diese Szene wiederholte sich endlos, bis der dunkle See drüben gleichsam von den Lichtstreifen der Boote zerschnitten war, so vielen, daß man manchmal meinte, dort sei ein kleiner Hafen.

Maud war immer überzeugt gewesen, daß das keine gewöhnlichen Menschen waren, daß sie auf irgendeine Weise im höchsten Maße vom Glück begünstigt waren, als befänden sie sich für wenigstens eine Saison in einem Zustand der Gnade. Sie kam nie tagsüber ans Pier, um zu schauen, wie das Haus da drüben dann aussah. Und sie wußte, dies war die letzte Party, die Labor-Day-Party, denn La Porte war in erster Linie ein Ferienort, wo die Sommergäste die Läden der großen viktorianischen Häuser gleich Ende Mai, nach dem Memorial Day, aufstießen und sie Anfang September nach dem Labor Day wieder zuzogen. Dann wurde La Porte zu einer Geisterstadt. Wenn man Shirl so reden hörte, war es das ganze Jahr über eine Geisterstadt; die Sommerfrischler kamen in ihren Shorts und Docksiders, verkatert und braun, wie es nur die Reichen zu werden scheinen, und taten kaum mehr als die Sonntagszeitung und Milch einzukaufen.

«Wo ist das Lagerhaus, das möcht ich mal wissen», grummelte Shirl in ihrer Rauchwolke. «Die haben alle zu essen in diesen Seehäusern – wo kriegen die das her? Hat einer von denen 'nen Hubschrauberlandeplatz, oder was? Kaviar, Champagner, gebratener Fasan – fliegen die das alles ein?»

Maud hielt ihr Glas am Stiel. Sie haßte es, Martini aus einem warmen Glas zu trinken, und ehe sie sich einen neuen mixte, schob sie das Glas ins Eis, um es wieder zu kühlen. Die Verandatüren drüben waren jetzt alle geöffnet, und sie konnte die Leute tanzen sehen. Manchmal spielte eine Live-Band draußen auf der Terrasse; an den anderen Tagen mußte es wohl eine Stereoanlage sein. Es tröstete sie, daß sie Cole Porter mochten, so wie das Buch in ihrem Schoß sie tröstete. Es war wie eine Party in der Vergangenheit, ein Fest wie in den zwanziger oder dreißiger Jahren, zu dem vielleicht ihre verstorbenen Eltern gegangen wären und dann auf «Begin the Beguine» getanzt hätten.

Ein paar Partygäste – sie mußte die Augen zusammenkneifen, um sie zu erkennen – waren zum Tanzen auf die riesige Terrasse herausgetreten. Gelächter und zersplitterndes Glas.

Sie nahm ihr Glas aus dem Eimer, schenkte sich einen Drink nach und ließ eine Olive hineinfallen. Wenn der Geist von F. Scott Fitzgerald noch irgendwo umging, dann da drüben auf der Terrasse, wo er lachte und Gläser zerbrach.

Aber der Geist von Wallace Stevens hatte es nicht nötig, sich zu betrinken und Gläser zu zerscheppern. (Der Dichter hatte für eine Versicherung gearbeitet, was sie sehr wunderte.) Maud ging sogar so weit, zu glauben, daß der Geist von Wallace Stevens durchaus gemütlich in jenem für Sam (und Chad, wenn er hier war) reservierten Klappstuhl am Ende des Piers sitzen und nachdenklich die Party über dem Wasser betrachten konnte.

Sie sang, der Genius der See verstand sie nicht.

(Maud las)

Das Wasser wurde weder Geist noch Stimme,
War wie ein Körper, völlig Körper, der flattern läßt
die leeren Ärmel –

Sie legte den Flamingo-Cocktailspieß, den sie als Lesezeichen benutzte, wieder ins Buch und schlug es zu. Sie schlürfte an ihrem Martini und grübelte, wobei sie ein wenig die Stirn runzelte. Das Meer war – ganz offensichtlich – etwas Formloses. Daher mußte die Frau, die in diesem Gedicht sang... mußte sie ... sie kniff die Augen zusammen, blickte hoch und über den See... Was? Sie schüttelte den Kopf. Es würde ihr schon einfallen, irgendwann, was Wallace Stevens damit meinte.

Und dann kam ihre Lieblingszeile – ach, was für eine Zeile!

Ramon Fernandez, sage mir, wenn du es weißt...

«Ich frage mich, wer Ramon Fernandez war», hatte sie im Juli zu Sam gesagt.

Sam hatte eine Weile geschwiegen, da er nie sofort antwortete, und dann die Vermutung geäußert, daß er wahrscheinlich ein Freund des Dichters sei. «Wenn ich nächste Woche nach Hebrides komme, kann ich in die Bibliothek gehen und nachschauen, ob's über dieses Gedicht irgendwas gibt.»

Maud schlug das Buch zu und stierte ihn an. «*Nein!* Ich hab doch nur gesagt, daß ich mir Gedanken drüber mache. Gedanken – Gedanken! Was dann dabei herauskommt, das muß ich schon selber entscheiden.» Sie hatte geradezu ein bißchen Angst, daß Sam das Gedicht tatsächlich nachschlagen würde.

Er seufzte. «Maud. Wenn Ramon ein persönlicher Freund von –»

«Ramon *Fernandez*. Wir sind nicht per du mit ihm», fuhr sie ihn an.

Sam schüttelte den Kopf. «Also, wenn Señor Fernandez ein Freund von Mr. Stevens war, dann gibt's da für dich nichts zu entscheiden.»

«Du nimmst alles so wörtlich. Und was heißt hier ‹Señor›? Woher willst du wissen, daß er Spanier oder Mexikaner ist?» Maud sah stirnrunzelnd auf die Popov-Flasche und versicherte sich, daß noch genug Martini da war, um dieses Gespräch durchzustehen. «Es wundert mich nicht, daß du dieses Gedicht nicht verstehst.»

«Kubaner», sagte Sam gleichmütig, wobei er sich noch eine Dose Coors aufriß.

«Was?» Maud schoß kerzengerade in ihrem Stuhl hoch. «Er ist kein Kubaner.»

Sam zuckte die Achseln. «Ist doch nur zu wahrscheinlich. Immerhin ist der Dichter auf Key West, oder? Florida. Der nächste Ort, wo jemand namens Ramon Fernandez her sein könnte» – er hob sein Bier und trank –, «ist Kuba.»

Maud schlug sich mit der Hand an die Stirn. «Du hast doch einen holländischen Namen, oder? *Holländisch*. Heißt das, daß du jeden Tag zwischen Lancaster, Pennsylvania und La

Porte hin und her pendelst?» Sie wandte ihm ihr zorniges Gesicht zu. «Du willst mir dieses Gedicht kaputtmachen.» Sie wandte sich ab und starrte auf das Wasser hinaus. «Dabei bedeutet es mir soviel.» Ihr war zum Heulen zumute.

«Tut mir leid.»

Nach einem quälenden Schweigen, während dessen Maud hin und her schaukelte und dabei über den See starrte, meinte Sam, wenn sie so neugierig auf das Paar am anderen Seeufer sei, könne er ja mal mit einer Anzeige wegen Ruhestörung dort rüberfahren. Außer sich vor Wut, brüllte Maud ihn an, was sie sonst nur bei Chad machte. Er solle sich unterstehen, sie sei nicht «neugierig», und wessen Ruhe sollten die schon stören, wo ihnen doch wahrscheinlich eine halbe Meile vom Seeufer gehörte?

Sie glaubte, ein Knirschen auf dem Pfad gehört zu haben, Sam, der sich mit seinem Sechserpack näherte. Doch als sie sich umdrehte, sah sie, daß es die schwarze Katze war, die vor etwa einem Monat zum erstenmal aufgetaucht war und seitdem immer wieder. Die Katze schlich langsam auf das Pier und saß dann einfach da und blinzelte.

Maud versuchte, sie nicht anzuschauen, denn beim Anblick der kranken und wahrscheinlich herrenlosen Katze zog sich ihr immer der Magen zusammen. Das Tier hatte ein krankes rechtes Auge, wohl ein Tumor, denn es war völlig trüb und viel größer als das andere. Die Iris war nicht zu sehen, nur eine Fläche, die aussah wie ein harter blauer Schild, der erst ganz klein gewesen, aber immer größer geworden war.

Dies war der vierte Abend, an dem die Katze kam, und Maud hatte nicht vergessen, eine Plastikschüssel mitzubringen. Sie nahm die Milchtüte aus dem Eis, goß den Inhalt in die Schüssel und stellte sie in einiger Entfernung hin, denn sie vermutete, daß die Katze kein allzu großes Vertrauen zu Menschen hatte. Maud fragte sich, was sie tagsüber tat, ob sie wohl am Pier herumstreunte und im Binsengras Feldmäuse fing. Konnte sie die Schüssel überhaupt sehen?

Für Maud ging vom Geschwür im Auge der Katze eine unerklärliche Bedrohung aus, und bei der Katze war es schlimmer, als es bei einem alten, kranken Menschen gewesen wäre, weil die Katze sich ihres Gebrechens nicht bewußt war.

«Warum zum Teufel soll die arme Katze es denn wissen?» hatte Sam gefragt. «Wäre es dann nicht noch schlimmer für sie?»

«Das hab ich doch nicht gemeint; du verstehst mich nicht.»

«Würdest *du* es gern wissen?»

Maud verstand selbst nicht so recht, warum es schlimm war, daß die Katze nicht wußte, daß ihr Zustand nicht normal war. «Ja. Aber das ist sowieso eine blöde Frage, weil ich's auf jeden Fall wüßte, ob ich will oder nicht.»

«Also, okay. Die Katze weiß es *nicht*, ob sie nun will oder nicht.»

«Du verdrehst wieder alles.» Sie hatte die Katze an jenem Abend beobachtet, als sie dasaß wie jetzt, gähnte, ahnungslos, ohne Bewußtsein davon, daß etwas Gräßliches ihr linkes Auge verzehrte. Nicht, daß Maud die Mißbildung abstoßend gefunden hätte; daß die Katze keine Alternative kannte, nicht wußte, daß ihr Auge auch vollkommen gesund sein könnte – das war es.

«Nehmen wir mal an», hatte Sam gesagt, als die Katze zum erstenmal aufgetaucht war, «daß das Auge nicht weh tut, was der Fall zu sein scheint, wenn man die Katze so ruhig dasitzen sieht.»

«Woher willst du das wissen?»

Sam brachte sie mit einer Handbewegung zum Schweigen. «Nehmen wir's einfach mal an. Also, was die Katze angeht, ist alles genau, wie es sein soll. Eines Tages beginnt sich ihr Auge zu trüben. Denkt sie sich da: ‹Mein Gott, ich sollte wohl besser mal zum Arzt gehen›, oder ‹Ich sterbe›, oder ‹Ich werde blind›? Nein. Sie nimmt es einfach hin und macht sich keine weiteren Gedanken.»

Die Katze war inzwischen zum Rand des Piers stolziert und hatte sich hingelegt, so, als langweile sie das ganze Gerede über ihr Schicksal. Dann drehte sie sich auf die andere Seite.

«Du interpretierst Dinge in diese Katze hinein, von denen sie keinen Schimmer hat und die ihr völlig egal sind.» Sam hatte mit einem Knall eine weitere Bierdose aufgerissen, um seiner Meinung Nachdruck zu verleihen.

Maud antwortete ihm nicht. Das Gespräch drehte sich im Kreis, sie konnte ihm einfach nicht erklären, was sie meinte. Es war ihr, als befände sie sich in einem Zimmer, in dem man jäh die Fensterläden schloß, stellte sich vor, wie sie zusammenzuckte, sich aufsetzte und sich fragte, was geschehen war. Nein, dachte sie ungeduldig, das war es nicht.

Die Katze hatte an der Milchschüssel geschnuppert, trank aber nicht. Konnte sie die Milch sehen? Blöde Frage; ein gesundes Auge hatte sie immerhin. Auf jeden Fall konnte sie sie riechen. Vielleicht war sie zu kalt. Vielleicht hätte sie den Karton nicht auf das Eis stellen sollen. Daß sie und Sam ihre Getränke eiskalt mochten, hieß noch lange nicht, daß das auch für die Katze galt.

Warum soll die Katze es denn wissen?

Maud betastete das Buch in ihrem Schoß – eine Anthologie amerikanischer Lyrik –, als handele es sich um eine dieser kleinen zugestöpselten Flaschen, die die Indianer, soweit sie wußte, für magische Zwecke benutzten, und als könne aus ihm die Antwort hervorgehen. Die Katze saß jetzt näher beim Stuhl und sah mit ihrem getrübten Auge zu ihr hoch. Sie empfand etwas Stärkeres als Mitleid. Es war eher etwas wie Reue oder Scham. Das Blut stieg ihr in den Nacken, erhitzte ihr Gesicht, als habe man es mit einer Fackel in Brand gesetzt, und sie hätte sich noch einen Drink eingeschenkt, wenn nicht ihre Hand plötzlich so stark gezittert hätte, daß sie das Glas hinstellen mußte. Es war, als habe man ihr eine Aufgabe gestellt: Sie mußte die Antwort finden auf die schwierige Frage, warum es für die Katze so schlimm war.

Ihr fiel einfach keine einzige Situation ein, in die ein Mensch geraten könnte und die mit der der Katze vergleichbar war. Wieder dachte sie an ein Zimmer, stellte sich vor, schlafend im Dunkeln zu liegen. Sie blinzelte über das Wasser, wo die Lampions auf und ab schaukelten. Dort mußte es windiger sein.

Das Zimmer durfte nicht einer Gefängniszelle ähneln. Es war wichtig, daß es ein schönes Zimmer war, eines mit sehr hoher Decke und Wänden in einer hellen, hübschen Farbe. Und an der Stirnseite befanden sich zwei sehr hohe Fenster, lang und schmal, fast so groß wie Glastüren. Vorhänge aus einem leichten, chiffonähnlichen Stoff bewegten sich in der Brise hin und her. Sie waren blaßgelb. Jeden Morgen (außer am letzten, an dem sie, so beschloß sie, entsetzt aus dem Zimmer stürzen würde) – jeden Morgen würde sie langsam erwachen und sehen, wie diese weichen, zitronenfarbenen Vorhänge sich blähten im Wind. Woher kam dieser Wind? Vom Wasser her. Vom Meer.

Denn dieses Zimmer mußte irgendwo in einem warmen Land sein – Griechenland vielleicht –, wo die nach Osten gehenden Fenster mit ihren zarten, wehenden Vorhängen zwei Rechtecke blauen Himmels umrahmen würden. Maud rieb sich die Ellbogen und suchte nach dem richtigen Blauton. Sie dachte an ihr einziges wertvolles Schmuckstück, einen Ring, der ihrer Großmutter gehört hatte, einen Opal. Die zitronengelben Vorhänge (es könnte Zypern sein, wo Zitronenbäume wuchsen) würden im Wind wehen, der vom grünen Meer her blies. Die Wände wären rosa, und an der Decke befänden sich vielleicht Stuckgirlanden; das Bett hätte ein filigranes Eisengestell, und es gäbe keine Möbel außer einem Schrank, in dem ihre wenigen Kleider hängen würden, ausschließlich lange

Baumwollkleider mit Trägern, ärmellos. Sie würde schulterfrei und barfuß gehen.

Maud schreckte zusammen, als die Musik über dem Wasser sich veränderte, und merkte, daß ihr das Problem der Katze nun sehr fern war. Sie träumte nur von sich, wie sie in hellen, langen Baumwollkleidern über den kalten Steinfußboden schritt.

Dies war der Schauplatz, der sich jeden Morgen ihrem Auge darbieten würde. Sie würde die blaßrosa Stuckwände sehen (es könnte ein italienisches Landhaus sein) und die freskenverzierte Decke, die pastellfarbenen Vorhänge und den opalenen Himmel.

Und dann eines Morgens würde sie langsam im Dämmerlicht erwachen. Zuerst käme es ihr vor wie einer jener traumähnlichen Zustände, eine innere Dunkelheit, die der Verstand als etwas Vorübergehendes erkennt, das bald wieder von hellem Licht abgelöst wird.

Nur geschähe es in diesem Fall nicht. Denn eines der Fenster würde fehlen. Dies war der entscheidende Punkt, dachte sich Maud stirnrunzelnd. Es war nicht, als erwache man allmählich zu dem schrecklichen Bewußtsein, auf einem Auge blind zu sein, woraufhin man aufspringen und den Arzt anrufen würde, sondern das Fenster fehlte. An seiner Stelle war jetzt nur die Wand. Die Wand hatte das Fenster überwachsen. Auf der einen Seite des Raumes war alles dunkel, die Vorhänge waren fort, die rosa Farbe verblichen, die girlandentragenden Figuren von der Decke verschwunden.

Es war alles fort; das Bett stand im Dunkeln; den Schrank konnte sie nicht erkennen.

Und sie konnte nicht sagen: «Ich bin auf einem Auge blind.» Sie konnte nicht in ihrem tödlichen Entsetzen auf die Straße laufen und brüllen, daß ihr Zimmer verschwand und daß die Wand das Fenster überwachsen hatte. Niemand würde ihr glauben. Alle würden annehmen, sie sei bloß wieder so eine griechische Verrückte, wahnsinnig geworden wie die, die ihre Kinder ermordet hatte. Sie wäre völlig isoliert. Sie wäre allein und ohne eine Erklärung. Und das war das Gemeinsame an ihrem Problem und dem der Katze.

Jetzt fühlte sie sich besser, ein bißchen zumindest. Sie empfand es als kleinen Triumph, denn nun konnte sie Sam erklären, wieviel schlimmer es für die Katze war, nicht Bescheid zu wissen.

Wieder stellte sie sich diesen Raum vor, der über der Ägäis schwebte. Meer aus Jade, Himmel aus Opal, die durchsichtigen Vorhänge in milchigem Gelb wie zerlaufendes Perlmutt, ein Raum aus reinem Licht, ohne die Bürde der Möbel, der Vergangenheit, der Zukunft...

Als das fehlende Fenster vor ihrem geistigen Auge verschwand, spürte Maud, wie sich ihr die Kehle zusammenzog.

Sie war erleichtert, als sie kurz darauf Sams Wagen hörte. Maud blinzelte in die Scheinwerfer, die erloschen, und hörte die Tür zuschlagen.

«'n Abend», sagte er und entleerte den Sechserpack in die Eiswanne: fünf Bierdosen steckte er um die Popov-Flasche herum, eine stellte er auf das umgedrehte Faß. Sam seufzte und ließ sich auf einen Stuhl sinken. Ehe er etwas sagte, mußte er sich immer erst seine Zigaretten und Streichhölzer bereitlegen und eine Coors-Dose aufreißen.

Sobald das erledigt war, machte er es sich auf dem Aluminium-Holzlattenstuhl bequem, legte den Fuß aufs Knie und rieb sich den Knöchel. «Heut steigt da drüben eine Riesenfete», kommentierte er, hob die Bierdose und leerte sie halb. Dann bot er Maud aus seiner Winstonschachtel eine Zigarette an. Sie lehnten sich zurück und rauchten. «Hab heut schon drüben im Red Barn dazwischengehen müssen», sagte er. «Paar Kids führten was im Schilde. Dann mußt ich nach Spirit Lake und im Hotel einen Streit schlichten.»

Sam war seit Jahren Sheriff in La Porte. Er hatte als Hilfssheriff angefangen und war jetzt Leiter des vierköpfigen Polizeireviers. Er war ein gelassener Mensch und sehr beliebt.

«Ist schon ein verrücktes Kaff.» Maud schüttelte den Kopf. Spirit Lake war ebenfalls ein Ferienort, zwei Meilen entfernt, noch kleiner als La Porte und im Winter sogar noch ausgestorbener. Wenn die Leute schon La Porte für eine Geisterstadt hielten, nun ja, im Vergleich zur gespenstischen Stimmung von Spirit Lake im tiefen Winter war das noch gar nichts.

«Immerhin, es ist Labor Day. Man kann's den Leuten nicht verübeln, daß sie feiern wollen», sagte Sam verständnisvoll. Das war einer der Gründe für seine Beliebtheit; er war sehr tolerant. «Ist Chad gefahren?»

Maud nickte und sah geradeaus. «Ich wollte ihm schon einen Brief schreiben. Und ich hatte mir schon alles überlegt, aber –»

«Warum wolltest du ihm schreiben? Er ist doch grade erst gefahren. Um seinen Freund zu besuchen. Hast du doch gesagt, oder? Daß er seinen Freund in Belle Harbor besuchen wollte?»

Maud kniff die Augen zusammen. Manchmal machte er sie wahnsinnig. «Ich weiß, wo er ist. Mußt du's mir denn immer wieder sagen?» Gereizt schüttete sie ihren verwässerten Drink in den See und steckte ihr Glas ins Eis. «Ich wollte den Brief nicht abschicken, nur schreiben, das ist alles. Aber darum geht's gar nicht.»

«Oh», sagte Sam.

Er wartete geduldig darauf, daß sie ihm erzählte, um was es denn ginge, doch sie konnte sich nicht mehr daran erinnern, was genau sie empfunden hatte, als sie den Brief zu schreiben versuchte. Ihr frischer Drink schmeckte schal. «Ist ja auch egal», sagte sie.

Diese Reaktion irritierte ihn, und er drängte sie weiterzusprechen.

«Unterbrich mich halt nicht ständig!» Es entstand eine

Pause, während deren sie sich jene Gefühle in Erinnerung zu rufen versuchte, die sie beim Schreiben empfunden hatte. Vielmehr beim Versuch zu schreiben. Im Rainbow Café hatte sie sich den ganzen Tag über ihren Streit mit Chad geärgert – es war darum gegangen, wo Chads Geld blieb –, und auf dem Weg zum Flughafen war keiner von beiden besonders liebenswürdiger Stimmung gewesen. «Und das versteh ich einfach nicht», sagte sie nun in bezug auf den Brief. «Die Wörter waren alle da, in ordentlichen Reihen, wie Pralinen in der Schachtel. In meinem Kopf waren sie auf jeden Fall. Wie kommt es nur, daß sie einfach nicht den Arm herunter in die Finger und direkt auf die Seite fließen wollten? Ich hab angefangen zu schreiben, und da ist alles verschwunden. Es war gerade so, als wär die Tinte in meinem Hirn eingetrocknet.»

Sam sagte nichts, doch sie wußte, daß er über das Problem nachdachte. Sam war kein großer Briefeschreiber.

«Die Wörter sind einfach – geschrumpelt.»

«Geschrumpelt?»

«Du weißt schon – kraus geworden an den Rändern. Geschrumpelt. Verbrannt. Versengt.»

«Hmm.»

Sie wußte, Sam mußte immer länger über solche Dinge nachdenken. Manchmal sagte er nichts außer einem «Na ja» oder einem «Oh», aber das war einer der Gründe, warum sie sich gern mit ihm unterhielt. Wenn Sam keine vernünftige Antwort einfiel, gab er keine, und nur selten gab er sich (mit Absicht, wie sie vermutete) begriffsstutzig. Wenn sie aber einmal ihren ganzen Gedanken geäußert hatte und er nichts dazu beitragen konnte, versuchte er normalerweise nicht, ihn herabzuwürdigen, indem er etwas sagte, was andere vielleicht von sich gegeben hätten: «Hab selber ziemliche Schwierigkeiten beim Schreiben» oder «Versuch's noch mal» oder etwas Ähnliches, das ihrem Problem seine eigentliche Dimension nahm. Und er versuchte nie, sie aufzumuntern, obwohl er sie häufig in – gelinde gesagt – schlechter Stimmung antraf. Die meisten Leute hätten sich über sein Schweigen vermutlich gewundert. Waren Freunde nicht genau dazu da? Um einen aufzuheitern?

Nein, Freunde kannten den Unterschied zwischen jenem trostlosen, jämmerlichen, lähmenden Gefühl, das man «Blues» nannte (eine Musik, die die Gesellschaft jenseits des Wassers aus irgendeinem Grunde nie spielte), und dem, was Maud hatte. Und was Maud empfand, war nicht genau zu benennen und wahrscheinlich nicht normal, sofern man es nicht als «Depression» bezeichnen wollte. Das war vermutlich der einzige Begriff, der einem dazu einfallen konnte, aber das half ihr auch nicht viel.

Nach der Tanzpause begann die Combo mit dem Stück «Brazil». Sie war froh, daß sie nie jemanden in Brasilien zurückgelassen hatte, sonst hätte es sie wohl zum Heulen gebracht.

Ein weiteres Boot – oder war es dasselbe schwarze Chris-Craft? – flitzte am gegenüberliegenden Ufer entlang. «Ist das nicht wieder dasselbe Boot? Wo fahren die überhaupt hin? Da ist doch nichts, am anderen Ende des Sees.» Soweit sie sehen konnte, war da weder etwas am einen noch am anderen Ende, abgesehen vom Red Barn, der «roten Scheune», die nicht viel mehr war, als ihr Name schon verriet. Im Red Barn wurden Bier und Räucherwürstchen verkauft, außerdem hatten sie eine Musikbox und einen von diesen überdimensionalen Fernsehschirmen, die einem fast angst machen.

Ihre Depression zeigte sich etwa in der Tatsache, daß sie beinahe wegen des Katzenauges und des verlorenen Zimmers mit der hohen Decke geheult hätte. Es war weiß Gott nicht normal, so viel zu flennen, wie sie es tat – vor allem über die Sachen zu heulen, über die sie heulte. Oh, sie nahm an, daß viele Leute bei Musik weinten, bei Liedern, die sie an ihre toten Liebsten in Brasilien und so weiter erinnerten. Aber *sie* wurde ja gleich stocksteif, erstarrte vor der Milchshake-Maschine im Rainbow, wenn jemand «Blue Bayou» spielte oder wenn Elvis «I'm so lonesome I could cry» sang. Es war ihr dann, als stünde ihre Hand, die den Milchshake-Behälter aus Aluminium hielt, unter Strom und als könne sie ihn nicht mehr loslassen.

Man heult doch nicht einfach, wenn man auf eine Katze hinunterschaut, weil sie gerade mit dem Kopf auf den Pfoten schläft; oder wegen eines schwarzen Autos, weil seine Hinterräder aufgebockt sind; oder wegen eines Felsens am Straßenrand; oder einer Schar Zaunkönige, die auf hohen Halmen schaukeln und dann plötzlich davonfliegen. Zumindest nahm sie das an. Und es war fast selbstverständlich, daß sie all die Bilder von Chad, als er vier und sieben und sogar sechzehn war, weggeräumt hatte. Manchmal steckte sie die Bilder, die sie vor Chads Abreise geknipst hatten, direkt nach dem Entwickeln und ohne sie vorher anzuschauen ins Album, so als könnten sie ihr die Augen versengen.

Ihrer Ansicht nach hatte sie die Wahl zwischen zwei Möglichkeiten: verrückt oder depressiv.

Die Frage schien sich einige Tage zuvor geklärt zu haben, als ihr eine Ausgabe der *Time* (oder war es *Newsweek*?) mit einer Titelgeschichte über Depressionen in die Finger gekommen war.

Depression war offenbar geradezu eine Epidemie, die sich zunehmend auch unter jungen Leuten ausbreitete (was ihr persönlich natürlich nicht weiterhalf). Es gab verschiedene Arten der Depression. Sie las interessiert über die vielen Symptome und war nicht überrascht, daß häufiges Weinen eines davon war. Ausgebrannt sein. Auch das traf auf sie zu. Obwohl man offenbar nicht eine Art Punkteliste aufstellen konnte, mußte man sich doch beim Vorhandensein von vielleicht drei oder vier Symptomen als depressiv bezeichnen; bei fünf oder sechs als schwer depressiv; bei über sechs war man fast ein klinischer Fall. Und außerdem war wichtig, welche Symptome man hatte. Selbstmordgedanken waren natürlich schwerwiegend. Und wenn man häufig an Selbstmord dachte, war es geradezu heikel; kam es zum Selbstmordversuch – und das schien die Reporter zu überraschen –, war die Lage wirklich ernst. Es gab zwölf Symptome. Maud ging sie durch und sah, daß sie alle bis auf eines hatte.

Das war nicht gerade etwas, worüber man seiner Mutter schreiben mochte. Aber ihre Mutter war tot. Es war auch nichts, worüber man seinem Sohn schreiben mochte.

«Ich weiß nicht», sagte Sam.

«Was? Was weißt du nicht?» Seine Stimme hatte sie aus ihren Gedanken gerissen.

«Ob es dasselbe ist?»

«Wie – dasselbe?»

Sam drehte den Kopf und warf ihr einen seiner langen Blicke zu. «Dasselbe Boot, mein Gott! Du hast gefragt, ob es dasselbe...»

Maud hatte vergessen, was sie gefragt hatte. «Du nimmst alles so wörtlich.»

«Du hast's vergessen, nicht wahr?» Er nahm einen Schluck Bier und lächelte auf jene entnervende Art, wie er es immer tat, wenn er sie bei irgendeiner Kleinigkeit erwischte. «Du hast dagesessen und geträumt und vergessen, was du gesagt hast.»

Ihr leises Lachen klang sogar in ihren eigenen Ohren künstlich. «Nur, weil du alles so wörtlich nimmst...»

«Das hat nichts mit Wörtlich-Nehmen zu tun. Willst du noch einen?»

Sam zerrte die Popov-Flasche aus dem Eis, obwohl er das, wie er wußte, nicht sollte; sie legte ihre Hand auf die seine und stieß die Flasche wieder hinein. Maud schenkte sich ihre Drinks gern selber ein, auf eine ganz bestimmte Weise und zu ganz bestimmten Zeiten.

Sie hielt ihr Glas ins Licht der Lampe und sagte: «Nun ja, du bist ja heute auch in einer merkwürdigen Stimmung.»

«Was redest du da für einen Quatsch? Ich hab keine Stimmungen.»

Da war etwas dran. Oft wußte sie genau, daß er traurig oder durcheinander war, aber er zeigte es nicht. «Klar hast du die. Vor allem, nachdem du deinen Rundgang gemacht und bei uns nach dem Rechten gesehen hast.»

«Bei *uns*?»

Sie schenkte ihm ein geduldiges kleines Lächeln. «Seit Nancy Alonzos Ermordung bewachst du uns. Du meinst es wahrscheinlich gut. Aber es macht mich traurig. Du bist geradezu besessen.»

Er saß bloß da und gab keine Antwort. Wenn Sam nicht antwortete, wußte sie, daß sie einen Nerv getroffen hatte, und bohrte nicht weiter. «Es war ziemlich schrecklich, was da passiert ist. Aber es ist in Hebrides passiert. Du bist nicht der Sheriff von Elton County, also solltest du dir auch keine Gedanken darum machen.»

«Es mag in Hebrides passiert sein, aber sie hat in La Porte gewohnt. Und Sedgewick scheint das nicht weiter zu bekümmern.» Sedgewick war der Sheriff von Hebrides, und die beiden Männer hatten nicht viel füreinander übrig.

Während Sam über Sedgewick und Elton County sprach, schenkte Maud sich einen kalten Martini ein und lauschte der Musik.

Vom anderen Ufer drangen leise die Klänge eines ganzen Orchesterarrangements herüber und untermalten ihre Gedanken. Es war nur die Musik, aber sie hatte den Text vor langer Zeit auswendig gelernt:

The morning found you miles away,
With still a million things to say …

Maud spürte, wie ihre Kopfhaut kribbelte und spannte, wie ihr die Haare zu Berge standen. Es war genau das Gefühl, von dem die Leute sprachen, wenn sie Angst oder Abscheu empfanden: «Mir standen die Haare zu Berge.» Es war, als seien die Gedanken irgendwie zu groß geworden, als könne der Schädel sie nicht mehr fassen, ein entsetzliches Gefühl, das durch die Arme hinabströmte und sie mit einer Gänsehaut überzog.

Sie mußte lernen, ihre Phantasie besser in Zaum zu halten. Das Bild ihrer Mutter war hinter einer der verriegelten Türen ihrer Seele hervorgeschlüpft; zumindest glaubte sie, daß sie sie verriegelt hatte. Da war sie nun, die Tür, sie hatte sich einen Spaltbreit geöffnet, und ihre tote Mutter war herausgeschlüpft wie ein Kind, dem man befohlen hat, im Zimmer zu bleiben, schlich durch den Gang und auf Zehenspitzen die Treppe hinab. Und dann verselbständigte sich das Bild, vermengte sich plötzlich mit anderen, wurde unkontrollierbar, und es war, als öffne ihre Mutter unterwegs heimlich andere Türen, Türen, die Maud dummerweise einen Moment lang nicht gesichert hatte. Ihre Mutter ließ die anderen Bewohner heraus: da war der Schemen ihres Vaters (sein Tod lag so lange zurück, daß sie kein klares Bild von ihm haben konnte), da war Tante Sheba mit ihrem schiefen, ironischen Mund, aus dem bissige Kommentare zu kommen pflegten. Resolut marschierte sie die Diele hinab, um Chad abzuholen, Chad im Alter von fünf oder sechs Jahren – Tante Sheba überredete ihn mitzukommen, es gäbe da eine Party, die dürfe man nicht versäumen. Sie versammelten sich alle auf der Treppe, ehe Maud sie in ihre Schranken weisen, sie wieder in ihre Zimmer jagen – hinter ihre Türen schubsen konnte. Da waren sie alle versammelt, hockten auf der Treppe und beobachteten durchs Geländer die extravagante Feier, zu der man sie nicht eingeladen hatte. Die Gäste, die aus dem Haus hinausströmten, aus dem alten Wohnzimmer hinaus auf den Rasen und dann über den See.

Und sie konnte ihnen nicht Einhalt gebieten: in ihren Gedanken tummelten sich die alten Verwandten, selbst diejenigen, an die sie seit ewigen Zeiten nicht mehr gedacht hatte, die, die man nicht unbedingt einsperren mußte – andere Tanten, Onkel, der Cousin, der mit achtundzwanzig an Krebs gestorben war, und dann noch Freunde, die sie aus den Augen verloren hatte. Sie füllten die Halle, den breiten Treppenaufgang, lugten über das Mahagonigeländer, ließen den Blick über den See wandern, als ob die vorbeifahrenden Boote sie übersetzen würden –

Return I will
To old
Bra-zil

Irgendwo dort auf dem Rasen war Chad mit fünf, mit zehn, mit sechzehn. *Komm, geh wieder rein.* Natürlich konnte sie das keiner Menschenseele erzählen, denn wer würde verstehen, was sie meinte? Ein Psychiater, jemand wie Frau Dr. Hooper vielleicht, die heute im Rainbow gewesen war, aber wem sonst? «Besitzergreifend» würde Shirl sie nennen. *«Du willst den Jungen einsperren, weiter nichts.»* Selbstverständlich würde Shirl am wenigsten Mitleid mit ihr haben, denn sie war unentwegt damit beschäftigt, Joey anzubrüllen: er solle aufhören, ständig die Schule zu schwänzen, oder seinen Arsch aus dem Haus bewegen und arbeiten gehen. Und doch fand Maud nicht, daß sie besitzergreifend war – nicht in diesem Sinne. Sie runzelte die Stirn, versuchte angestrengt, zu ergründen, was es war, warum sie sich wünschte, zurückgehen zu können und alles noch einmal zu betrachten – nicht wie man Schnappschüsse betrachtet (die verursachten ihr nur Schmerz), sondern alle Stadien des Erwachsenwerdens klar vor sich zu sehen wie die Lichtstreifen, die von den Laternen über das Wasser geworfen wurden.

Sie griff nach dem Gedichtband in ihrem Schoß, während sie über den See blickte – die Musik war jetzt lauter, schneller, die schrille Stimme der Sängerin fuhr einem durch Mark und Bein – und über die Frau im Gedicht nachdachte, die singend am Meer entlangwanderte. Maud hatte immerhin verstanden, daß die Frau, die in diesem Gedicht sang, eine Art Macht über das Meer besaß. Diese gewöhnliche, sterbliche Frau konnte dem Meer auf irgendeine Weise gebieten.

Aber die Sängerin war nicht gewöhnlich, mußte Maud sich verzweifelt eingestehen. Offensichtlich sah der Dichter in der Frau eine Künstlerin. Eine Sängerin, Dichterin, Musikerin – eine Künstlerin. Sie besaß «Genie», und das war der Grund für ihre Macht, wobei Maud nicht wußte, worin diese Macht bestand, nur, daß sie ungeheuer wichtig war.

«Tina Turner.»

Maud zuckte leicht zusammen, als sie Sams Stimme hörte. Sie erinnerte sich nur noch halb daran, daß er vor wenigen Augenblicken zu reden aufgehört hatte, einfach schweigend dasaß, sein Bier trank und den Feiernden jenseits des Wassers lauschte. «Was? Was?» Sie blinzelte ihn an.

Sam nickte zum gegenüberliegenden Ufer. «Tina Turner.» Er gähnte, hielt sich höflich die Hand vor den Mund und schaute auf das Buch in Mauds Schoß. «Versuchst du noch immer dieses Gedicht über Key West zu verstehen?»

Es ärgerte sie – tja, war ihr ein bißchen peinlich –, daß er anscheinend ihre Gedanken lesen konnte. Gereizt fragte sie: «Woher weißt du, daß es Tina Turner ist? Das kannst du doch unmöglich wissen. Es ist zu weit weg.»

«Tja, ich weiß es eben.»

Er wußte es nicht; es war irgendeine Sängerin und ein

schneller, hektischer Song. Kaum einer tanzte; man sah nur ein Häufchen winziger Gestalten. Die kleinen Kleckse der Abendkleider gefielen ihr, obwohl die Dunkelheit, die Entfernung und das Licht der Laternen sie dämpften, die Rosatöne verwischten und sie lavendelblau erscheinen ließen. Und dann erkannte sie, daß sie derartige Verwandlungen genausowenig erkennen konnte, wie Sam hören konnte, wessen Stimme da sang. Eine Gestalt – ein Mann, dachte sie sich – löste sich aus der Gruppe, ging langsam hinunter ans Dock und blieb rauchend stehen.

«Es ist nicht *über* Key West», sagte sie, als Sam sich einen Kaugummistreifen in den Mund steckte. Manchmal tat er das, ehe er sich verabschiedete, und sie wollte nicht, daß er ging.

«So heißt es doch im Titel. ‹Die Idee der Ordnung –›!»

Sie gab einen langen Seufzer von sich. «Ach du lieber Gott.» Sie begann, ihm einen Vortrag zu halten, und dachte dabei, sie sollte vielleicht ihren Ton ändern, wenn sie ihn wirklich davon abhalten wollte zu gehen. Geduldig erklärte sie. Erklärte es noch einmal. «Es geht um eine Art von Ordnung –»

«Das hab ich mir fast gedacht. Steht ja schließlich im Titel.»

«Das Thema des Gedichtes ist die Fähigkeit einer Person, den Dingen eine Ordnung zu geben. In diesem Falle ist es eine Sängerin, die das Meer auf eine gewisse Weise interpretiert... Nein...» Sie hielt die Hand hoch, als wolle sie einen Einwand abwehren, den Sam bestimmt nicht hatte machen wollen – noch nicht. «Nein, es ‹beherrscht›.»

«Tina Turner zum Beispiel.»

Sie weigerte sich, weiter mit ihm zu reden.

Diplomatisch wechselte er das Thema.

«Dieser Kater klatscht gleich bäuchlings ins Wasser.»

«Was?» schrie sie.

«Um Himmels willen, du mußt doch nicht gleich so brüllen. Ich hab nur gesagt, der Kater –»

Sie schaute nach der schwarzen Katze. Die hing schon halb über dem Rand des Docks, als habe sie da unten an der Unterseite der gesplitterten Holzplanke etwas Wichtiges zu erledigen. «Ist schon gut.» Aber für sie war es nicht gut, daß er ihre Aufmerksamkeit jetzt wieder auf die Katze gelenkt hatte; aber wenigstens wandte sie ihr nicht das schlimme Auge zu. «Weißt du, ob die Katze irgend jemandem gehört?» Sie wußte, daß ihr Ton vorwurfsvoll klang, als wolle sie ihm sagen, daß er schließlich Polizist war und über die Viecher im Dorf Bescheid wissen sollte.

«Nein. Das ist ein Streuner. Aber wild ist er nicht.»

Maud fingerte die Olive aus dem Glas und lutschte daran. «Warum gibt's hier eigentlich keinen Tierarzt. Der Kater ist wirklich krank.»

«Na ja, es gibt einen in Hebrides. Hast du vor, mit ihm zum Tierarzt zu gehen?»

«Der Tumor wird immer größer. Aber wie sollte ich denn? Ich hab kein Auto.»

«Du hast doch den Mercedes.»

«Er fährt nicht, das weißt du doch.» Sie wußte, daß der schwarze Mercedes Sam faszinierte. Wo hatte Maud nur einen alten Mercedes aufgetrieben?

«Es könnte am Getriebe liegen, am Nehmerzylinder.»

Nehmerzylinder. Worüber redete er da überhaupt? Maud fragte sich, ob vielleicht der Nehmerzylinder in ihrem Hirn abgenutzt war. Das Glas schwitzte in ihrer Hand, und sie stellte es wieder auf das Faß, schloß die Augen und lauschte dem Wasser, das gegen die Pfähle schwappte.

Sam redete weiter, von jemandem draußen auf der Route 12, einem Automechaniker, der Paul hieß. Ein Genie in Sachen Getriebe. «Und blind wie ein Maulwurf», sagte Sam mit einem leichten, nachdenklichen Kopfschütteln.

Maud wandte den Blick von den Tänzern ab, die sich wie Blumen aneinander zu lehnen schienen. Sie wußte, daß es blinde Musiker, nicht aber, daß es blinde Automechaniker gab.

«Er hat's im Gefühl. Das hat man in den Fingerspitzen, stell dir das mal vor.» Sam fuhr sich mit dem Daumen über die Fingerkuppen, hin und her, mit geschlossenen Augen, als spüre er einen feinen Mechanismus. «Weißt du, wenn du keine Verwendung für den Wagen hast, gib ihn doch Chad. Es ist sein letztes Jahr; bis zum Sommer könnte Paul den Wagen –» Er hielt inne.

«Letztes Jahr.» Es gab ein stilles Einvernehmen zwischen ihnen, daß Chads letztes Collegejahr ein Tabuthema war.

Sam drückte seine Coors-Dose möglichst laut zusammen und redete plötzlich so schnell über Autos im allgemeinen, daß man ihn für den Auktionator bei der jährlichen Polizeiversteigerung hätte halten können. Womit er zu übertönen versuchte, was noch von seinem letzten Satz in der Luft vibrierte wie bei einer angezupften Geigensaite. Chad war ein Lieblingsthema, ein bevorzugter Gesprächsgegenstand zwischen den beiden, und seine Universitätsausbildung ebenso; doch man mußte davon sprechen, als sei sie endlos, ein Faden, der in alles andere hinein- und hinausgewoben wurde, es zusammenhielt, aber nie abgeschnitten wurde. Schlimm genug, daß er fort war; aber daß seine Abwesenheit mehr als eine bloße Laune Chads, Mauds oder gar des Schicksals war, durfte nicht zur Sprache kommen. Daß es in der Tat so etwas wie ein letztes Semester geben könnte, durfte nicht ausgesprochen werden. Und schon gar nicht durfte von einem Geschenk die Rede sein, das Chads endgültigen Abschied verewigte.

«Ich hab einen hübschen kleinen Datsun gesehen, den ich vielleicht billig kriegen könnte.»

«Ich will nicht noch ein Auto. Was soll ich denn mit einem Auto?»

Sam nahm einen Schluck Bier und zog an seiner Zigarette;

er wirkte nachdenklich. «Du kämst mal raus. Könntest mal wegfahren.»

«Meine Güte!» Sie haßte es, wenn man über sie redete, als sei sie Invalidin, wie Ada Chowder, die im Altersheim von Hebrides wohnte und nur jeden dritten Sonntag rausdurfte, wenn sie ihren Sohn und ihre Schwiegertochter besuchte. Es paßte nicht zu Sam, daß er so was Blödes sagte. «Nimm du ihn doch», sagte sie rachsüchtig.

«Was? Den Datsun? Ich hab –»

«Nein, verdammt noch mal, den Kater. Und fahr ihn nach Hebrides.»

Sams Kehle entfuhr ein leises Gurgeln, so als hätte er an der Verschrobenheit dieses Gedankens ein wenig zu würgen. «Als ob ich nicht schon genug um die Ohren hätte!» Er lachte mißbilligend. «Und Sims fänd es bestimmt auch sehr erheiternd! Ich mit dem Wagen unterwegs, um eine Katze nach Hebrides zu fahren!»

Bürgermeister Sims, der den größten Teil seiner Zeit in der Half Moon Bar verbrachte, kümmerte das einen feuchten Kehricht, doch sie wußte, daß Sam in der Defensive war und nach der Pause, in der er noch einige Schlucke nahm, mindestens vier weitere Gründe vorbringen würde, warum er die Katze nicht fahren konnte.

«Da hätte Donny auch mal was zu lachen, soviel ist sicher.» Sam drückte seine leere Bierdose platt und steckte sie in den Korb.

«Na und? Er ist doch nur Hilfssheriff. Du bist der Luut.»

Während Sam die Eiskristalle von seiner nächsten Dose schüttelte, blickte er auf und blinzelte sie an. «Der was?»

«Der Luut. So kürzen die New Yorker Bullen ‹Lieutenant› ab. In Büchern zumindest.» Als sie Sams verblüfftes Gesicht sah, seufzte sie. «Ich meine, der Boß. Der ranghöchste Bulle in La Porte.»

So empfand sie Abschiede nun einmal; sie konnte nicht anders. Ihr Kopf kribbelte; wieder spannte sich die Haut, und sie blickte mit versteinertem Gesicht in den Himmel, während Sam weiter über Autos redete, um das Schweigen zu überbrücken. Dort oben war der Nachthimmel, schwarz wie Teer, und das harte, ungebrochene Licht der Sterne. Es war ihr, als müsse sie das Gewicht des Himmels stützen, damit er nicht auf sie herabstürzte.

Sie solle stolz sein, sagte Shirl immer wieder, wo doch Stolz gar nichts damit zu tun hatte, sondern ein Wort war, das im Lexikon der Ereignisse keinen Platz hatte, ein Wort, das man höchstens mit einem Norman-Rockwell-Gemälde in Verbindung bringen konnte. Er muß doch eines von einem Jungen mit Magisterurkunde und Mom und Dad gemalt haben, auf dem alle nur so strahlen.

Die Sterne sahen aus, als habe man sie da oben angenagelt, und das Glas wurde warm in ihrer Hand. Sie hatte ähnliches empfunden, als Chad die High-School beendete. Das, fand sie, war schon schlimm genug gewesen, das Ende des Zuhausewohnens. Doch da waren die Ferien, und da war die Abhängigkeit. Sie hörte andere Frauen sagen, *«Puh! Wurde auch Zeit, daß ich mich von all dem mal erholen konnte»*, und fragte sich, zu welcher seltsamen Klasse von Müttern sie gehörte.

Sams Stimme drang durch ihre Gedanken wie ein leises Aussäen ununterscheidbarer Wörter; die Terrasse am gegenüberliegenden Ufer war ein zartgrüner, verschwommener Fleck. Sie fühlte sich in ihrer Rolle als Mutter erniedrigt.

«Der Junge macht dir alle Ehre», hatte Shirl am Mittag gesagt, während sie in ihren Marmeladendoughnut biß und zwischendurch an der Zigarette zog, die sie in der gleichen Hand hielt; mit der anderen wischte sie die Kuchenvitrine ab – Shirls zwei Hände schienen unentwegt die Arbeit von vieren zu verrichten. Und gleichzeitig gelang es ihr, zum anderen Raumende hin zu nicken, wo Joey saß und mit einem Brotkanten braune Soße auftunkte. Womit sie natürlich zu verstehen geben wollte, daß *sie* «das kleine Miststück» am Hals hatte.

«Und das liegt nicht nur an Chad», fügte sie hinzu, wobei sie ihre klebrige Hand hob, um dem Nachdruck zu verleihen. «Du kannst auf dich selber stolz sein, denn du hast ihn so erzogen. Du hast ihn zu dem gemacht, was er ist, vergiß das nicht.»

Daß dieses Modell einer Ursache-Wirkung-Mutter-Sohn-Beziehung auch auf Shirl und Joey anzuwenden wäre, darüber sah Shirl hinweg. Der Vater hatte hier den entscheidenden Einfluß gehabt – einen negativen Einfluß selbstverständlich –, und Shirl gefiel die Vorstellung, daß sie mit Maud das Schicksal teilte, daß ihre Exehemänner als Väter vollkommene Versager waren. «Dieses alte Miststück», so erzählte sie Maud, sei eines schönen Tages im Mai verschwunden, und nie wieder habe man was von ihm gehört. Die Worte «eines schönen Tages im Mai» sprach sie immer aus, als entstammten sie einem altmodischen Lied. «Ist auf und davon, das alte Miststück. Läßt mich mit Hypothek und Kind sitzen. Nicht einen Cent hat er mir gelassen, und geschickt hat er auch nichts.»

«Er zahlt fast alle Rechnungen», erzählte Maud von Chads Vater, während Shirl den Lappen in der Spüle auswrang. «Ich hätte ihn nie auf diese Uni schicken können. Sie kostet ein Vermögen. Elftausend im Jahr an Studiengebühren.» Sie schlug den Milchshake zu einer dicken Creme und goß ihn in eins der geriffelten Gläser. Die Masse war so dickflüssig, daß sie um den Strohhalm herum hochstand.

«Was bedeutet schon Geld, Mädchen, kannst du mir das mal erklären?» fragte Shirl und vergaß anscheinend, daß sie ihrem alten Miststück vor allem finanzielle Dinge vorhielt. «Hat nix mit Geld zu tun, wenn ein Kind Charakter und

Persönlichkeit hat. Ist der Milchshake für ihn?» Wieder nickte sie in Richtung Joey. «Mein Gott, hat er Geburtstag oder was?»

Maud seufzte und ging mit dem Glas die Theke entlang. Shirl rief Joey zu, daß er eh schon genug Pickel habe und wie eine Straße voller Schlaglöcher aussähe; und seinen Chancen bei Louella Harper könne er den Abschiedskuß geben, wenn er diesen Shake trinke, Louella jedenfalls werde er dann garantiert nie küssen.

Die sechs Gesichter an der Theke wandten sich dem Jungen zu, an den diese Worte gerichtet waren, und als Maud den Milchshake hinstellte, hörte sie, wie Joey in seine Kartoffeln mit Sauce murmelte und irgend jemanden zum Teufel wünschte. Da er nicht aufblickte, sah er nicht, daß Maud ihm ermutigend zulächelte. Er dankte ihr und hielt dabei das geriffelte Glas umklammert, als könne er sich so an seiner Mutter rächen.

«Ein gutes Leben ist die beste Rache», sagte Maud fröhlich, um ihn aufzuheitern.

Sie erntete dafür einen Blick aus zusammengekniffenen Augen und die Bitte um einen Löffel für diesen «scheiß-dicken» Shake.

Maud zog einen Eisteelöffel aus dem Plastikbesteckkasten und legte ihn vor Joey hin. Sie ging wieder zurück, um die Kaffeekanne zu holen und Ulubs Tasse erneut zu füllen. Er streckte sie nach vorn, und sein ölgeschwärzter Daumen umklammerte den Löffel. Eigentlich hätte Shirl ihm einschenken können, aber die stand nur rum und rauchte, das Thema schlechte Väter war ihr offenbar wichtiger, und so nahm sie den Faden dort wieder auf, wo sie ihn fallengelassen hatte.

«Er zahlt, weil er ein schlechtes Gewissen hat. Das ist alles.»

Maud spülte ein Coca-Cola-Glas aus und wiederholte, daß Chads Vater zahlte, und das sei doch immerhin etwas.

Shirl beharrte auf ihrer Ansicht und ließ sich von Maud nicht beirren, obwohl es um Mauds Ehe und Scheidung ging und Shirl schließlich nicht dabeigewesen war.

«Und wenn er sämtlichen Crack-Dealern von Detroit» – sie betonte Detroit auf der ersten Silbe – «das Studium in Yale finanzieren würde, so wäre das immer noch keine Wiedergutmachung dafür, daß man seine Frau und seinen kleinen Jungen verläßt» – sie spießte Maud mit ihrem Blick aus den eng zusammenstehenden Augen förmlich auf – «wegen so 'ner kleinen Nutte.»

Shirls Vorstellung von Diskretion bestand offenbar darin, daß sie ihr übliches Gebrüll zu einem vipernartigen Wispern dämpfte, das die Theke hinabpeitschte und allen Kunden einen Stich versetzte, so daß sie kurz aufschauten, ehe sie den Blick wieder auf Teller und Tasse senkten.

«Wenn auch 'ner hübschen Nutte», zischte Shirl.

Mauds Exmann war tatsächlich einmal mit seiner neuen Frau im Rainbow aufgetaucht, und das hatte Shirl eine solche Fülle von Gesprächsthemen geliefert, daß wohl nur der Herrgott persönlich, der ja nun mal bei der Schöpfung dabei war, sie übertreffen konnte. Velda, die neue Mrs. Chadwick – na ja, etwas abgenutzt war sie schon, wenn man zwei frühere Ehemänner und drei Jahre mit Ned in Rechnung stellte –, war Fotomodell und einstmalige «Miss Universe»-Anwärterin. Sie hatte markante Backenknochen, eine rotgoldene Mähne, die windzerzaust wirkte, aber, wie man ja wußte, vom Friseur so hingefönt war, eine bleistiftdünne Figur und Model-Schultern, die von Schulterpolstern ähnlich denen eines Footballspielers akzentuiert wurden. Shirl verglich sie mit der Fernsehantenne auf dem Rainbow Café, aber Maud wußte, daß Shirl sie damit nur aufbauen wollte. Die Schulterpolster steckten in einem grünen Designerkleid aus Seide. Velda glühte wie eine Neonröhre, leuchtete auf und erlosch, wie sie da im Rainbow stand und seine dunklen Nischen und die lange Theke mit so einer «Ach, wie komisch»-Miene betrachtete und sich dahin und dorthin drehte – Rumpf, Kinn und Hals – als ob Ubub gleich aufspringen und Fotos knipsen würde. Wahrscheinlich war es unbewußtes Posieren, dachte Maud später nachsichtig, denn Velda entfernte sich wahrscheinlich nie weit von Kameras und Blitzlichtern.

Als sie gebräunt wie knusprige Toastschnitten und mit Chad im Schlepptau hereinspazierten, war das allein schon eine kleine Sensation – was Interessanteres würde im Rainbow nicht mehr passieren, hatte Shirl gesagt, da mit einem Angriff vermummter palästinensischer Terroristen nicht zu rechnen war. Ulub und Ubub hatten von ihren Pfannkuchen und Eiern aufgeblickt; Dodge Haines war fast von seinem Hocker gerutscht; Bürgermeister Sims, der vorbeigekommen war, um einen Kaffee zum Ausnüchtern zu trinken, bevor er Mrs. Sims unter die Augen trat, hatte mitten in seinem an Dodge gerichteten Vortrag, der nach einer alten Drogenfeldzugsrede klang, innegehalten. Es waren ein paar Streuner da (wie Shirl die Leute von der Straße nannte), die sich auf ihren Sitzen umdrehten, um ebenfalls einen Blick auf Velda zu erhaschen.

Es war genau um diese Zeit vor einem Jahr gewesen, ein paar Tage vor dem Labor Day, und Ned sagte, sie seien «ganz spontan» (von wegen, dachte sich Maud) gekommen, und Velda schlängelte sich zur Theke durch und platzte mit dieser fabelhaften Idee heraus, Chad zu einem «Inselhüpfen» mitzunehmen: Nantucket, Puget Sound, Cape Cod und Martha's Vineyard. Und ob es Maud denn sehr viel ausmachen würde, wenn sie den Prachtburschen (Chad ließ sich nichts anmerken, hielt die Augen gesenkt und sah aus, als verursache ihm das bloße Dabeistehen Schuldgefühle) vier Tage früher entführten, sie würden natürlich dafür sorgen, daß er gleich nach diesem *Wirbelwind* von einem Urlaub zur Schule abschwirrte. Für Maud klang es so, als seien sie alle in einem Flugzeugpropeller eingeklemmt, doch Velda lächelte unentwegt, und ihr langer, gebräunter Arm hing lässig über die Thekenkante, als sei sie schon im Puget Sound und mache einen Kraulzug.

Und Ned. Er hatte bloß den Arm um Chads Schultern gelegt, drückte ihn gelegentlich väterlich an sich und spielte die Rolle des lachenden Dritten perfekt.

Ob es ihr was ausmachte? Natürlich machte es ihr was aus. Wollte der junge Herr, der sich nichts anmerken ließ, mitkommen? Natürlich, wenn sie auch wußte, daß ihm klar war: wie Ned und Velda plötzlich hier auftauchten und seine Mutter überrumpelten, war alles andere als die feine englische Art. Aber sie kämpften ja schließlich nicht ums Sorgerecht, es ging nur um ein schlichtes «Inselhüpfen». Maud hatte, umringt von dem grünen Geglitzer und dieser Jovialität, hinter der Theke gestanden und sich gefühlt wie eine beige Kuh auf der Weide, die stumpf auf ihrer Antwort herumkaut.

Sie sah ihr Spiegelbild in den Augen der strahlenden Velda – Maud, mit ihrem schulterlangen, glatten, sandfarbenen Haar und den wüstenbraunen Augen, und die gewöhnlich unauffälligen Sommersprossen sahen wahrscheinlich aus wie eine neue Pickelernte. Stand da mit einem aufgesetzten Lächeln, während sie Pfeile weißglühender Wut durchzuckten.

Aber der Zorn verflog gleich wieder und machte dem Mitgefühl für Chad Platz, der sich fast die Schulter verrenkt hatte, um dem Griff seines Vaters zu entkommen, zu Ulub hinüberging, sich neben ihn setzte und ein Gespräch mit ihm anfing, eindeutig ein Akt der Verzweiflung (wenn man es aus seinem entspannten Lächeln auch nicht hätte schließen können), da keiner der Woods viel redete. Ubub spielte sich allerdings manchmal als Faktotum auf und gab an der Theke die Bestellungen weiter. Also begann Chad seinen Monolog und bot ihnen Zigaretten an (die sie anguckten, als seien es seltsame indianische Zeichen), um Maud zu beweisen, daß er diese beiden gebräunten Figuren mitsamt ihrem Angebot links liegenließ, wenn seine Mom das so wollte.

Maud lächelte weiter und sagte, klar, klar, das gehe in Ordnung, das sei sehr nett, Chad würde das sicher Spaß machen. Gab es denn einen normalen Neunzehnjährigen, dem es nicht Spaß machen würde, so sonnengebräunt wie Velda und Ned ans College zurückzukehren? Oh, La Porte hatte seinen See, aber keine Sandstrände, und die Leute badeten nicht viel, sondern beschränkten sich aufs Bootsfahren. La Porte hatte bessere Zeiten gesehen. Einst war es ein eleganter, kleiner Ferienort gewesen, doch inzwischen war es ziemlich heruntergekommen.

Velda und Ned waren gekommen und mit Chad wieder weggefahren, der (wie Maud bemerkte) ein neues Paar Gucci-Schuhe und eine italienische Jacke trug, durch die seine Augen aussahen wie geschmolzenes Gold. Es war schon seltsam, dachte sich Maud, wie ihre eigenen stumpfen Farben sich in diese sonnige Pracht verwandelt hatten.

Und Shirl hatte neben der Kaffeemaschine Wurzeln geschlagen, sog die ganze Szene in sich hinein wie ihren Kaffee und kostete jede gräßliche Minute davon aus.

Es war das erste, letzte und einzige Mal, daß Maud Velda gesehen hatte.

Als Ned die drei Gläser Eistee bezahlte und «Velvet» zurief, daß sie jetzt los müßten, hörte Maud, wie Shirl über der Kassenschublade, die herausgesprungen und ihr gegen den Bauch gestoßen war, ein rülpsendes Geräusch von sich gab.

Ned hatte ein Trinkgeld dagelassen.

Er hatte einen Zwanzigdollarschein zu einem kleinen Quadrat zusammengefaltet und es unter das Eisteeglas gesteckt. Das war Neds Variante von «Diskretion».

Niemand hatte es bemerkt – außer Chad. Er starrte auf den sich entfernenden Rücken seines Vaters, riß den Geldschein vom Tresen und stierte ihn an, als sei er eine Handgranate.

Als Chad ihn wortlos wieder in Neds Tasche stopfte, hatte dies das wenige gerettet, was von der Situation noch zu retten war.

Vielleicht hatte Shirl den diesjährigen Labor Day als eine Art Jubiläum des Besuchs von Velveeta (wie Shirl sie nannte) angesehen, denn sie schien nicht damit aufhören zu können, darüber zu reden, wie unmöglich und hassenswert Ehemänner waren und was sie gemacht hätte, wenn das alte Miststück mit einem neuen Anhang im Schlepptau wieder in La Porte erschienen wäre. Da sie gerade das harte Vanilleeis vom Boden des Eisbehälters loskratzte, verschwand das meiste, was sie sagte, in der fast leeren Wanne. Doch Kopf und Hand tauchten wieder empor, der Löffel wurde ins warme Wasser getunkt, und sie schrie Maud, die gerade den Zitronenbaiserkuchen aufschnitt und Shirl zu ignorieren versuchte, von einem Ende der Theke zum anderen weitere Details zu.

Dodge Haines, der den Apfelkuchen à la mode, also nach Großmutterart, mit Eiscreme, bestellt hatte, grinste anzüglich über seiner Kaffeetasse, und auch die anderen an der Theke waren von diesem Playback des Besuchs von Mauds Exmann und seiner neuen Frau äußerst fasziniert; außerdem verschaffte es Dodge, Macho bis ins Mark, einen Anlaß, geistreiche philosophische Ansichten nach dem Motto «Halt sie kurz, und schwängere sie» mit Shirl auszutauschen.

Die einzige Person, die genügend Geschmack besaß, um zumindest so zu tun, als höre sie nicht hin, war die große Brünette an der Theke, für die Maud gerade den Zitronenbaiserkuchen angeschnitten hatte. Es war Dr. Elizabeth Hooper, eine Frau, von der Maud kaum behaupten konnte, daß sie sie kannte, denn Frau Dr. Hooper wohnte nicht in La Porte, aber trotzdem empfand Maud unendliche Achtung und Sympathie für sie.

Maud war von Dr. Elizabeth Hooper fasziniert. Sie kam genau einmal im Monat durch La Porte, an jedem dritten Wochenende, nach einem Rhythmus so präzise wie ein Uhrwerk. Sie war groß und elegant, trug, wenn es kalt war, schlichte Kostüme, und bei warmem Wetter schlichte Kleider. Heute hatte sie ein eisblaues Leinenkleid an. Maud musterte ihre Kleider und Accessoires stets sehr genau. An der Schulter steckte eine Goldbrosche, und sie trug einen goldenen Armreif; ihr langer, bloßer Arm ruhte auf der Theke, doch anders als Veldas Arm war ihrer bleich, ungebräunt. Schon allein dadurch wäre Dr. Hooper in Mauds Achtung himmelhoch gestiegen; sie war mit Sicherheit eine Frau, die noch andere Dinge außer Nantucket im Kopf hatte. Maud gefiel auch, daß sie an der Theke saß und nicht in einer der dunklen, hochlehnigen Nischen wie andere Frauen, die allein ins Café kamen. Maud schloß daraus auf ein gewisses Selbstvertrauen, eine gewisse Souveränität; offenbar verschwendete Dr. Hooper keinen Gedanken auf die Tatsache, daß sie als Frau allein hier war. Trotz der ganzen Frauenbewegung hatte Maud absolut keine Veränderung in der mäuschenartigen Zurückhaltung der Frauen zwischen fünfzehn und fünfzig festgestellt, in der Bedrängnis, die sie allein in einem Restaurant empfanden, als wäre es ein Pornokino.

Da Maud sich für unheilbar schüchtern hielt, hatte es fast zwei Monate gedauert, ehe sie den Mut aufbrachte, Dr. Hooper anzusprechen. Sie konnte weder freundlich plaudern wie Charlene noch unablässig klagen wie Shirl, wenn sie hinter der Theke und zwischen den Tischen hin und her gingen. Außer mit Miss Ruth Porte, die so zerbrechlich und ruhig wirkte, daß es eine Schande gewesen wäre, sich nicht mit ihr unterhalten zu können, wechselte Maud kaum einen Satz mit den Gästen, nicht einmal mit Dodge Haines, der sich als der Herzensbrecher von La Porte aufführte und Frauen grundsätzlich nur von der Brust abwärts anschaute. «Man könnte meinen, meine Titten wären meine Augen», pflegte Charlene zu sagen, allerdings in einem so wollüstigen Tonfall, daß klar war, sie genoß es. Charlene hatte ein offenherziges Lächeln und große Brüste und bot sich jedem an wie ein Obstkorb.

Ihre Schweigsamkeit (abgesehen von den Unterhaltungen über Bücher mit Miss Ruth) machte Maud mit ihrem Lächeln wett, und Mauds Lächeln war anders als das von Charlene – keine breiten roten Lippen und blitzende schneeweiße Zähne. Ihr Lächeln war kaum mehr als zwei nach oben zeigende Häkchen in den Mundwinkeln, ein schüchternes Lächeln. Sie bemühte sich, viel zu lächeln, weil sie so wenig sagte – was zumindest von Joey sehr geschätzt wurde, und auch von Dr. Elizabeth Hooper, wie Maud glaubte. Denn ansonsten würden die Leute von La Porte vielleicht annehmen, sie sei eingebildet. Wegen ihrer College-Ausbildung und der Tatsache, daß Miss Ruth Porte, die ebenfalls gebildet war und sich mit Maud über Bücher unterhalten konnte, sie so bevorzugte, fürchtete sie, die Leute könnten sie für hochmütig halten. Doch wenn Mauds Lächeln auch etwas Gezwungenes hatte, so wußte sie doch, daß es eine angenehme Wirkung auf die Menschen hatte. Ein Exfreund hatte ihr (vor hundert Jahren, als es so was für sie noch gab) gesagt, ihr Lächeln sei das schönste, das er je gesehen habe. Es sei das Lächeln eines kleinen Kindes, ja, eines Säuglings, eines Menschen, der gerade gelernt habe zu lächeln und es wirklich ernst meine. Es sei das ehrlichste Lächeln, das ihm je begegnet wäre, sagte er. Maud hatte seinen Namen, hatte diesen Jungen von der High-School vergessen; doch sie erinnerte sich an den ernsten Ausdruck in seinem Gesicht, die Mühe, die er darauf verwandt hatte, ihr Lächeln genau zu beschreiben.

Es war ein Kompliment, das sie zu ihren Erinnerungen gelegt hatte wie ein Blumenblatt in ein Buch und das sie seit dreißig Jahren immer wieder betrachtete. Chad, der ihr sagte, daß sie eher wie dreißig als wie siebenundvierzig aussähe, und Sam, der ihr (zu ihrem größten Erstaunen) einmal gestand, sich in ihrer Gesellschaft am wohlsten zu fühlen, denn sie sei heiter und gelassen wie eine Nonne (wenn sie nicht gerade wütend sei) – nur diese beiden hatten ihr je etwas ebenso Nettes gesagt. Ned hatte ihr, soweit sie sich erinnern konnte, nie ein Kompliment gemacht.

Vielleicht war es ihr «heiteres» Lächeln, das Dr. Elizabeth Hooper so warmherzig reagieren ließ. Wahrscheinlich lag es daran, daß Maud (außer Ulub und Ubub) die einzige im Rainbow war, die ihr nicht auf die eine oder andere Weise zu entlocken versucht hatte, warum sie immer wieder in La Porte Halt machte. Charlene hatte rausgekriegt, daß Dr. Hooper irgendeine Art von Psychofrau war, weil die Kusine einer Freundin einer Tante von ihr jemanden kannte, der bei ihr in Behandlung gewesen war. Behauptete Charlene zumindest.

Doch niemand konnte in Erfahrung bringen, warum sie immer wieder durch La Porte reiste und manchmal in der Pension Stuck am Ende der Hauptstraße übernachtete. Es wurde viel darüber spekuliert, ob Miss Ruth sie bestellt hatte, damit sie sich ihrer verrückten Tante Simkin annehme. Shirl, die nie eigene Angelegenheiten hatte, um die sie sich kümmern mußte, hatte immer noch ein «komisches Gefühl», behauptete sie, wenn sie Dr. Hooper danach fragte, warum sie hier durchkam.

Es lag wohl daran, daß Frau Dr. Hooper Psychiaterin war, vermutete Maud, und daß Leute, die nie über Psychiater gelesen oder bei einem gewesen waren (wie Maud während ihrer Ehe), glaubten, sie könnten Gedanken lesen und einem wahrscheinlich auch die Seele aus dem Leib saugen. Wenn man glaubte, was Shirl über Nervenärzte erzählte, während sie über die Theke gelehnt nachdenklich eine Zigarette rauchte oder ihre Gläser polierte, war man in ihrer Umgebung ungefähr so sicher wie in der Nähe von Massenmördern oder diesem Boy Chalmers, der angeblich Nancy Alonzo und die beiden Frauen aus Hebrides ermordet hatte. Sie warf das Handtuch weg und schauderte. Man durfte gar nicht daran denken.

Sie dachte lieber wieder an Dr. Hooper. Maud beobachtete immer wieder Dr. Hoopers flüchtige Blicke auf Shirl und Charlene und fragte sich, ob *sie* vielleicht wußte, was in ihren Köpfen vorging.

Es war immer Maud, die Dr. Hooper bediente und ein Stück Zitronenbaiserkuchen für sie aufhob, wenn er knapp wurde. Es stimmte, Shirl backte die besten Kuchen in der Gegend, wenn man von Jen Graham absah, die das Hotel drüben in Spirit Lake führte und deren Kuchen besonders beliebt war: die Füllung bestand aus einer blassen Wolke aufgeschlagener Zitronencreme, und der Teig war ein auf der Zunge zergehendes Baiser. Daß Shirl Jen Graham ihr Rezept abgebettelt hatte und dann zu behaupten begann, der Kuchen sei ihre eigene Kreation, das wußte fast jeder, wenn Shirl auch glaubte, es sei ein tiefes, dunkles Geheimnis und ein echtes Kabinettstückchen ihrerseits, Jen ein Rezept abgeschwatzt zu haben. Die großen weißen Tortenschachteln gingen im Rainbow Café weg wie warme Semmeln, wann immer ein Kunde ein Stück Zitronenbaiserkuchen zum Nachtisch gegessen hatte. Daher ging er oft aus. Sogar Chad, der eigentlich Zitronenkuchen haßte, mochte den von Shirl.

Dr. Hooper kam an jedem dritten Wochenende, freitags und samstags, ins Rainbow Café, aß ihren Kuchen, trank ihren Kaffee und schrieb ein oder zwei Postkarten, manchmal auch einen Brief. Maud amüsierte es immer wieder, zu beobachten, wie Bürgermeister Sims sich hinter Dr. Hooper herumdrückte, sich zurücklehnte und schielte, um herauszukriegen, was sie da schrieb. Dr. Hooper sorgte immer für einen mittleren Aufruhr, vielleicht weil sie für die Leute hier die «große Geheimnisvolle» war. Ihr Auftauchen in La Porte und im Rainbow war so vorhersehbar wie der Übergang vom Tag zur Nacht.

Schließlich hatte Dr. Hooper selbst vor einigen Monaten ein Gespräch begonnen. Sie hatte Maud gefragt, auf welche Universität ihr Sohn ginge. Maud war so überrascht gewesen, daß Dr. Hooper von ihrem Sohn wußte, daß ihr beim Nachschenken der Kaffee in die Untertasse geschwappt war.

Dr. Hooper sagte: «Ich hab die Wirtin» – und hier blickte sie in Shirls Richtung – «über ihn sprechen hören. Sie scheint große Stücke auf ihn zu halten.» Ihr Lächeln war verhalten; sie schien alles mit Bedacht zu tun und wirkte sogar ernst, wenn sie lächelte. «Das ist ungewöhnlich», fügte sie hinzu, bevor sie wieder in ihr Kuchenstück stach.

Maud hielt die Kaffeekanne in die Höhe; was Dr. Hooper gesagt hatte, war für sie geheimnisvoll und unergründlich, genau das Gegenteil von Small talk, genau was sie von Dr. Elizabeth Hooper, sollte sie überhaupt einmal etwas sagen, erwartet hatte. Auf Aussagen wie «Na, das wird'n Wetterchen geben», was Sonny Stuck an diesem Tag gesagt hatte, würde Dr. Hooper sich nicht herablassen. Dennoch, gleich mit Mauds Sohn anzufangen, das war schon ziemlich gewagt.

Maud vergaß, was sie genau gefragt hatte, und antwortete: «Oh ... danke.» Und dann hatte sie, weil ihr ihre eigene Reaktion so lächerlich vorkam, hinzugefügt: «Das heißt ... was ist daran ungewöhnlich?» Maud ignorierte Dodge Haines und Sunny Stuck, die ihre Tassen zum Nachschenken hochhielten. Sie hatte die Kanne wieder auf die Heizplatte gestellt und eine saubere Serviette geholt, um den verschütteten Kaffee von der Untertasse zu wischen. Dodge rief nach ihr, doch sie schenkte ihm keine Beachtung. Sollte doch Charlene zu ihm hinüberscharwenzeln.

Dr. Hooper sagte: «Es ist ungewöhnlich, daß ältere Leute sich von einem kaum Zwanzigjährigen beeindrucken lassen.»

«Zwanzig. Er ist zwanzig.» Nervös begann sie, den Milchshake-Behälter zu polieren.

Dr. Hooper nickte ernst.

«Ich habe selber einen Sohn. Er ist fünfzehn. Er ist auf einer dieser teuren Privatschulen im Norden.» Sie spielte mit der Speisekarte herum. «Deswegen komme ich nach La Porte; es liegt auf meiner Route. Aber normalerweise muß ich hier übernachten, es ist eine ganz schöne Strecke. Ich wohne in der Pension unten an der Straße.»

Als wenn das nicht jeder wüßte. Mildred Stuck, die Zimmer vermietete, fühlte sich als Königin des Rainbow Cafés, weil eine New Yorker Psychiaterin bei ihr übernachtete – den Anschein hatte es jedenfalls; sie besaß sogar die Frechheit, sich mitten in Miss Ruth Portes Nische zu pflanzen und mit ihrer «Klientel» anzugeben. Aber es war klar, daß sie nicht das geringste über Dr. Hooper wußte, denn sonst hätte sie es Miss Ruth erzählt.

Mauds Mund öffnete sich, doch es kamen keine Worte heraus – so verblüfft war sie, daß Dr. Elizabeth Hooper einen Sohn auf irgendeiner Schule hatte, genau wie sie. Sie wollte sich nach ihm erkundigen, doch ehe ihr etwas Vernünftiges einfiel, fuhr Dr. Hooper fort:

«Erwachsene – ich meine ältere Erwachsene –» und hier deutete sie wieder ein Lächeln an, um klarzustellen, daß sie damit nicht sagen wollte, Mauds Sohn sei nicht erwachsen – «haben gewöhnlich nicht viel Respekt vor den jüngeren. Vor jungen Leuten. Und ich nehme an» – wieder lächelte sie bedächtig, während ihr Blick zum Ende des Tresens und zum colatrinkenden Joey wanderte – «daß sie nur schwer zu beeindrucken ist. Von ihrem eigenen Sohn scheint sie ja ziemlich enttäuscht zu sein.»

Maud guckte erstaunt, sah zu Shirl hinüber, die sich bei einem Kunden beklagte, weil er ihr einen Zwanzigdollarschein gab, wo doch («der verdammte Idiot mußte es doch wissen») das Labor Day-Wochenende bevorstand und an Feiertagen das Wechselgeld so knapp war (wie Shirl sagte), sah zu Joey hinunter und blickte dann wieder Dr. Hooper an, die ihren Kaffee trank, und fragte sich, ob Shirl vielleicht am Ende doch recht hatte und Dr. Hooper Gedanken lesen konnte, wenn sie einem auch nicht die Seele stahl. Wie dumm, dachte sie. Wer nur ein Fünkchen Verstand und ein bißchen Beobachtungsgabe hatte, mußte nicht lange im Rainbow herumhängen, um zu wissen, daß Shirl von Joey «enttäuscht» war. Und diese Frau war schließlich Psychiaterin.

«Die meisten Menschen... also Eltern... ich höre selten, daß sie jungen Leuten Komplimente machen.» Dr. Hooper runzelte die Stirn über ihrer Kaffeetasse, sie schien diese Frage ernsthaft zu bedenken und fügte hinzu: «Eigentlich nie.»

Als Charlene hinter ihr vorbeistürzte und die Kaffeekanne packte (schließlich mußte Maud eigentlich die Theke bedienen), rührte sich Maud nicht von der Stelle, sondern fragte todernst: «Woran, glauben Sie, liegt das?»

«Tja... man scheint die jungen Leute nicht besonders zu respektieren. Ihre Eltern empfinden ihnen gegenüber sicher wenig Achtung, das heißt, sie sehen sie eher als Problemfälle denn als Personen. Das liegt wohl daran, daß alle sich so schuldig fühlen – die Eltern und die Kinder. Das wird hin und her geschoben, wird um den Tisch herum- und wieder zurückgereicht.» Sie stellte ihre Tasse ab und faltete die Hände vor der Brust, und ihr Ausdruck, ihre Haltung ähnelte ein wenig der einer Betenden. «Ihr Sohn muß also ziemlich außergewöhnlich sein.»

Er *war* ungewöhnlich; doch Maud wollte nicht gleich laut zustimmen. Aus dem Augenwinkel sah sie Shirl, die mit einem Knall die Kuchenvitrine aufgerissen hatte und sie anstarrte. Doch Shirl hätte sich eher in einen Stein verwandelt, als eine Unterhaltung mit Dr. Hooper zu unterbrechen, schließlich verging sie selber fast vor Neugier.

«Die Leute mögen ihn wohl», sagte Maud. «Er kann wohl besser mit Erwachsenen reden als die meisten Jungen in seinem Alter. Er scheint, tja, gut mit ihnen klarzukommen, denk ich. Ich erinnere mich noch, als er, oh, sechs oder sieben war...» Das war ja lächerlich, dachte sie, während sie weiter an dem Milchshake-Behälter herumpolierte; sie konnte hier doch nicht so herumstehen und in Erinnerungen schwelgen. Und da war dieses altbekannte Gefühl, wie sich ihre Kehle zusammenzog; das wäre ja großartig, was – wenn sie als Reaktion auf eine höfliche Frage dieser Frau plötzlich zu heulen anfing? Ja, das wäre wirklich der Gipfel.

Dr. Hooper hatte ihre Mahlzeit beendet, stand aber nicht auf, sondern drehte sich ein wenig auf dem hölzernen Barhocker hin und her. Mühelos manövrierte sie die Unterhaltung auf ein allgemeineres Gebiet. «Ich will damit nicht sagen, daß nur Kinder es schwer haben.» Sie redete in einem entschuldigenden Tonfall, als mache sie und nicht Maud die Unterhaltung ein wenig mühsam. «Den Eltern geht es genauso. Eltern sind so oft zu verzweifelten Methoden gezwungen.» Sie hörte auf zu sprechen und hatte den Blick gesenkt. «Was denken Sie?»

Daß Dr. Hooper ihre Meinung tatsächlich für wichtig hielt, verblüffte Maud, und sie blickte von ihrem grotesken Spiegelbild im Aluminiumbehälter auf und in Dr. Hoopers sanfte braune Augen. Maud wippte ein wenig auf den Fersen, als würde sie von der jähen Wucht all der unbeantworteten Fragen geschüttelt, die sie in bezug auf sich und Chad hatte – der Depression, dem Gefühl des Verlusts und dem... Betrug. Das Wort rastete einfach in ihrem Hirn ein und schockierte sie. «Betrug.» Ihr Gesicht wurde starr vor lauter Anstrengung bei dem Versuch, diesen illoyalen, irrationalen Gedanken zu unterdrücken. Aber das Wort löste eine Flut weiterer irrationaler Gedanken aus – etwa die Vorstellung, daß man ihr etwas vorgemacht hatte, sie dazu gebracht hatte zu glauben, die

Kindheit würde ewig dauern. Auf verrückte, verworrene Art daran zu glauben. Mal ganz ehrlich: Was sie gerade fühlte, war, daß *er* sie betrogen hatte, mit seinem Sechs-Jahre-alt-Sein, seinem Kind-Sein hatte er sie hereingelegt; und sie spürte – sogar als Dr. Hooper die drei Eindollarnoten aus ihrer Tasche nahm und Maud noch immer mit diesen leuchtenden Augen ansah –, Maud spürte, wie der Zorn in ihr aufstieg. Er würde sich ausbreiten, wie immer, in ihren verkrampften Bauchmuskeln brennen, in die Gelenke ausstrahlen, als heißes, zorniges Erröten ins Gesicht hinaufsteigen und sich dann zu einem harten, schmerzhaften Klumpen verdichten, von dem sie fürchtete, daß er eitern und schließlich aufplatzen würde.

All das schoß ihr in einer Sekunde, im Bruchteil einer Sekunde, durch den Kopf. Und es war ihr, als stehe sie neben sich, neben jener Maud, die Dr. Hoopers Rechnung schrieb und dabei ein wenig die Stirn runzelte, was zum Ausdruck bringen sollte, daß sie bloß über ihre Antwort nachdachte. Sie befeuchtete die Lippen, notierte Kaffee und Kuchen, ein Dollar fünfundachtzig, und hatte Angst, daß diese Frau den unerklärlichen, mörderischen Zorn gesehen hatte, der so schnell verflog, wie er gekommen war. Langsam fügte sie die Steuer hinzu und hatte Angst, Dr. Hooper in die Augen zu sehen, die sie vielleicht durchschaut hatte, ihre sorgfältig gebügelte Schürze und das versteifte Baumwollkleid, ihre Sommersprossen, die blasse Haut und die hellen Augen durchschaut und darunter eine Frau mit all den Symptomen einer Psychopathin entdeckt. Die Frage *Was denken Sie?* stand noch immer im Raum, und am liebsten hätte Maud gesagt: «Ich glaube, ich wäre fähig, jemanden umzubringen, ich könnte zu den Eltern gehören, die ihre eigenen Kinder töten, und es erschreckt mich, daß ich, wär's auch nur für einen kleinen Moment, tatsächlich in der Haut eines solchen Menschen stecken könnte und dann spüren würde, wie der Arm dieses Menschen das Messer oder die Pistole hebt»… aber, fragte sich Maud verwirrt, um auf wen loszugehen? Das Messer schien sich umzuwenden und auf ihr eigenes Herz zu zielen, die Pistole sich an ihre eigene Schläfe zu setzen. Und die mörderische Wut kehrte zurück, während sie einen Strich unter die Rechnung zog, um Kuchen, Kaffee und Steuer zusammenzuzählen – verebbte dann, wich und hinterließ den Stoff, aus dem die Depressionen sind – wie angeschwemmter Schlick für die Vögel am Strand.

Während sie langsam Dr. Hoopers Rechnung vom Block riß und das rechteckige Durchschlagpapier wieder hineinschob, fragte sie sich, wie in Gottes Namen all das einem Menschen durch den Kopf gehen konnte, während er auf einen schmutzigweißen Rechnungszettel schrieb, auf dessen oberem Rand in verblichener blauer Tinte ein verschnörkeltes «Danke» stand?

Sie legte die Rechnung neben Dr. Hoopers Tasse, setzte ihr leises, angedeutetes Häkchenlächeln auf, während sie den Rechnungsblock wieder in die Schürzentasche gleiten ließ und die Frage beantwortete. «Tja, ich glaube, die meisten Eltern wissen nicht, was sie fühlen und was sie tun, und vielleicht hat es mit all den Entscheidungen zu tun, die sie treffen müssen – nicht den großen, sondern den kleinen, denen, die in jeder Minute zu treffen sind, und man muß sich in einem Sekundenbruchteil entscheiden, ohne jemanden um Rat fragen zu können, und das, wo die Chancen, die richtige Entscheidung zu treffen, doch nie günstig sind, denn was man als das Beste für alle Beteiligten betrachtet, ist es oft gar nicht, weil man häufig gar nicht das Beste für alle Beteiligten will, nicht mal weiß, was das ist, nicht mal für sich selbst… Vielleicht kann ich Shirl deswegen nicht schuldig sprechen. Oder sonst jemanden.» Maud schwieg plötzlich, schloß den Mund, als schlage sie ein Türchen zu, und spürte, daß das, was sich dahinter befand – eine Flut wirrer Worte, die ungebeten und unkontrolliert wie irgendein Poltergeist aus einem Horrorfilm herausplatzten –, sie so in Aufruhr versetzte, daß sie einfach die Lippen zusammenpressen und versuchen mußte, dieses kleine Häkchenlächeln wieder darüberzukleben, damit Dr. Hooper nicht den Eindruck bekam, sie sei nun unwiderruflich verrückt.

Aber Dr. Hooper nickte nur auf ihre nachdenkliche Weise. Ihre langen, eleganten Finger legten die drei Eindollarscheine neben die Rechnung (es war immer der gleiche Betrag), während sie sagte: «Ich habe nie einen Vater oder eine Mutter so etwas sagen hören.» Ihr eigenes Lächeln hatte mit den geschlossenen Lippen und den hochgezogenen Mundwinkeln ein wenig Ähnlichkeit mit Mauds.

Ist das gut oder schlecht? wollte Maud fragen.

Doch es hatte Maud überrascht, daß Dr. Hooper gerade an diesem Morgen vorbeigekommen war, offensichtlich unterwegs «in den hohen Norden», denn morgen war Labor Day.

«Tja, manchmal fährt er schon eher zur Schule zurück. Bevor er eigentlich muß.»

Sofort fühlte Maud sich ihr noch stärker verbunden. Sie hielt sich an dem silbernen Milchshake-Behälter fest, fummelte nervös daran herum und erzählte Elizabeth Hooper, daß auch Chad früher gefahren sei, um einen Freund zu besuchen. Wahrscheinlich konnte sie die Irritation in ihrer Stimme – oder war es Traurigkeit, die beiden Dinge schienen sich zu überlappen – nicht verbergen, und sie säbelte Dr. Hoopers Zitronenbaisertorte ziemlich unbarmherzig herunter. Dann fiel ihr auf, daß Dr. Hoopers Sohn – wenn er schon wieder zur Schule gefahren war – offensichtlich nicht mit seiner Mutter mitfuhr.

«Er verbringt den Sommer nicht bei mir.» Dr. Hoopers dunkle Augen ruhten auf dem Kuchenstück.

Maud spürte, daß da etwas faul war, daher sagte sie nur

«Oh» und wischte sich die Hände an der Schürze ab. Ja, da stimmte wirklich etwas nicht, denn Dr. Hoopers Hand zitterte, als sie die Kaffeetasse hob. Dann sagte sie, nicht zu Maud, sondern ganz leise zu ihrem Kuchenstück: «Er lebt nicht bei mir; er lebt bei seinem Vater. Sein Vater hat das Sorgerecht.»

Maud stellte die Torte wieder in die Vitrine, sah Elizabeth Hooper, die deutlich erregt war, an und dann wieder weg. Maud fuhr sich mit der Zunge über die Lippen und wollte sagen, daß sie sich nicht vorstellen könne, wie jemand wie sie, die so viele Mühen auf sich nahm, um ihren Sohn zu sehen, nicht das Sorgerecht bekam. Mein Gott, man mußte sich doch bloß mal Shirl ansehen. Aber, na ja, das war wohl nicht fair; Shirl hatte mit Joey schließlich eine ganze Menge zu ertragen, und sie hatte ihn ganz allein aufgezogen...

Und Dr. Hooper schien wieder Mauds Gedanken zu lesen, denn sie sagte: «Ich hätte das Sorgerecht haben können; ich wollte es nicht.» Sie hatte eine Briefmarke auf eine Karte geklebt und drückte jetzt ihre geballte Faust darauf. Dann sah sie Maud mit einem dünnen Lächeln an. «Ich bin Kinderpsychiaterin, und so ‹klug› war ich damals.»

Dr. Hooper hängte sich die Tasche über die Schulter und bezahlte ihre Rechnung an der Kasse.

2

Er schaute in die Schublade voller Messer auf seinem Schoß und dachte an die Einsamkeit und Leere, und an jene, die sie verursacht hatten und immer noch verursachten. Und daß es doch nur gerecht war, wenn sie dafür bezahlten.

Es war eine gewöhnliche Küchenschublade mit weißlakkierter Front. Er hatte sie am wulstigen Aluminiumgriff herausgezogen, so daß er dasitzen und sie wie ein Baby oder ein Hündchen auf den Knien wiegen konnte. Er saß auf dem grünen Küchenstuhl mit der hölzernen Lehne, seine langen Hände ruhten auf den Seitenwänden der Schublade, er betrachtete die Messer in verschiedenen Größen und Formen, den zylindrischen Schleifstahl, mit dem er sie wetzte, damit sie immer schön scharf waren.

Jetzt griff er nach dem Schlachtermesser, fuhr mit dem Daumen vorsichtig über die Schneide und mußte das Tröpfchen Blut ablecken, das schon bei dieser so sanften Berührung als winzige Perle erschien. Er erinnerte sich, daß er ein wenig gereizt gewesen war, als er routiniert dieses Messer wetzte. Er überprüfte das Schälmesser, das Hackbeil, das Kochmesser, die krumme Spitze des Geflügelmessers, die beiden Allzweckmesser. Um das gezackte Brotmesser kümmerte er sich nicht. Es hatte keinen Nutzen für ihn.

Seine Seele war ein schwarzer Brunnen, in dem man eine Leiche versenken konnte. Und weil dieser Brunnen so tief und schwarz war, war das Geräusch, das von seinem Grunde heraufttönte, nicht lauter als das Aufklatschen eines kleinen Steins. Ein Brunnen, ein Gewölbe, ein Keller, eine Höhle – ohne jedes Licht.

Nicht einmal so viel Licht, wie er es als sehr kleiner Junge unter der geschlossenen Schlafzimmertür hatte sehen können, als seine Mutter fortgegangen war. Nur einen Lichtstreifen. Er kroch dann immer aus dem Bett und legte sich mit dem Gesicht zur Tür und sah nichts als diesen Lichtstreifen, seine Mutter sah er nicht. Er dachte, sie sei für immer fortgegangen. Er lag dann dort und wünschte sie zurück, bildete sich ein, durch die schiere Kraft seines Willens, durch seine Konzentration könne er sie dazu bringen, in sein Zimmer zurückzukehren; er glaubte zu hören, daß das verschwommene und ferne Klappern ihrer Pantoffeln im Gang deutlicher wurde, wieder näher kam und vor seiner Tür innehielt. Doch sein Wille war wohl nicht stark genug, es mußte da irgendeine Schwäche bei ihm geben, denn sie kehrte nicht zurück.

Er lag dann auf der Seite und starrte auf das Lichtband unter der Tür. Wenn er nicht hinschaute, würde ihn die Dunkelheit verschlingen. Denn wenn sich seine Augen auch an die Finsternis gewöhnten, so würden die Dinge in seinem Zimmer – der klobige Sessel, der Schreibtisch, die Höcker zwischen den Bettpfosten, die Pfosten selber – nicht mehr zu unterscheiden sein, verlören ihre klaren Umrisse und tauchten wieder ein in die Dunkelheit, schon allein durch seinen starren Blick, der sie doch dem Dunkel entreißen sollte. Sein bester Freund aus der damaligen Zeit hatte entsetzliche Angst vor dem «Ding» gehabt, das nachts in seinem Schrank hockte, ein Monster mit Zähnen wie Glasscherben, und er konnte spüren, wie die Zähne zersplitterten, wenn ihm das Ungeheuer in die Kehle biß.

Doch er, *er* hatte sich nie vor einem «Ding» im Schrank gefürchtet; er hatte vor dem Schrank selber Angst gehabt, vor der Dunkelheit und der Einsamkeit. Denn die kamen immer zu zweit. Am Tag war die Einsamkeit lange nicht so schlimm, denn er war draußen und machte etwas. Er empfand sie jedoch immer, auch tagsüber, als einen stumpfen Schmerz;

denn selbst wenn er mit anderen Menschen zusammen war, so spürte er in ihrer Gegenwart doch nie, was er brauchte. Er brauchte Nähe.

Die brauchte natürlich jeder; er unterschied sich nicht von anderen Menschen, nur war *sein* Bedürfnis ein verzehrendes. Die Einsamkeit trieb ihn zur Verzweiflung. Er fragte sich, warum die Ärzte die Nähe ausgelassen hatten auf ihrer Liste: Sex, Hunger, Durst. Würde er für ein Glas Wasser, eine Dose Bohnen oder einen guten Fick jemanden umbringen? Sex? Aber Sex hatte doch kaum etwas damit zu tun.

Seine Hände berührten die Seitenwände der Schublade; er konnte in den Speiseschrank gucken, sah die leckende Wasserleitung, aus der es tröpfelte (er mußte die Waschmaschine mal reparieren), und dachte sich ganz vernünftig, da er ja nie am Verhungern oder Verdursten gewesen war, könne er auch nicht wissen, wozu ein Mensch in einer solchen Lage fähig war. Und was den Sex betraf, so nahm er an, daß es nicht wörtlich gemeint war, wenn es hieß, man würde für einen Fick töten. Er runzelte die Stirn. Aber töteten Tiere denn nicht...?

Er blickte auf die Messer hinunter, die das Licht der grellen Birne reflektierten, schüttelte den Kopf und versuchte, Klarheit zu gewinnen. In seinem Kinderzimmer war ein solches Licht gewesen, es schaukelte leise über seinem Bett, bis seine Mutter an der Kette zog. Manchmal legte sie sich zu ihm ins Bett, und nicht einmal ihr schwerer Whisky- und Zigarettenatem machte ihm etwas aus. Nein, es machte ihm nichts aus.

Weiß Gott, er hatte andere Methoden ausprobiert, um sich zu holen, was er brauchte. Um die Einsamkeit loszuwerden und Nähe zu finden. Sogar das Wort klang warm und geschmeidig. Wenn seine Sprache nur nicht so konfus gewesen wäre, diese dummen Wörter, die sich gegenseitig anstießen, aufeinanderkrachten, einander zerfleischten bei ihrer Jagd nach Freundschaft und Nähe; und wenn die Frauen nicht zu

Boden geschaut hätten, weggeschaut hätten und sogar zurückgewichen wären, fast als (nun mußte das Gesicht, das sich wieder über die Schublade beugte, unwillkürlich lächeln)...
Als bedrohe er sie mit einem Messer.

Er haßte es, daß er ihnen das Messer zeigen mußte und sie erfahren mußten, daß sie sterben würden. Denn wenn dies das Ende auch nicht völlig verdarb, so wurde es dadurch doch traurig und sehr viel schwieriger. Aber es gab keine andere Möglichkeit, denn sie mußten erkennen, was sie getan hatten und worin ihre Schuld bestand. Wie seltsam war doch jene weitverbreitete Ansicht, der Ausdruck in den Augen eines Sterbenden, unmittelbar vor dem Augenblick des Todes, im Moment des Sterbens selbst, sei distanziert, verschleiert, verhangen. Ein Rolladen sause jäh herunter, ein Vorhang würde plötzlich zugezogen.

Für ihn war es genau umgekehrt. Es war der Augenblick, in dem der Rolladen in die Höhe schoß, die verstaubten Vorhänge sich mit einem Mal öffneten und das Licht hereinließen. Es war der Augenblick der tiefsten und größten Nähe. Da gab es kein Zurück mehr.

Und er hatte immer versucht, das behutsam zu erklären. Wenn er auch brutal zupacken mußte (wie hätten sie sonst stillgehalten?), so war seine Stimme doch sanft gewesen (was an sich schon ein kleines Wunder war), und die Worte waren ihm honigsüß und mühelos von den Lippen geflossen. Selbstverständlich wehrten sie sich. Manche Frauen besaßen eine unglaubliche Kraft.

Er bedauerte, daß sie nicht durch Gottes Gnade (aber schließlich gab es ja keinen Gott, nicht wirklich) einfach friedlich in seinen Armen sterben konnten. Aber wenn sie so gestorben wären, hätten sie es dann verstanden? Wären ihre Seelen von ihm und der Angst vor der Dunkelheit erfüllt gewesen? Oder hätten sie an jemand anderen, an einen verlorenen Ort, eine große, grüne Wiese im Sonnenschein gedacht? Sie hätten nicht an ihn gedacht.

Er trieb das Schälmesser so heftig in die Stuhllehne, daß die Schneide vom Schaft brach; und als er sah, daß er dies getan hatte, ohne es zu wollen, daß ihn die Einsamkeit dazu getrieben hatte, begann er zu weinen, wischte sich mit dem Ärmel über die Augen und legte das zerbrochene Messer vorsichtig auf den Tisch.

Die Schublade herausziehen, die Messerschneiden befühlen, jene kindlichen Wutanfälle – er wußte die Zeichen zu deuten. Wußte, daß die Einsamkeit und das Bedürfnis nach Nähe ihn wieder überwältigten und er etwas unternehmen mußte.

Aber sie hatten nicht geschrien.

Es hatte ihn überrascht, daß sie nicht geschrien hatten. Wahrscheinlich, weil er die meiste Zeit nur ein altes, trauriges Gesicht für sie gewesen war, und dann, nachdem er es erklärt und sie gefesselt und das Messer herausgezogen hatte, war ihnen der Schrei in der Kehle steckengeblieben und erstickte sie. Dennoch hatte er ihnen wegen des Gebettels und Gewimmers und der ewigen Neins (Nein nein nein nein nein nein!), die ihn rasend machten, gewöhnlich die Hand auf den Mund pressen müssen.

Außer bei Tony. Antoinette. Als er das Messer unter seiner Jacke hervorzog, hatte sie ihn angeschaut und gelacht. War gestorben vor Lachen. (Jetzt neigte er den Kopf, aus Scham über das billige Wortspiel.) Die hatte vielleicht Nerven. Hatte es ihn geärgert, daß sie gelacht hatte? Daß sie seine Gründe nicht ernst nahm? Natürlich nicht; er war ja schließlich kein Kind. Er hatte mit ihr gelacht da draußen im Wald. Es war schön gewesen zu lachen; die Vorstellung, daß dieser lange letzte verständnisvolle Blick vielleicht der Lust entsprang, das war dem Entsetzen, das er später in den Augen von Loreen Butts erblickte, bei weitem vorzuziehen.

Doch als er sie gegen die Eiche drückte, war ihr Lachen verstummt wie ein altes Auto, das nach einem Stottern schließlich ganz zum Stillstand kommt. Langsam und behutsam hatte er erklärt, daß er sie nicht vergewaltigen wolle; er wolle keinen Sex. Er wolle Nähe.

Kapiert?

Tony hatte ihn wild angeblickt – aus wilden Augen über seiner Hand, an der er ihren heißen Atem spürte.

Und dann nickte sie langsam.

Willst du das? Willst du, daß ich mit dir schlafe? Willst du Sex?

In ihren Augen war auf einmal etwas Verschlagenes, Wissendes. Wieder nickte sie.

Wenn du das willst, kannst du's natürlich haben. Sollst einen glücklichen Tod haben.

Während er an sie gepreßt dastand und ihr noch immer die Hand vor den Mund hielt, ließ sie zu seinem Erstaunen die ihren, die gerade noch an ihm gezerrt hatten, sinken, umklammerte mit einer Hand die seine und riß sich die billige Rayonbluse auf; mit der anderen fummelte sie an seinem Hosenschlitz. Er war hart wie Stahl.

Sie versuchte zum Boden hin zu nicken.

Willst du's auf der Erde?

Rasch nickte sie drei-, viermal mit dem Kopf.

Er hielt ihr das Messer an die Kehle, ließ sie langsam zu Boden sinken, wo sie sich wand und keuchte, und er spreizte die Finger seiner Hand und hörte, wie sie darum bettelte. Er war gebannt; er war fasziniert. Er nahm das Messer von ihrer Kehle weg, hielt den kalten Stahl an ihre Brustwarzen, was sie noch mehr erregte. Und er sah hinab auf seinen harten Schwanz und stieß ihn hinein...

Blöde Schlampe.

Blöde Schlampe. Es hätte klappen können. Vielleicht hätte sie das Messer zu fassen bekommen, hätte sie nur gewartet, bis er draufl ospflügte, hätte sie gewartet, bis er kam, oder so getan, als käme sie auch, immer und immer wieder…

So dachte er später darüber, nachdem er gespürt hatte, wie sie nach dem Messer griff, nachdem er es erhoben, gegen sie gerichtet und ihr die Kehle durchgeschnitten hatte.

O Erlösung!

ZWEITER TEIL

Sam

1

Er war irgendwo da draußen.

Er war da draußen, genau wie die schwarzen Felsplatten, die Swain's Point bezeichneten, im Dunkeln verwurzelt wie die mächtigen Kiefern um die mit Brettern vernagelte Fischerhütte am Ende der Landspitze.

Als Sam die Straße voller Schlaglöcher entlangfuhr, die um den See herumführte, und durch das abschirmende Gebüsch und zwischen Eichen und Kiefern hindurch nach den Häusern schaute, spürte er seine Gegenwart.

Sam war sich fast hundertprozentig sicher, daß es kein Landstreicher, kein durchreisender Fremder gewesen war, der Eunice Hayden gefesselt und erstochen hatte, wie es damals und auch heute, vier Jahre nach ihrer Ermordung, alle glaubten – wahrscheinlich weil die Vorstellung, daß es jemand gewesen sein könnte, den sie kannten, so furchtbar war.

Das Problem war, daß Eunice Hayden am Ende ihres kurzen Lebens nicht gerade als Beispiel für vorbildliches Benehmen gelten konnte. Keiner verstand es: wie sich ein Kind von Molly und Wade Hayden so entwickeln konnte, wo Eunice doch während ihrer ganzen Kindheit kreuzbrav und so steif und verklemmt wie ein schwarzbehaubtes Mädchen auf einem mittelalterlichen Ölschinken gewesen war. Wade Hayden war seit zwanzig Jahren Postmeister, und seine Frau Molly wurde immer als erste gerufen, wenn es darum ging, für einen guten Zweck zu sammeln: für die Kirche oder die Bibliothek oder die Schule. Bei Molly konnte man sich darauf verlassen, daß sie das Geld auftrieb, daß sie die Leute mit ihren harten Augen anstarren und ihnen das Gefühl geben würde, für die rissigen Einbände der Bücher und die fehlenden Kirchenbänke persönlich verantwortlich zu sein. Und Eunices Vater war, wie es immer hieß, die Ehrlichkeit in Person. Sam hatte sich immer gefragt, was die Leute zu solchen Behauptungen veranlaßte. Worin sollte sich schon die *Un*ehrlichkeit eines Postmeisters zeigen? Vielleicht darin, daß er einem beim Briefmarkenkauf falsch rausgab?

Während er langsam dahinfuhr und ab und zu das unruhige blaue Licht eines Fernsehers registrierte, versuchte er, diese kleinlichen Gedanken zu verdrängen. Das Mädchen war tot. Und seine Mutter Molly war ebenfalls tot; sechs Monate später war sie, wie man annahm, am Schock gestorben. Sam wußte, daß Molly, die immer gewirkt hatte, als sei sie unverwüstlich wie ein Waschbrett, leidend gewesen war. Der kaltblütige Mord an ihrer Tochter hatte ihren Tod sicher beschleunigt – davon war er überzeugt.

Also hatte Wade Hayden den gleichen Pfad zum gleichen Friedhof und zum gleichen Baum, unter dem auch seine Tochter begraben war, noch einmal gehen müssen, vielleicht trat er sogar in die gleichen Fußstapfen, seine eigenen, denn der Staub hatte kaum Zeit gefunden, sich darin abzulagern.

Natürlich waren die Eltern zum Verhör gekommen. Die Familie mußte man grundsätzlich befragen. Wade und Molly erzählten, daß sie in Hebrides gewesen seien; Molly hatte eingekauft, während Wade einen Freund im Postamt von Hebrides vertrat, das, wie er oft erzählte, kaum als Postamt zu bezeichnen war, da es nur aus einem Mann und einem Zimmer bestand und kaum genug Umsatz machte, um den einen Mann zu ernähren. Wade sagte das immer mit offensichtlichem Stolz auf seine eigene Position als Postmeister von La Porte: obwohl La Porte kleiner war als Hebrides, gab es doch genug Ferienbetrieb, um zwei Angestellten ihr Auskommen zu sichern. Daher hatte Wade einen Assistenten. In Hebrides sprang er immer gerne ein, wenn der Postler (wie Wade ihn nannte) eine Aushilfe brauchte. Da war er also gewesen, während seine Frau ein paar Einkäufe erledigte, und sie hatten den ganzen Nachmittag dort zugebracht, oder zumindest jenen Zeitraum von drei Stunden, in dem ihre Tochter ermordet wurde.

Sie waren also zum Verhör gekommen; und es fiel Sam schwer, die trauernden Eltern so hart ranzunehmen wie man es vielleicht bei Nichtverwandten tat, wie er etwa Bubby Dubois oder Dodge Haines in die Mangel nahm.

Dodge hatte sie gefunden, und das rieb er jedem unter die Nase, wobei er die Tatsache, daß er recht oft verhört wurde, herunterspielte. Die Haydens besaßen ein kleines Stück Land eine halbe Meile vom Seeufer entfernt, ein paar Hektar mit Haus, Scheune und Hühnerstall. Molly verkaufte Eier von freilaufenden Hühnern, und eine ganze Reihe von Männern, bei denen man ein so großes Interesse an Eiern kaum vermutet hätte, pflegten hinauszufahren, um bei ihr einzukaufen. Dodge Haines war einer davon. Auch Bub Dubois' Jungens hatte man aus der Scheune kommen sehen. Sogar der Bürgermeister fing an, Reden über Batterie-Eier zu halten, und startete eine private Kampagne zugunsten der mehrfach prämierten Güteklasse-A-Eier der Haydens. Das war einige Zeit, bevor ein paar Leuten – der Frau des Bürgermeisters als erster – auffiel, daß man es Eunice überlassen hatte, sich um den Eierverkauf zu kümmern, und daß die Transaktionen in der Scheune ein wenig länger dauerten, als unbedingt nötig war.

Bubby Dubois gefiel das Gerücht überhaupt nicht, daß seine Söhne Darryl und Rick sie gleichzeitig von vorn und hinten bedienten.

Dodge Haines fand Eunice im Hühnerstall, dressiert wie ein Brathühnchen, und das Blut aus ihrer aufgeschlitzten Kehle und Brust war bis an die unvorstellbarsten Stellen gespritzt – an den hölzernen Dachbalken, in die Futterkrippe –, so als wolle es nach Vergeltung schreien. Um sie herum lagen überall zerdrückte Eier, direkt neben ihr eine Henne mit umgedrehtem Hals, und der Gestank war so bestialisch, daß er es nicht mal bis vors Hühnerhaus schaffte, um sich zu übergeben.

Ein Gewaltverbrechen. So bezeichnete er es gerne. Es hatte keine sexuelle Gewalt gegeben, keine eigentliche Vergewaltigung. Obwohl das nach Aussage des Arztes, der mit der Kreispolizei am Tatort erschien, nicht eindeutig festzustellen war, so wie After und Vagina zugerichtet waren. Es war, als wäre jemand in der Absicht, sie zu Tode zu vögeln, über Eunice hergefallen und hätte, als ihm das nicht gelang, ein Messer benutzt.

Nur Maud Chadwick hatte ausgesprochen, was auch Sams Gefühl hinsichtlich Eunice Hayden war: Was blieb Eunice, umgeben von all dieser Anständigkeit, diesen Säulen der Gesellschaft von La Porte, schon anderes übrig, als ein bißchen auszuflippen? Sogar Shirls Joey hatte es da besser. Zumindest fühlte der sich frei genug, seiner Mom hin und wieder zu sagen, daß sie ihn am Arsch lecken konnte, schließlich fuhr Shirl ihn ja auch so an und hatte keinerlei Bedenken, wenn sie ihn damit vor Fremden in Verlegenheit brachte. Auch Molly Hayden hatte ihre Tochter in peinliche Situationen gebracht, wenn es auch auf den ersten Blick nicht danach aussah, weil es ja um «gute Werke» ging. Eunice wurde mit zwölf oder dreizehn Jahren herausgeputzt und aufgedonnert von Tür zu Tür geschickt, um für den Kirchenbasar zu sammeln. Daß eine Zwölfjährige sich lieber auf einer Kreissäge hätte festschnallen lassen, als vor ihren Freunden als Wohltäterin dazustehen, das kam Molly Hayden nie in den Sinn, wenn sie da in der Weihnachtszeit an der Ecke First und Tremont Street mit ihrer Sammelbüchse rasselte. Beide waren sie dabei in Lumpen und löchrige Umschlagtücher gehüllt, um den Reichen von La Porte, soweit vorhanden, vor Augen zu führen, daß manch einer keine Gans auf dem Tisch haben würde, sofern sie nicht ihr Geld in die Büchse warfen. Chad besuchte die High School von La Porte erst seit jenem Halbjahr (und rieb Maud in jenem Jahr täglich unter die Nase, daß er lieber stehend in einer eisernen Jungfrau schlafen würde, als in die Schule zu gehen); er sagte, Eunice sei das Gespött der Schule, schon immer und bis zum heutigen Tag.

Und die schlimmste «Demütigung» für Eunice (denn so nannte sie es) war es, wenn ihre Mutter sie zwang, mit ihr ins Rainbow Café, in Wheeler's Restaurant oder sogar ins Do-Nut DeLite zu gehen, wo sie die Kellnerin oder den Geschäftsführer überreden mußte, ihnen im Austausch für die von Eunice gehäkelten Topflappen oder ungeschickt gesäumten Tischtücher eine Mahlzeit zu geben. Eunice hatte dabei immer reden müssen. Sogar Shirl, die gegen rührselige Geschichten gefeit war, wurde blutrot und sagte nur zu Eunice, sie solle schweigen und sich mit ihrer Mutter hinsetzen und bestellen, was sie haben wolle. «Blöde alte Kuh», meinte Shirl dann immer, wenn sie weg waren. «Wo die Haydens doch wirklich alles andere als arm sind. Das ist vielleicht eine Mutter!» Und wenn Joey zufällig am Tresen war, richtete sie diese Bemerkung an ihn. Sei gefälligst mal dankbar!

Lasset die Kinder zu mir kommen, pflegte Molly zu sagen. Tja, sagte Maud, sie hätte es wissen müssen. Und wenn man dann noch bedachte, daß Eunice reizlos wie ein Zaunpfosten war, nur um die Hüften rum breiter, überraschte es Maud gar nicht, daß sie ausrastete. Ob Sam sich vorstellen könne, hatte Maud gefragt, daß Eunice zu Wade oder Molly Hayden sagen würde, daß sie sie am Arsch lecken sollten? Wo Wade Hayden sogar ein bißchen aussah wie Abraham Lincoln – schlaksig, mit dunklem Haar und diesem langen Kiefer und den traurigen schwarzen Augen. Weil ihre Mutter so versessen darauf war, Geld für gute Zwecke aufzutreiben, hatte Eunice sich vielleicht für eine bessere Methode zum Geldverdienen entschieden, wo man nicht von Tür zu Tür gehen und in der

Kälte stehen mußte. Sondern irgendwo im warmen, alten Heu liegen konnte.

Sam DeGheyn machte sich viel Gedanken um Maud Chadwick. Er hatte sie nicht gerne alleine gelassen, vor allem nachdem ihr Sohn gerade abgereist war und er nun mal wußte, was er ihr bedeutete. Sam hatte noch nie eine Mutter erlebt, die von ihrem Kind so hingerissen und gleichzeitig überzeugt davon war, alles falsch gemacht zu haben.

Als Sam sich Bunny Carusos Cottage näherte, fuhr er an den Straßenrand, um zu gucken, was sich dort tat. Er schaltete den Motor ab und dachte dabei an Murray Chadwick. Weil er seinen Namen nicht mochte, wurde er Chad genannt. Chad war einer der nettesten jungen Burschen, die Sam je kennengelernt hatte (und Sam kannte viele), aber er hatte nicht gerade ideale Voraussetzungen gehabt. Sam konnte nicht verstehen, warum Maud davon überzeugt war, daß keine der positiven Eigenschaften ihres Sohnes etwas mit ihr zu tun hatte, nicht einmal sein Aussehen, wo er doch genauso aussah wie sie, eine strahlendere Ausgabe von ihr war.

Sam erinnerte sich an seine erste Begegnung mit Maud Chadwick und mußte dabei lächeln. Sie war gerade hergezogen und kam ins Büro des Sheriffs, trat von einem Bein aufs andere, bis sie schließlich damit herausrückte, daß sie nicht wisse, was sie mit ihrem Strafzettel machen solle. Weil die Parkuhr abgelaufen sei, habe ihr jemand (und hier errötete sie, weil der Mann in Uniform, mit dem sie sprach, vielleicht genau dieser Jemand war) diesen Strafzettel mit Plastikhülle unter den Scheibenwischer gesteckt, und sie sei nicht sicher, wo sie die Hülle abgeben solle. Sie habe die fünfzig Cents reingesteckt...

Er hätte am liebsten (nicht unfreundlich) über den verzweifelten Ton in ihrer Stimme gelacht, über das Mißverhältnis zwischen ihrer Bitte und der Mühe, die das Vorbringen dieser

Bitte ihr bereitete. Sam, bedächtig seinen Kaugummi kauend, hatte nur dagesessen, sich die Hände in den Achselhöhlen gewärmt und gedacht, daß diese neue Lady außerordentlich hübsch war – wobei sie das offenbar selbst nicht wußte. Vielleicht war es Mauds Schüchternheit im Vergleich zur (nach Sams Meinung) manchmal allzu ausgeprägten Redegewandtheit ihres Sohnes, die sie annehmen ließ, daß sie nicht viel gemein haben konnten.

Aus Bunny Carusos Cottage tönte ein krachendes Geräusch, das von einem zerbrechenden Glas oder einem Dutzend anderer Dinge herrühren konnte. Sam war an lautes Getöse in Bunny Carusos Haus gewöhnt.

Sam fragte sich, woher Chad nach Mauds Dafürhalten wohl all seine positiven Eigenschaften hatte? Sie konnte ja wohl nicht annehmen, daß vom Vater große genetische Verbesserungen gekommen waren. Manchmal schaute sie zum sternenübersäten Himmel hinauf, als seien Chads gute Eigenschaften direkt von da oben heruntergerieselt.

Während er an den bläulich glühenden Fensterscheiben, hinter denen die Fernseher flimmerten, vorbeifuhr, fragte er sich, ob es wohl etwas nützen würde, wenn Maud sich einen Fernseher anschaffte; dann bliebe sie vielleicht abends im Haus. Es war doch wirklich lächerlich. Sich vorzustellen, wie diese Frau – die rauszukriegen versuchte, warum es auf Key West irgendeine Ordnung gab, die in La Porte fehlte – sich «Das Glücksrad» anguckte! Und wenn der Satz «Ramon Fernandez, sage mir, wenn du es weißt» kam, würde die Moderatorin Vanna White dann durchdrehen? Er sollte Maud wohl nicht dauernd so angreifen, wie er es gerade getan hatte, weil sie sich so aufregte; aber in gewisser Weise tat er es ja gerade deshalb. Der Zorn riß sie heraus aus ihrer quälenden Sicht des Lebens – egal, welche sie gerade vertrat.

Sams Frau Florence fand sie «unheimlich».

«Die Dubois sind ein paarmal an diesem Dock an ihr vorbeigefahren. Du weißt doch, die haben sich letztes Jahr das teure Rennboot angeschafft –»

Dieser Dubois redete, als wäre es eine Yacht.

«– und die hockt bloß da auf ihrem Stuhl. Auf einem *Schaukelstuhl* und mit einer *Lampe*.»

Florence hatte sich vom Mikrowellenherd abgewandt – sie garte alles in der Mikrowelle – und redete weiter: «Nachts. Ist das zu fassen? Und schleppt sich eine Lampe da runter? Woher kriegt die denn da unten bloß Strom, frag ich mich?»

Sam hätte antworten müssen, aber er las einfach den *La Porte Pendant* weiter und schwieg. Und wieder wandte sie ihre Aufmerksamkeit dem Mikrowellenherd zu, den sie manchmal sehr lange anstarrte, so wie manche Leute auf ihre in der Trommel kreisende Wäsche oder auf ihre Fernsehschirme glotzen. Durch die Küchentür konnte Sam seinen eigenen Fernseher und die darauf flimmernden Gesichter sehen, deren Münder stumme Worte formten. Der Ton war oft abgestellt.

«Also wenn das nicht unheimlich ist, findest du nicht? Häh?» Wieder an seiner Seite, trommelte sie sich mit den Fingern auf die Hüften. Florence hatte nicht viel Geduld. Sie haßte es, wenn sie etwas in der Mikrowelle aufwärmen wollte und dabei Minuten einstellen mußte. Sie gab sich nur mit Sekunden ab. Sie starrte auf die schwarze Glastür und haßte das Ding gleichzeitig. Florence versuchte, ihn zu einer Antwort zu bewegen; sie wußte, daß er Maud Chadwick mochte.

«Übergeschnappt, sagen die Dubois jedenfalls. Bubby hält sie für ganz schön übergeschnappt.»

«Bubby muß es ja wissen», sagte Sam, schlug die Rubrik «Persönliches» auf und guckte, wer eine Zusammenkunft ankündigte, zu der alle eingeladen waren. Manche von den Leuten hier hatten Hunderte von Verwandten. So viele Einladungen konnten sie nicht schicken, also gaben sie Anzeigen auf.

«Und was soll das nun wieder heißen, Samuel?» Mit immer höherer Stimme schlug sie die Silben an, als spiele sie eine Tonleiter.

Florence glaubte, ihren Mann zu irritieren, indem sie ihn mit «Samuel» anredete. Er hatte ihr nie erzählt, daß Samuel gar nicht sein richtiger Name war. Seine Eltern liebten die Einfachheit. Er beantwortete ihre Frage nicht, sondern blickte über den Zeitungsrand und sagte: «Ist das Toast da drinnen? Wärmst du den Toast schon wieder in der Mikrowelle auf?»

«Ich wiederhole – was soll das heißen?»

«Daß man Brot nicht in der Mikrowelle toasten kann, das heißt es.» Sam nahm einen Schluck Kaffee. Es war eine fade Brühe. Sie hatte ihn in der Mikrowelle erhitzt.

«Scheiß doch auf den Scheiß-Toast!» Florences Vorrat an Schimpfwörtern war beschränkt. «Ich red nicht vom Toast. Ich meine diese Bemerkung über Dubois. Was hast du gemeint, als du gesagt hast: ‹*Der* muß es ja wissen›? In Hinblick auf die Übergeschnappte, mein ich.»

Florence wußte es ganz genau, sonst wäre ihr Sams Bemerkung gar nicht so lange im Gedächtnis haftengeblieben. Einen direkten Angriff auf den Alten vermeidend, machte er nur eine Anmerkung zum Benehmen der beiden Dubois-Söhne. «Darryl und Rick landen irgendwann noch mal vor dem Jugendrichter, da kannst du Gift drauf nehmen. Ich hab sie erwischt, wie sie in der Volksschule Crack verkauft haben; Donny hat sie geschnappt, als sie zu mehreren versuchten, das Childess-Mädchen zu vergewaltigen –»

Der Mikrowellenherd summte, und sie riß die Tür auf. «Üble Nachrede, weiter nichts.»

Sam seufzte. Es war zwecklos, sich auf einen Streit über den Alten, Bubby Dubois, einzulassen. Bubby – was für ein Mann würde sich schon bei seinem Kindernamen rufen lassen? Die Sache war die: Florence schlief mit ihm, und jetzt beäugte sie Sam mit ihren feuchten, schwarzen, griechischen Olivenaugen und fürchtete, daß er es wußte. Ja, vielleicht wußte sie sogar, daß Sam es wußte. Wahrscheinlich wußten es sowieso alle in La Porte.

Er tat, als bemerke er nicht, wie sie dastand, den Teller mit Eiern, Speck und Toast in der Hand, und ihre großen, vertrauten, noch immer verlockenden Brüste sich hoben und senkten – er fragte sich, ob vor Zorn oder Angst.

Er konnte sie nicht ansehen, weil er sie nicht mehr liebte, weil es ihm inzwischen gleichgültig war, ob sie einen Liebhaber hatte oder nicht. Und irgendwie – ganz seltsam war das – fühlte er sich deswegen als der Schuldige. Er hatte beinahe Mitleid mit Florence, weil sie nichts Besseres abkriegte als Bubby Dubois, fast so, wie sich ein Vater um seine Tochter sorgen würde, die sich einem Rumtreiber an den Hals geworfen hatte, irgendeinem abgefuckten Gitarristen aus einer zweitklassigen Band.

Mit gesenktem Kopf nahm er ihr den Teller aus der Hand. Die Augen taten ihm weh. Das taten sie immer, wenn er daran dachte, wie sehr er sich gewünscht hatte, Kinder mit ihr zu haben. Nur eins, nur eins.

Und so bemitleidete er Florence, weil sie mit Bubby Dubois schlief, der ein riesiges Gebrauchtwagengeschäft außerhalb von Hebrides besaß, der ein gefurchtes und gebräuntes Gesicht hatte, das aussah wie eine Brotkruste, von all den Tagen, an denen ihm die Motorhauben der Autos die Sonne direkt ins Gesicht zurückwarfen – die Autos oder das Wasser; Haare wie ein Baiser, eine buschige weiße Wolke von Haar mit einem kleinen Hauch von Braun auf den einzelnen Wellen. Wenn er seinen pfirsichfarbenen Anzug trug, sah er aus, als könne man ihn essen.

«Mußtest du den verdammten Toast in die Mikrowelle schieben, Florence?»

Sie starrte auf den Teller und sagte: «Die Eier auch. Und den Speck.»

Es klang anklagend, so, als sei seine Bitte um Speck und Eier, und dann auch noch um Toast, ein taktisches Manöver gewesen, mit dem nicht einmal die Japaner zu Rande kamen, und man von Glück reden mußte, daß der Sanyo keinen Kurzschluß hatte. Die Toastscheiben waren schlaff wie Lappen.

«Nur weil du eine Schwäche für Mrs. Gruselig hast, brauchst du doch nicht versuchen, den Spieß umzudrehen.» Ihre triumphierenden Augen glitzerten, als sie sich einen schlaffen Speckstreifen in den Mund schob, der so grau war wie ein Kaugummi. Auf ihrem Gesicht lag eine glänzende Morgenpatina, ein schwacher Fettfilm, den Sam einst erregend gefunden hatte – etwas Flüssiges, das sich aus den schwarzen, glänzenden Haaren, den Olivenaugen absonderte. Florence war eine attraktive Frau.

Als er so dasaß, gleichgültig seinen Orangensaft trank (das einzige, das dem Sanyo entkommen war) und auf den Vorwurf hinsichtlich Mrs. Chadwick nicht reagierte, probierte Florence es noch einmal:

«Oder stehst du auf Bunny Caruso? Auf sie vielleicht?»

Er stand auf und zerrte seine Uniformjacke vom Stuhl, sah sie an und schüttelte den Kopf. Was da aus ihr sprach und aus ihren Augen starrte, war die Angst.

Er wußte, sie hatte eine Heidenangst davor, daß er sie irgendwann mit ihrem Sanyo und ihrem Dubois sitzenließ, und die nackte Angst zwang sie zu diesen seltsamen Provokationen, bei denen sie ausprobierte, wie weit sie gehen konnte.

Sam lächelte nur und sagte, er müsse zur Arbeit, küßte sie auf die Wange und sah, wie ihr die Tränen in die Augen stiegen.

Alle Frauen, die er kannte, schienen hinter den Augen diesen kleinen Wasserspeicher zu haben, der jederzeit überlaufen konnte.

Und nicht nur Frauen, dachte er, als er an seine eigene Reaktion vor zwei Minuten dachte. Alle.

Jetzt zündete er sich eine Zigarette an, schaltete den Motor aus und beobachtete das Licht, das sich in Bunny Carusos Haus bewegte und helle Sprenkel auf die schäbigen Vorhänge tupfte. Wenn er den schlammigen Pfad voller Regenpfützen, die nie auszutrocknen schienen, hinaufgegangen wäre, um «der Ursache des Lärms auf den Grund zu gehen» – *«Glaub, ich hab da so ein Scheppern gehört, Bunny»* –, würde Bunny Caruso bloß dastehen, spindeldürr sogar in dem langen, weiten Kleid, das sie sich in Null Komma nichts überstreifte, und ihm (mit großen unschuldigen Augen) sagen, daß Hubert wieder mal «was im Schilde führt».

Hubert war weder ein Ehemann noch ein Liebhaber, der Bunny vielleicht ab und zu eine fürchterliche Tracht Prügel verpaßt hätte. Hubert war nach Bunnys Worten ihr «Hausgeist». Hubert gehörte zu dem ganzen Hokuspokus von Bunnys sogenanntem Beruf; wie die Kristallkugel auf dem hindrapierten schwarzen Samt und die flackernde Kerze, die sie bei ihren «Séancen» benutzte, weil sie das Licht löschen mußte, denn sonst wäre Hubert, der den Lebenden die Botschaften der Toten übermittelt, nicht erschienen. Und die Spiegel. Sam hatte noch nie soviel Spiegelfläche gesehen. Die Decke und zwei Wände waren verspiegelt. Er nahm an, dieses ganze Drumherum brachte ihre Kunden dazu, durch den Schlamm zu stapfen und einen flüchtigen Blick in die Zukunft (oder die Vergangenheit) zu tun, denn an Bunny Caruso selber konnte es ja wohl kaum liegen. Sie hatte soviel Sex-Appeal wie die alte Pumpe vor dem Gerichtsgebäude. Ihre dünnen, knochigen Beine staksten im Sommer wie Spindeln aus ihren knallrosa Shorts heraus. Wenn sie ihr trägerloses Oberteil trug, zerrte sie es immer hoch, weil sie Kleinmädchenbrüste hatte, einen kaum entwickelten Busen, und die Warzen (sie achtete drauf, daß sie durchschimmerten) sahen aus wie Bleistiftspitzen.

Sam saß da, rauchte und fragte sich, wer wohl jetzt bei ihr

zu einer «Séance» war. Der Bürgermeister höchstwahrscheinlich. Er gehörte zu den Stammkunden – konsultierte Hubert immer vor der Wahl oder um ihn zu fragen, was man wegen der Schlaglöcher auf der Tremont Street und der bevorstehenden Ratsversammlung unternehmen sollte. Aber Bunny zufolge kamen sie eigentlich der Vergangenheit wegen: um mit ihren lieben Anverwandten Kontakt aufzunehmen; um bei Bunny die feierliche, rauhe Stimme Huberts zu hören und den Vorhang über einem überlebten Stück erneut hochgehen zu lassen. «Um mit unseren längst hingeschiedenen Lieben zu reden, Sammy», hatte sie ihm mit tränenverschleierten Augen und schniefender Frettchennase erzählt. «Stell dir das nur mal vor, lieber Sammy!»

Der liebe Sammy konnte sich nur zu gut vorstellen, daß die Spiegel hübsch was vertragen mußten und daß das Rumpeln und Pochen und gelegentliche Scheppern bedeutete, daß die Lieben mit Sicherheit Kontakt untereinander hergestellt hatten.

Bunny zufolge waren auf die Bitte – nein, das ausdrückliche Verlangen – Huberts hin die Spiegel in ihrer Zweizimmer-Asbest-Schindelhütte angebracht worden, denn Hubert war in seinem früheren Leben ein Prinz von Liechtenstein gewesen und betrachtete sich gerne in vollem Staat von allen Seiten.

Sam hatte bei einer seiner seltenen «Kontrollen» am Türpfosten gelehnt, langsam auf seinem Kaugummi herumgekaut und sich darüber, wie Bunny versuchte, ihre winzige rosa Zunge um das Wort «Liechtenstein» herumzuwickeln, fast mehr amüsiert als über die Spiegelgeschichte. Er wäre hineingegangen, nur war er sich nicht sicher, ob Bunnys Kunde sich genauso schnell aufrappeln konnte wie sie selber. Aber abgesehen davon, wollte Sam sich sowieso nicht endlos im Carusoschen Spiegelkabinett reflektiert sehen.

Nicht, daß Bunny ihn nicht dazu eingeladen hätte. Bei ihren Besuchen auf der Polizeistation sprach sie stets von Sams Aura, umklammerte dabei gewohnheitsmäßig ihre kantigen Ellbogen und erschauerte «vor lauter Wonne» (wie sie sagte) über etwas, von dem Sammy nichts mitkriegte. Es hing damit zusammen, daß sie seherische Fähigkeiten und einen sechsten Sinn hatte. Ganz abgesehen von Hubert.

Einige dieser Besuche waren offizieller Natur, wenn sie auch beide ein rein geselliges Interesse vorschützten. Sam ließ Bunny nicht aus dem Auge: Er meinte, sie solle alle zwei Monate oder so ein ärztliches Attest bringen. Sie setzten stillschweigend voraus, daß er einfach ein bißchen besorgt um sie war und jedenfalls nicht als Polizeibeamter, sondern aus reiner Freundschaft so handelte. Er sorgte sich um ihre Nerven und darum, daß ihre Sitzungen mit Hubert ja wohl sehr erschöpfend waren und es Medien, soweit er das aus Filmen kannte, ja auch mal ziemlich dreckig gehen konnte. Diese Strapazen konnten zu Zusammenbrüchen führen. Wenn sie lieber nicht zum hiesigen Arzt gehen wollte, so könne sie auch zu jedem anderen gehen – vielleicht zu einem in Hebrides.

Sam ging sogar auf Bunnys seltsames Gewerbe ein und erzählte ihr von einem berühmten Schriftsteller (über den Maud sich ausgelassen hatte) namens Georges Simenon, der sich einer vollständigen ärztlichen Untersuchung, einem kompletten Check-up zu unterziehen pflegte, ehe er sich in irgendeinem Hotel verkroch, um sein nächstes Buch zu schreiben.

Bunny war fasziniert. So fasziniert, daß sie mit weit aufgerissenen Augen dasaß. «Wie viele Bücher hat dieser George geschrieben?»

Sam versuchte sich zu erinnern, was Maud ihm erzählt hatte. Er lehnte sich zurück, nickte feierlich und sagte: «So um die zweihundert.»

«Meine Güü-te!» Bunny preßte die Hände auf ihre winzigen Titten – nicht, weil sie ihn anmachen wollte, sondern weil es vermutlich einfach ihre Gewohnheit war – und sagte:

«Sammy, meinst du, ich könnte das auch?»

Sam runzelte die Stirn und schob sich die dunkle Brille ein bißchen weiter hoch. Immer wenn er Bunny den Bürgersteig entlangkommen sah, setzte er diese Brille auf, sogar drinnen; sonst hätte sie das Lachen gesehen. «Du brauchst keinen totalen Check-up. Vielleicht einen kleinen Bluttest.»

Sie fuchtelte mit den Händen wie eine Frau, die ihre frischlackierten Fingernägel trocknet. «Nein, nein. Ein Buch schreiben. Glaubst du, ich könnte ein Buch schreiben wie dieser George?»

Er steckte sich schnell einen Kaugummi in den Mund, damit er etwas zu tun hatte und nicht in dieses Lachen ausbrach, das sich schon drohend ankündigte. Bunny war sich nicht mal sicher, wie sie ihren Namen buchstabieren sollte; manchmal schrieb sie ihn mit *y*, dann wieder mit *ie*. Sie war nur zwei Jahre jünger als Sam, und er erinnerte sich jetzt, wie damals in der High-School von La Porte über Bunny gekichert wurde, weil sie ihren eigenen Namen nicht buchstabieren konnte.

«Tja, Bunny», hatte er gesagt, während er zwei Schubladen öffnete und wieder schloß, «warum versuchst du's nicht mal? Die Sache ist einfach die, daß wir ein bißchen auf deine Nerven aufpassen müssen. Okay?»

In diesen Gesprächen wurde nie erwähnt, daß Bluttests bei drohenden Nervenzusammenbrüchen natürlich nicht angezeigt waren. Es hatte bisher keinen Aids-Fall in der Gegend gegeben, und Sam machte sich keine großen Sorgen, daß die Männer von La Porte Aids hatten, aber nur der Himmel wußte, wen Hubert aus irgendwelchen unbekannten Welten hereinschleppte. Und Sam wollte kein Risiko eingehen.

Das Buchstabieren ihres Namens mochte früher einmal problematisch für Bunny gewesen sein, aber sie war auch nicht so schwer von Begriff, daß sie nicht wußte, was Sam sonnenklar war: Ihr Körper wurde nicht als ein leeres Gefäß benutzt, durch das Hubert, der Prinz von Liechtenstein, mit den Stimmen der Toten sprach. Daher wußte sie auch, daß Sam ihre Einladungen, ihn mit seinen lieben Verstorbenen in Verbindung zu bringen, immer ausschlagen würde. Doch die rituellen Besuche auf der Polizeistation wirkten bei Bunny irgendwie therapeutisch, wie eine Beichte – so als sei Sam der Priester und sie die anonyme Büßerin, durch Hubert und die Kristallkugel unmittelbaren Blicken entzogen. Sowohl Priester als auch Büßerin wußten natürlich, wer ihr Gegenüber war (wußten die das nicht immer in der Kirche?), aber dieses Spiel, das die beiden inszenierten, ersparte Bunny klare Stellungnahmen – weder mußte sie welche von Sam hören noch selber welche abgeben.

Die Phantasie wurde von beiden gehegt und gepflegt. Das Gesundheitsattest, das sie in einem kleinen braunen Umschlag über seinen Schreibtisch schob, hätte so etwas wie die fünfzig Cents für falsches Parken sein können.

Und das Gerede der Leute ignorierte Sam. Mabel Sims und ihre Bridge-Weiber amüsierten sich höchstwahrscheinlich köstlich, wenn sie an ihrem Tisch hockten und sich über das Treiben in der alten Hütte am Swain's Point unterhielten. Wenn Mabel (und Helen Haines) gewußt hätten, mit wem Bunny es da trieb, hätten sie wohl einen anderen Ton angeschlagen. Wie die Dinge lagen, verfolgten die pfennigfarbenen Augen der Gattinnen von Bürgermeister Sims und Dodge Haines Bunny auf Schritt und Tritt von Tremont bis zur First Street, ehe sie dann in Cooper's Drugstore gingen, um ihre Strohhalme zu strangulieren und sich im hohen Spiegel hinter der Theke auszutauschen. Das Sims-Kontingent bezeichnete Bunny als «lockeren Vogel».

Darüber mußte Sam sogar lächeln, als er hier draußen im Dunkeln saß und seine dritte Zigarette in einem Aschenbecher ausdrückte, der nicht mehr zuging; er mußte lächeln, wenn er daran dachte, daß einige der Leute aus La Porte immer noch irgendwo in den Fünfzigern hängengeblieben waren, sich Wiederholungen der Serie «Vater ist der Beste» ansahen und überrascht waren, wenn sie hörten, daß Liberace schon so viele Jahre tot war.

Sam jedenfalls fand, daß Bunny Caruso La Porte sehr viel weniger schadete als das Red Barn, wo man sich nicht so sicher sein konnte, was sich in den Glaszuckerdöschen befand, wie ihm sein Hilfssheriff Donny erzählt hatte. Ob er nicht doch einen Durchsuchungsbefehl anfordern sollte? Sie hatten Darryl Dubois zweimal wegen Besitz von Crack und Angel Dust vorgeladen. Es war ihm gelungen, den Stoff irgendwo zwischen Theke und Ausgang des Red Barn loszuwerden.

Bubby Dubois war sich mit den Fingern durch seine Baiserwolke von Haar gefahren und hatte gesagt, daß Sam DeGheyn ihm wohl was anhängen wolle, und dann noch mit seinem vieldeutigen Blick hinzugefügt: «Und wir wissen ja auch warum, nicht wahr?»

Bunny mit ihrer Gesundheitsbescheinigung dealte mit Phantasien, nicht mit Kokain oder Crack.

Und jeder braucht doch irgendeine Phantasie, um durchs Leben zu kommen, verdammt noch mal, dachte sich Sam.

«Lockerer Vogel.» – Helen Haines hatte die gleichen Worte für Eunice Hayden benutzt.

Das und nicht Neugier, ob Dodge Haines oder Winfield Sims oder irgendwelche anderen ‹lockeren Kerle› damit zu tun hatten, brachte Sam dazu, fünfzehn Minuten hier im Dunkeln zu sitzen und Bunnys Hütte zu beobachten.

Etwa zehn Monate vor der Ermordung von Nancy Alonzo hatte man eine Frau namens Loreen Butts im Wald hinter dem Bar- und Grillrestaurant Oasis außerhalb von Hebrides gefunden. Man hatte ihr die Unterhose herabgezerrt, die Kleider zerrissen, Kehle und Bauch aufgeschlitzt. Und neun Monate vorher war Antoinette Perry auf die gleiche Weise und beinahe an der gleichen Stelle umgebracht worden. Der einzige Unterschied war, daß man Tony Perrys Leiche in einem Teil des Waldes fand, von dem nicht klar war, in wessen Zuständigkeitsbereich er gehörte. Das Bar- und Grillrestaurant Oasis lag in der Nähe der Kreisgrenze. Sedgewick hatte den Fall Perry für sich beansprucht – und dies ziemlich hitzig, wie Sam fand. Doch er mußte mit Sam zusammenarbeiten, der nie ganz sicher war, ob er von Sedgewick wirklich alle Beweisunterlagen zu sehen bekommen hatte.

Boy Chalmers war der Hauptverdächtige im Butts-Mord gewesen. Ein hübscher junger Bursche, der mehrere Stunden vor dem Mord mit Loreen im Oasis gewesen war.

Er war ihr Freund gewesen und hatte sich mit ihr gestritten, und zwar – nach Aussage einiger Gäste – sowohl drinnen als auch draußen auf dem Parkplatz. Er hatte kein Alibi für jene paar Stunden, behauptete, nach Hause gegangen zu sein. Tja, es gab da – angeblich – ein Motiv, denn der Streit war ziemlich heftig gewesen. Boy Chalmers hätte – angeblich – genügend Zeit und die Gelegenheit gehabt, wenn man davon ausging, daß er nicht beweisen konnte, das Oasis-Grundstück verlassen zu haben. Sam war trotzdem überzeugt davon, daß ein fadenscheiniger, zurechtkonstruierter Indizienprozeß den jungen Mann hinter Gitter gebracht hatte.

Und natürlich gab es, als man Boy Chalmers den Mord an Loreen Butts in die Schuhe schob, eine Menge Gerede über Antoinette Perry. Boy stritt heftig ab, Tony Perry überhaupt zu kennen, was vielleicht ein taktischer Fehler von ihm war, da praktisch jeder Mann in Hebrides sie kannte. Dennoch gab es absolut keinen Beweis dafür, daß er die Perry doch kannte; niemand hatte ihn je unter irgendwelchen Umständen, von intimen ganz zu schweigen, mit ihr zusammen gesehen. Doch die Vorgehensweise war bei beiden Morden die gleiche, und die Tatsache, daß es keine Beweise für einen Zusammenhang zwischen Boy und Perry gab, verhinderte nicht, daß ihm auch dieser Mord zur Last gelegt wurde.

Ob Tony Perry nun locker oder verklemmt war, das stand gar nicht zur Debatte. Tony hatte eine ganze Reihe von Männern innerhalb des Zwanzigmeilenradius, der sowohl Hebrides als auch La Porte umfaßte, «begleitet» (wie sie es selber nach Aussage einiger Leute auszudrücken pflegte). Sie sah sehr gut aus – wirklich äußerst gut; tatsächlich erinnerte sie Sam, als er sie in Francis Silvers Beerdigungsinstitut liegen sah, ein wenig an seine eigene Frau Florence. Sogar als Tote hatte Tony Perry noch Hitze und Dampf verströmt, als zersetze sich ihr Körper nicht, sondern gäbe statt dessen eine sexuelle Ausdünstung von sich, die nicht einmal der Tod mindern konnte.

Tony Perry hatte zwei kleine Kinder hinterlassen, die zu guter Letzt in ein Waisenhaus im Norden des Staates gebracht wurden. Wahrscheinlich hatte das ihr Leben nicht groß verändert, denn es war bekannt, daß ihre Mutter ihnen nur wenig Aufmerksamkeit geschenkt hatte. Einen Vater – also einen, der sich zur Vaterschaft bekannte, gab es nicht.

Loreen Butts hatte mit ihrem kleinen Sohn Raymond und ihrem Mann, der als Lkw-Fahrer viel unterwegs war, in einem Wohnwagen gelebt. Auch über Loreen gab es einiges an Klatsch, Spekulationen, daß auch sie mehr als nur einem Mann in und um Hebrides ihre Gunst geschenkt hatte. Es war weder Sams Gebiet noch sein Fall. Aber sie hatten ihn mit Boy Chalmers reden lassen, und Sam hatte bei dem Jungen – er war zwei- oder dreiundzwanzig – irgendwie das Gefühl, daß er die Wahrheit sagte. Dieses Gefühl begründete sich unter anderem darauf, daß er – trotz Chalmers Größe, seines Körperumfangs und der *Golden-Boy*-Ausstrahlung (daher der Spitzname; die Mutter des Jungen hatte William Holden in *Golden Boy* angebetet) – spürte: Der Junge war schwul. Und kämpfte erbarmungslos dagegen an; er konnte es sich nicht einmal selbst eingestehen. Die ganze Zeit, die Sam bei ihm am Tisch im Besuchszimmer gesessen hatte, hatte er über seine Mutter gesprochen. Mom. Mom war wunderbar. Mom war Alexis Beauchamp Chalmers. Mom kam aus dem Süden, aus Charleston, und Sam sollte sie wirklich mal kennenlernen, sie sei wunderschön.

Falls es irgend jemanden gab, den Boy Chalmers umbringen wollte, dann war das Mom. Vermutete Sam.

Boy und Loreen: tja, sie hatten sich also im Oasis gestritten, und er war wütend weggegangen. Ja, er wußte, daß es jede Menge Zeugen für den Streit gab. Er war so gegen zehn gegangen, und Loreen war ihm wutschnaubend gefolgt.

«Scheiße, Mann, die war vielleicht sauer. Man hat sie nicht sitzenzulassen, findet Loreen. Scheiße, schäkert sie da mit diesem Wichser an der Bar rum. Was soll ich denn da machen? Einfach zugucken? Sie kennen Loreen nicht.»

Nach Aussage des Sheriffs war Loreen erst kurz bevor geschlossen wurde, gegangen, also gegen eins. Sam fragte sich, warum der Junge drei Stunden draußen rumstehen und auf sie warten sollte, wenn doch diese Streitigkeiten (einigen Zeugen zufolge) für die Gäste des Oasis an der Tagesordnung waren, wenn auch dieser Streit besonders laut verlaufen war. Eigentlich hatten sie beide nur gebrüllt, Chalmers hatte mit rotem Gesicht die Tür hinter sich zugeknallt, und Loreen Butts war ihm auf den Parkplatz nachgerannt. Warum hätte Boy zurückkommen sollen, um noch drei Stunden da herumzulungern? Wenn er die Frau umbringen wollte, warum nicht gleich an Ort und Stelle, in der Hitze des Gefechts? Und so ein «Wichser an der Bar», der der Freundin Avancen macht, schien kein überzeugendes Motiv für einen Mord. Außer, sie tat einem das immer und immer wieder an und man war seit langem der leidende Ehemann. Vielleicht würde man dann vor sich hinbrüten, im Wald herumwandern, grübeln und schmoren und mit einem Messer zurückkehren. Aber Boy? Eine lockere Verabredung und ein paar Drinks in einer Kneipe? Nein, das war einfach nicht schlüssig.

Daß der Ehemann ein Alibi besaß, beschäftigte Sam viel mehr, als daß Boy keins hatte. Carl Butts war mit seinem Sattelschlepper fast hundert Meilen weit weg gewesen, hatte auf einem Lkw-Parkplatz vor Meridian übernachtet. Niemand, so hatte Sam eingewandt, sei die ganze Nacht wachgeblieben, um nachzuschauen, ob Butts wirklich wie ein Baby schlief, während seine Frau Loreen bei Hebrides vergewaltigt und mit dem Messer verstümmelt wurde. Hältst du uns für Idioten? fragte der Sheriff von Elton County. Meinst du, wir wissen nicht, daß der Täter meist aus der Verwandtschaft kommt? Glaubst du, wir haben den Meilenstand nicht überprüft? Meinst du vielleicht, wir –?

Ehemänner, da hatte Sam ihnen zugestimmt, legen im allgemeinen keinen Wert darauf, ihre Frauen zu vergewaltigen, bevor sie sie umbringen. Obwohl er sich vorstellen konnte, daß das manchmal vorkam. Gab es überhaupt etwas, das nie vorkam? Er verbreitete sich nicht weiter, sagte nicht: Meine Güte, jeder Lkw-Fahrer kann einen Tacho verstellen; jeder Lkw-Fahrer hatte so verdammt viele Kumpels, daß er wahrscheinlich genug Zeugen auffahren konnte, um die Ladefläche seines Schleppers vollzukriegen.

Sam sagte nichts, weil er es im Grunde nicht glaubte. Es erschien ihm zu sehr als eine von ihm selbst konstruierte Geschichte, weil er eben überzeugt war, daß man den Chalmers-Jungen aufgrund falscher Beschuldigungen ins Kreisgefängnis gebracht hatte. Aber Sims und die Staatsanwältin Billie Anderson ließ er durchaus wissen, daß er es für eine Schande hielt. So hatte zum Beispiel keiner besonders eifrig nach der Mordwaffe gesucht (die nie gefunden worden war, aber der Pathologe ging davon aus, daß es sich um ein gewöhnliches Küchenmesser handelte). Er fand außerdem, man solle das FBI hinzuziehen. Der Fall überschritt die Kreisgrenzen, und keiner von ihnen hier hatte in Sachen Forensik die Erfahrung der FBI-Leute.

Allein die Bemerkung, daß man ihr diesen Fall entziehen könnte, reichte aus, um Billie Anderson durchdrehen zu lassen. Und Billie, obwohl kühl und beherrscht, war keine Frau, mit der Sam gerne zu tun haben wollte. Sie war schlimmer als Sims, denn sie war schlau, sie war gerissen.

Aber der Mord an Eunice Hayden – nein, den konnten sie Boy nicht anhängen, denn Boy hatte ein Alibi: Er war mit vier Kindern in seiner Werkstatt gewesen, um ihre Fahrräder zu reparieren. Boy hatte vier Zeugen für den ganzen Nachmittag und einen Teil des Abends von Eunice Haydens Todestag.

Sedgewick und Staatsanwältin Anderson hatten auf jede nur erdenkliche Weise an diesem Alibi herumgepfuscht; immer wieder vernahm man die vier Kinder und stellte ihre Aussagen in Zweifel, weil sie ja schließlich nur zehn oder dreizehn waren. Doch sie erinnerten sich alle, weil eines der Kinder am nächsten Tag ins Krankenhaus gekommen war und Boy ihre Fahrräder repariert und nichts dafür verlangt hatte. Boy Chalmers war bei den Kindern beliebt; das allein verriet Sam schon etwas über ihn.

Hätte man ein Zehntel der Mühe, die man auf den Versuch verwandte, Boys Alibi zu ruinieren, dahingehend investiert, die Wahrheit über Carl Butts herauszufinden, dann wäre schon viel gewonnen, dachte Sam. Gehörnte Ehemänner waren ziemlich verdächtig. Die Polizei von Meridian hatte die Lkw-Raststätte überprüft, aber ohne großen Eifer; schließlich war die Raststätte Highway in the Skyway ihr eigenes Stammlokal, und sie wollten ihren Freunden dort nicht auf die Nerven gehen.

Sedgewick war gar nicht begeistert, als Sam sich in die Butts-Geschichte einmischte: es sei nicht Sams Fall, und es täte ihm leid, wenn Boy Chalmers Sam DeGheyn so becirct habe, daß es dem schier die Hose auszog (Sam kaute nur weiter seinen Kaugummi), er solle bloß endlich den Gerichtsbezirk Elton County verlassen, verdammt noch mal! Tony

Perry mochte ja zur Hälfte ihm gehören, aber Loreen Butts war ganz und gar Elton County. Sedgewick sprach, als stritten sie sich um ihre Begleitung für einen Abschlußball.

Also hatte Sam über drei Monate gewartet, ehe er den Sheriff von Elton County erneut ansprach, in der Hoffnung, daß er seinen gewaltigen Ärger von damals vergessen hatte.

Sam war im Büro des Sheriffs in Hebrides vorbeigekommen, um Sedgewick zum Mittagessen ins Speiselokal Stoplight einzuladen, einem beliebten kleinen Restaurant an einer Kreuzung am anderen Ende von Hebrides, von dem Sam wußte, daß Sedgewick es mochte. Er war in eine Kellnerin verschossen, die Tater genannt wurde, ein Spitzname, der ihr vom «One potato, two potatoes»-Spiel geblieben war, bei dem Tater als Kind besonderes Geschick gezeigt hatte.

Sam hatte absichtlich nicht seine Uniform angezogen, sondern trug Jeans, eine wattierte Jägerjacke mit einem karierten Holzfällerhemd darunter und eine Kappe mit Krempe. Er verabscheute die Jagd; Sedgewick liebte sie. Die Pirsch auf Wild lag Sedgewick um einiges mehr als die auf Menschen, er hatte mehr Geduld dabei und größeren Respekt für die Intelligenz derer, die er jagte. Menschen konnten ihm keine Tricks mehr beibringen, sagte er oft zu Sam. Er war ein großartiger Jäger, aber ein schludriger Polizist.

Glücklicherweise verfolgte er keine eigennützigen Zwecke, hatte keine beruflichen Ambitionen, sonst wäre er durch Sams beiläufig geäußerten Wunsch, sich mal mit Carl Butts zu unterhalten, mißtrauischer geworden.

Die Bitte wurde beim dritten künstlich bereiften Krug Coors ausgesprochen, und Sedgewick war durch die sich wiegenden Hüften seiner Kellnerin Tater mit dem hennarot gefärbten Haar stark in Anspruch genommen. Sam sagte, er wolle sich nur hinsichtlich des Charakters von Loreen Butts noch mal vergewissern, weiter nichts. Reine Neugier, nichts Amtliches. Sedgewick entgegnete, daß es das eben gerade nicht sei, aber er könne sich ja mal mit Carl Butts unterhalten, allerdings nicht, wenn er den armen Mann schikanieren wolle. Boy Chalmers sei im Kreisgefängnis. Berufung abgelehnt; Fall abgeschlossen und tadellos zu Ende gebracht. Sie erörterten die beiden Morde eher nebenbei, denn der Sheriff mußte seine Aufmerksamkeit auf Bier und Tater verteilen; immer wieder griff er nach ihrem Schenkel, knurrte und guckte lüstern, wenn sie kichernd vorbeikam. Sedgewick war ein Lüstling; Sam fragte sich sogar, ob das Gerede über Sedgewick und Tony Perry etwas damit zu tun gehabt hatte, daß der Sheriff so übereifrig versuchte, für diesen ersten Mord einen Täter aufzutreiben.

Jetzt war der Sheriff recht zufrieden, so daß er sogar einen Schritt weiter ging und Sam zuvorkommenderweise erzählte, daß Butts wahrscheinlich zu Hause sei, an diesem Morgen habe er ihn nämlich in der Stadt gesehen. Vier Tage lang fuhr er seinen Schlepper, drei hatte er frei.

«Und schikanieren Sie mir den Mann bloß nicht – hat eh schon genug Kummer und Sorgen.»

Das einzige, von dem Carl Butts genug hatte, soweit Sam das sehen konnte, waren Bier und Whisky – drei Kästen mit Riesendosen Budweiser und eine Zweiliterflasche Jack Daniel's.

Sam klopfte an die Windfangtür des Wohnwagens, in dem sich immer noch das Fliegengitter befand. Jener Herbst war besonders kühl gewesen, erinnerte sich Sam, die Luft roch nach Moschus, weil jemand verbotenerweise auf der anderen Seite des dumpfigen Flusses Blätter verbrannt hatte. Im Wohnwagenpark verengte sich der Fluß, als wolle er hier den Müll abstreifen: rostige Konservendosen, Butterbrotpapier und leere Spülmittelflaschen aus Plastik. Das Büro des Sheriffs hatte den Besitzer des Wohnwagenparks, Nicholas L'Amour, bereits mit mehreren Verwarnungen belegt, in denen eine Verbesserung der Zustände gefordert wurde. Aber im L'Amour-Trailerpark (ein schmutziges, gelbbraunes, mit Herzen verziertes Schild informierte über Parzellengröße, Preis und Extras – einen Kinderspielplatz zum Beispiel, dem sich nie ein Kind näherte; eine Sauna in einem Schuppen, durch dessen Bretterwände man hindurchgucken konnte) veränderte sich überhaupt nichts. Geldbeträge wechselten den Besitzer, aber der Parkeigentümer steckte seinem Verwalter nie etwas zu.

Carls Butts blieb in seinem Sessel sitzen. Er war mittelgroß, aber kräftig gebaut: große Kinnlade auf dickem Hals, breite Schultern und stämmiger Rumpf – der Typ Mann, bei dem man unwillkürlich an einen Müllkompressor denken muß: fest und kompakt, mehr, als man auf den ersten Blick sieht.

Sam vermutete, daß es eher weniger war, so wie er in seinem Fernsehsessel klebte, wie der Fleischwulst über den Gürtel hing und wie er mit weinerlicher Stimme jemandem in der Dunkelheit zurief, doch aufzumachen. Er selber saß fast in Reichweite der Tür, aber es näherte sich eine Frau. Von ihr mußte Butts wohl sein hinreißendes Äußeres und seine Überschwenglichkeit haben. Sie hatte schmale Augen und einen Mund wie ein Briefschlitz – dünn und quadratisch, schien er über jedem Wort zuzuklappen. Während Sam ihre Frage, was er hier wolle, beantwortete, sann er gemächlich darüber nach, ob der Maler Grant Wood seine ersten Studien des provinziellen Spießermilieus wohl hier im L'Amour-Trailerpark gemacht hatte; Mutter Butts sah aus, als sei sie dem Gemälde «American Gothic» entsprungen. Schließlich ließ sie ihn hinein und nahm schnell wieder den Platz vor dem Fernseher ein, so als könne Sam ihn ihr vielleicht wegnehmen.

Butts schaute kurz von der Seifenoper auf, grunzte was von seinem freien Tag und wandte den Blick wieder dem Bildschirm zu. Niemand bat Sam, sich zu setzen. Beide hatten die gleiche verwirrte Miene aufgesetzt, ausgelöst vom hirnlosen Dialog zwischen zwei jungen Ärzten und den offenen Mündern und aufgerissenen Augen zweier Krankenschwestern (die wahrscheinlich Erschütterung ausdrücken sollten, aber nur blöd wirkten). Die Butts sogen das alles mit einer solchen Anspannung auf, als ginge es um so etwas Abstraktes wie die Idee der Ordnung im «General Hospital», als ginge es um ein intellektuelles Puzzle, das nur von einem ganzen Zimmer voller Harvard-Professoren gelöst werden konnte.

Sam verschränkte die Arme und sah eine Minute lang zu. Er hatte hie und da ein paar Fetzen davon mitgekriegt; es war Florences Lieblingsserie. Er begann, ihnen langsam etwas von ihrer Aufmerksamkeit abzuringen, indem er die Frau als «Mrs. Butts» ansprach und feststellte, daß er sich geirrt hatte.

«Grizzell. Das heißt ‹Griz-zell›, Mister, Akzent auf der zweiten Sil-be – nicht ‹Grizzl›, wie diese Zeitungen immer geschrieben haben.» Sie hatte die peitschende Stimme und den strafenden Blick jener Grundschullehrerin, die mit einer dünnen Birkenrute zwischen den Bänken der Drittkläßler auf und ab marschiert war.

Aber wenigstens hörte sie ihm einen Augenblick zu. «Mrs. Grizzell. Entschuldigen Sie. Ich hab gedacht, Sie seien Mr. Butts – Verwandte.» Er wollte nicht sagen «Mutter», falls sich vielleicht später noch herausstellte, daß sie nicht mehr als zehn Jahre älter als Carl Butts war. «Zeitungen sind ja nicht gerade dafür bekannt, daß sie die Dinge genau nehmen. Aber man würde ihnen doch zutrauen, daß sie wenigstens einen Namen korrekt buchstabieren können, oder?» Sam konnte sich ein Lächeln nicht verkneifen, als ihm klar wurde, daß dies die Schwiegermutter, Loreen Grizzell Butts' Mutter war.

Sie entspannte sich ein bißchen in ihrem Schaukelstuhl und nickte. «Sag ich doch. Aber warum kommt die Polizei jetzt noch mal? Ihr habt doch diesen Boy Chalmers, der meine Loreen umgebracht hat.» Jetzt vertiefte sie sich wieder in die Serie, wo eine Unterhaltung zwischen einem karamelblonden Mädchen und einer weinerlichen Frau die der Ärzte abgelöst hatte.

Gleiches Gequassel, andere Leute, dachte sich Sam. «Es tut mir wirklich leid wegen Ihrer Tochter, Mrs. Grizzell. Es tut mir leid, daß ich Sie in Ihrer Trauer stören muß.»

Schmerz legte sich über ihren Blick, und sie zog ein zerknülltes Taschentuch aus dem Ärmel. Aber sie starrte noch immer auf den Bildschirm.

«Carl, biete ihm einen Stuhl an. Wie heißen Sie noch mal?» fragte sie, als Butts aufstand und einen Klappstuhl mit orangefarbener Vinylbespannung herbeizerrte. Die Farbe biß sich mit dem rosa Petunienmuster auf dem Schutzüberzug von Butts Sessel. Er grunzte, als Sam sich bedankte.

«DeGheyn», antwortete er. «Sam.»

Ihr Blick wanderte zur Decke, zu den Spinnweben da oben, und sie wiederholte den Namen, wobei sie ihn sorgfältig im Mund herumschob. «De-Gin.»

«Tja, eher ‹De-Gien›. Langes i. Reimt sich auf ‹Beguine›, wenn Sie sich an das alte Lied erinnern.» Sam lächelte.

Als ob sie seiner Aussprache nicht ganz traute, fragte sie: «Und wie buchstabiert man das?»

«D-E-G-H-E-Y-N.»

Da war sie platt; sie hörte auf zu schaukeln, schaukelte dann aber in geradezu verwegenem Tempo wieder los, wobei sie ununterbrochen den Kopf schüttelte. «Das ist kein amerikanischer Name. Was ist das überhaupt für ein Name?» Ihre Augen verengten sich.

«Ein holländischer.» Sam lächelte und bot ihnen Zigaretten an. Sie schüttelte den Kopf, aber ihr Schwiegersohn nahm eine, während sich sein Blick weiter an das schwimmende Grünblau des Fernsehbilds klammerte. Offensichtlich hatten sie beide vergessen, daß er Polizist war. «Es ist eine komische Schreibweise, zugegeben. Und was noch komischer ist, eigentlich spricht man es ohne g aus, und mit einem langen ei – ‹De-Hein›. Sie verstehen sicher, warum ich das g ausspreche.»

Sie schüttelte nur noch den Kopf vor lauter Verwunderung über diesen merkwürdigen Namen. «Hein? Hein? Ich hab noch nie einen so merkwürdigen Namen gehört, der anders klingt, als er buchstabiert wird!» Sie schüttelte erneut verwundert den Kopf. «Ja, ich versteh sehr gut, warum Sie das g aussprechen. Sind Sie Amerikaner?» Ihre Augen wurden schmal.

«In den USA geboren und aufgewachsen. Genau wie meine Eltern. Mein Ururgroßvater war Holländer.» Sam hatte keine Ahnung, ob das stimmte; die Herkunft seines Namens war in den Nebelwirbeln der Atlantiküberfahrt verlorengegangen. Allerdings hatte er herausgefunden, daß es der Name eines berühmten holländischen Malers war, doch als er an der Wand das Bild eines Zwölfenders sah, goldnes Geweih auf schwarzem Samt, dachte er sich, dieses Detail solle er sich vielleicht lieber sparen. Doch Mrs. Grizzell wirkte jetzt eh befriedigt, sie nickte und leckte sich die Lippen. Sam fuhr fort: «Und ich sag Ihnen, es nervt – also, wenn ich höre, wie ihn jemand ausspricht, der ihn *gelesen* hat oder bloß auf mein Namensschild guckt. Ständig muß ich die Leute korrigieren.»

Ein Leidensgenosse, sagten ihre Augen. Oh, *das* Problem kannte sie nur zu gut. «Carl, schalt die verdammte Kiste aus. Ich hab sowieso nicht kapiert, was diese Deppen da eigentlich wollen.»

Butts rührte sich nicht, murmelte nur etwas von «verdammte Idioten». Er nannte sie «Ma Gris», als sei seine Schwiegermutter ein französisches Parfüm.

Sam hatte hin und wieder fünf Minuten von dieser Serie gesehen, denn, wie gesagt, es war Florences Lieblingssendung. Durchs Wohnzimmer schlendernd, beim Reinkommen oder Rausgehen hatte er immer wieder ein paar Handlungsfetzen mitgekriegt. Jetzt zeigte er mit seiner Zigarette auf den Bildschirm und sagte: «Ich glaube, sie ist in diesen Doktor verliebt. Aber er ist verheiratet. Deswegen rauft sie sich die Haare.»

«Flittchen», sagte Ma Gris und schaukelte, wobei sie die Arme verschränkte und mit den Händen die Ellbogen umfaßte.

«Sie ist nicht das Problem», sagte Butts und riß eine weitere Riesendose auf. «Er – dieser Arzt oder was immer. Nehmen Sie eins?» Er hielt Sam die Bierdose hin, und Sam bedankte sich freundlich. Butts warf sie ihm zu. «Sowieso alles Arschlöcher.»

«Dann schalt doch aus. Ich will mich unterhalten mit Mr. –» Sorgfältig sprach sie «DeGheyn» aus, als sei das Wort eine zarte Porzellantasse, die unter dem Gewicht der zwei Silben zerbrechen könnte.

Sam wollte nicht, daß sie den Fernseher ausschalteten, der ihm womöglich ein Stichwort liefern würde. Er beugte den Kopf in Richtung der Frauen, die neben dem Schwesternzimmer drauflosquasselten, und sagte: «Aber die da sieht aus wie die Frau im ‹Denver-Clan›.»

Ma Gris' Kopf fuhr zum Fernseher herum; ihre Augen verengten sich zu Schlitzen, als sei sogar dies eine verdächtige Bemerkung. «Was ist das für eine Frau?»

Sam überlegte eine Sekunde. «Angela Irgendwas!»

«Das ist nicht ‹Denver-Clan›», sagte sie und spuckte aus.

«‹Falcon Crest›», sagte Butts und kratzte sich am Bauch. «Sie meinen Jane Wyman. Die sieht ihr aber nicht ähnlich, oder, Ma Gris?»

Verdammt, dachte Sam. Tja, in Anbetracht der Tatsache, daß er es in seinem Leben bisher auf höchstens eine Stunde Seifenopern gebracht hatte, fand er, daß er seine Sache verdammt gut machte. Noch war nichts verloren; sollten sie doch ruhig noch Jane durchnudeln.

«Ich kann mit der Frau nichts anfangen, gar nichts», sagte

Ma Gris in vernichtend ruhigem Ton. «Wissen Sie, daß sie sich von unserem *Präsidenten* hat *scheiden* lassen?» Eine Art zischendes Flüstern unterstrich den teuflischen Charakter von Jane Wymans Verrat. «Ich will Ihnen mal *was* sagen.» Sie beugte sich nach vorne und tippte Sam mit einem spitzen Fingernagel aufs Knie. «Die Betty Kelleys dieser Welt, die gehören gestreckt und gevierteilt, gestreckt und *gevierteilt*. Denken, sie könnten die Frau von unserm Präsidenten mit Dreck bewerfen.» Ma Gris schaukelte zornig, die Arme herausfordernd über der mageren Brust verschränkt, und nickte Sam zu, als spende sie nicht ihrem eigenen, sondern seinem Urteil Beifall.

«Von was, zum Teufel, redest du da, Ma Gris? Wer ist Betty –?»

«Fluch nicht, wenn du mit mir redest, Carl Butts. Von dem blonden Flittchen red ich.»

Sam zog schnell seine Kaugummipackung heraus und schob sich einen in den Mund und räusperte sich, wobei er sich auf das zarte Fleisch an der Innenseite der Unterlippe biß. Einen Wochenlohn, *einen ganzen Wochenlohn würde ich jetzt hergeben*, dachte er, wenn Maud da zuhören könnte. Als er wieder zu sprechen wagte, sagte er: «Bin ganz Ihrer Meinung. Klatschtanten wie die verdienen die Peitsche.» Sein Hirn arbeitete, er überlegte fieberhaft, wie man das Thema Mord ins Gespräch einflechten könnte. Das Attentat auf Reagan könnte zwar schon reichen, aber jede vorsichtige Annäherung an die Reagans konnte, wenn Ma Gris mit von der Partie war, dazu führen, daß man da hängenblieb, bis man völlig festsaß. Und dann würde er Loreen Grizzell Butts kein Stück näherkommen.

Ein vorwurfsvolles «Flittchen» kam diesmal von Carl Butts, der nicht vergessen hatte, daß sie über das Seifenopernleben der glücklosen Jane Wyman gesprochen hatten. «Sie meinen die Falsche, Mister. Sie meinen Krystle.» Er nahm einen großen Schluck Bier und sah Sam mit überlegener Miene an.

Wer war denn Crystal? dachte er sich. Ma Gris beugte sich nach vorn. «Mit K», sagte sie.

Sam dachte einen verrückten Augenblick lang, daß sie Gedanken lesen könne. Und dann erkannte er, daß es bloß ihre leidenschaftliche Genauigkeit bezüglich der Schreibweise von Namen war. Denver-Clan, das mußte es sein. Er lächelte breit und sagte: «Hören Sie mal, ich muß Ihnen diese Geschichte aus Denver-Clan erzählen. *Sie* werden sie mögen», fügte er hinzu, als fehle anderen Menschen dazu die nötige Intelligenz. «Ich» – das hieß Florence – «gucke eines Nachmittags Fernsehen und sehe» – oh, Scheiße, wie hieß der Held bloß wieder? –, «sehe den stattlichen Graukopf rückwärts diese lange Treppe runterstürzen. Von einer Kugel getroffen –»

«Blake», sagte sie und schaukelte hektisch hin und her, ganz Ohr.

«Genau. Blake. Tja, liegt einfach da, und da steht Miss Platinblond» – das mußte Krystle sein – «Krystle mit rauchender Kanone.»

Sowohl Butts als auch seine Schwiegermutter wollten sich offensichtlich dringend einmischen, doch Sam hielt die Hand hoch und schüttelte lächelnd den Kopf. «Aber lassen Sie mich erst zu Ende erzählen. Am gleichen Abend gucke ich wieder» – Florence, in anderen Worten –, «und da spaziert Blake, als wäre nichts gewesen, in der Gegend rum. Gesund und munter, nichts fehlt ihm. Aber am Nachmittag war er noch mausetot. Jedenfalls sah es so aus. Und jetzt ist da plötzlich Krystle und betütelt ihn, als wär dieser Nachmittag nie gewesen.»

Keiner von beiden lachte. Es war ein viel zu ernstes Thema, um darüber zu lästern. Sam kaute grimmig seinen Kaugummi und dachte daran, wie er zu Maud gesagt hatte, daß eben dies die Quintessenz der Seifenopern sei: am Nachmittag erschossen zu werden und abends wieder auferstehen. Das war das Wesen der Seifenoper. Sie hatten beide so sehr gelacht, daß Maud fast die Lampe vom Pier gestoßen hätte.

Er erwartete nicht, daß die Butts lachen würden, und sie taten's auch nicht. Carl klärte Sam auf, daß er am Nachmittag eine Wiederholung gesehen hätte. «Das ist 'ne unheimlich beliebte Sendung – läuft seit, pah – wie lange, Ma Gris, sieben, acht Jahren vielleicht?»

Sie gab ihrem Schwiegersohn keine Antwort, sondern wandte sich statt dessen an Sam. «Es sollte verboten werden.» Als man Sam die Verwirrung anmerkte, fuhr sie, noch heftiger schaukelnd – als könne sie damit ihr Argument bekräftigen –, fort: «Sehen Sie, die Wiederholungen verderben einem alles – wie bei Ihnen: erst sehen Sie, wie Blake umgebracht wird, und dann, ein paar Stunden später, erscheint er frech wie Oskar wieder auf der Bildfläche.» Wie albern ihr Einwand war, bemerkte sie nicht, sondern leckte sich befriedigt die trockenen Lippen.

Sam hatte beinahe das Gefühl, als würde er in diesen Strudel grenzenloser Unlogik hineingerissen: das Gefühl, als müsse er sie davon überzeugen, daß jeder Denver-Clan-Freak bereits gesehen hatte, wie Krystle Blake kaltmachen wollte.

Butts sagte: «Tja, aber, Ma Gris, warum ärgerst du dich denn über Blake? Krystle war's doch. Oder?» Er wandte den Kopf in Sams Richtung.

Sam befürchtete, daß sie sich nun alle an den Verwicklungen der Denver-Clan-Kabbeleien festbeißen würden, und setzte schon an, das irgendwie abzuwenden. Es war nicht nötig, denn sie ging zum Gegenangriff über.

«Ihr Männer haltet doch immer zusammen!»

Sie mußte nicht hinzufügen, «gegen die Frauen».

Sam hätte selber kein besseres Drehbuch schreiben können, um den Fall Loreen Butts einzuführen. Er lachte ein wenig. «Aber, Mrs. Grizzell – in diesem Falle hat sie ihn wirklich erschossen.»

Ma Gris schlug beim Nach-vorne-Schaukeln mit den

Händen auf die Stuhllehnen und antwortete heftig: «Er hat sie dazu getrieben! Dieser Mann hat diese arme Frau –»

«Hey! Jetzt hör aber mal auf, Ma.» Butts fingerte nervös eine Zigarette aus der Packung, die in der Tasche seines fadgrünen T-Shirts klemmte. «Jetzt hör aber mal auf.» Er zündete sich die Zigarette an und schmiß wütend die Streichhölzer in den vollen Aschenbecher. «Ich sag nur eins, hör auf.» Er rauchte in hastigen, kurzen Zügen und schaute weiter auf die blaugrünen Bilder der stummen Seifenoper.

Einen Augenblick später sagte Sam: «Nun ja, Krystle stand wirklich unter großem Druck.»

Die knubbeligen Hände klatschten auf die Armlehnen. Es mußte weh getan haben, aber Sam hatte ihr *die* Gelegenheit verschafft. «Weiß Gott, die arme Frau war –»

Butts tat immer noch, als interessiere er sich für die Gesichter, die wie gezacktes Wasser vorbeitrieben, doch jetzt schoß ihm das Blut ins Gesicht, und er sagte: «Du sprichst doch gar nicht von Krystle, nicht wahr? Sondern von Loreen. Du bist der Meinung, ich hab Loreen dazu getrieben, sich anderswo Unterhaltung zu suchen.»

Seine prüde Ausdrucksweise verblüffte Sam.

Mrs. Grizzell sagte: «Aber, nein – das –»

«Sag nicht nein. Du warst kurz davor, es endlich mal direkt auszusprechen.» Wütend drückte er die Zigarette aus.

Aber ebenso überraschend war für Sam die gleichmütige Antwort der Schwiegermutter. «Durch deinen Job warst du nun mal viel weg, Carl. Und Loreen hat sich ganz allein um den Jungen kümmern müssen.»

«Ist das meine Schuld?» Er stieß sich mit dem Daumen in die Brust. «Und sie hat sich ja sowieso nicht groß um Raymond gekümmert.»

«Raymond ist mein Enkel. Seiner Mutter wie aus dem Gesicht geschnitten, auch wenn ich das selber sage.» Sie glättete ihren Rock und fuhr fort: «Hab nie gesagt, daß es deine

Schuld ist. Ein Mann hat seine Arbeit, die muß er tun. Aber schauen Sie doch mal, was die Zeitungen draus gemacht haben, meine Loreen soll eine… Sie wissen schon. Aber Loreen war nie so eine, die mit anderen Männern rumgemacht hat – nicht wie diese Perry. Wußte doch jeder, daß die eine ganz gewöhnliche Nutte war. Haut ab und läßt ihre Kinder allein, ohne daß sich jemand um sie kümmert –»

Butts ließ seine Fingerknöchel knacken und den Bizeps unter dem dünnen Stoff spielen. «Mit Boy Chalmers hat sie sich aber eingelassen, oder?»

«Sie hat sich überhaupt nicht eingelassen; du weißt, daß sie und Boy seit der Volksschule befreundet waren. Boy Chalmers war nur ein Freund.»

«Mehr ging nicht bei dem», murmelte Butts in Richtung der stillen Krankenhauskorridore, wo die Schwestern lautlos ihre Patienten bearbeiteten.

Sam hatte kaum gewagt, einen Muskel zu bewegen oder zu blinzeln, aus Angst, daß er den Gesprächsfluß zwischen den beiden unterbrechen könnte. Jetzt ließ er die Vorderbeine des Stuhls sinken, auf dem er sich nach hinten gekippt hatte. Das winzige, verschlagene Lächeln auf Carl Butts' Gesicht verschwand bei Sams Bewegung; er schaute flüchtig zu Sam hinüber, und seine Kiefer preßten sich zusammen wie ein Schraubstock. Sam sagte nichts.

Loreens Mutter redete weiter, ohne darauf zu achten, was ihr Schwiegersohn damit meinte. «Ehrlich gesagt – ich will dich damit wirklich nicht ärgern, Carl –, aber ich hab immer gedacht, daß Loreen und Boy vielleicht eines Tages… du weißt schon.» Ihre Augen weiteten sich, das kalte Blau war von einem Tränenschleier überzogen. Sie zog wieder ihr Taschentuch heraus und knetete es im Schoß.

Butts sagte nichts, aber Sam sah die Falten um seinen Mund. Er blickte auf seine Schuhe.

Zu Sam sagte Ma Gris: «Ich will Ihnen was von Loreen

erzählen. Das Mädchen war schüchtern. Still und schüchtern.» Sie fuhr herum, um ihren Schwiegersohn anzufunkeln. «Und versuch's nicht darzustellen wie die Zeitungen – daß meine Loreen ein Flittchen gewesen wär!» Das war wieder der gleichmäßige, vernichtende Ton von vorhin, und die letzten Worte sausten unerbittlich wie ein Hackbeil herab.

Carl Butts zuckte zusammen. «Das hab ich nie gesagt. Nie, das weißt du.»

«Aber schlau», fuhr sie fort. «Loreen war wahnsinnig schlau. Gescheit. Hätte Schauspielerin werden können.» An dieser Stelle schaute sie auf den Bildschirm, auf das verdoppelte Bild des Mädchens mit dem toffeefarbenen Haar. «Besser als die da. Hätte die in die Tasche gesteckt. Hätt besser sein können als Jane Wyman und Krystle zusammen.»

«Na ja, sie hat einen Mann schon anmachen können, Ma; das weißt du auch.» Er klang fast entschuldigend. «Scharf wie 'ne Peperoni war sie manchmal.»

Die Frau kreischte fast: «Red nicht mehr so über meine Loreen! Ja, sie hat einen anmachen und reizen können, aber nur, wenn man sie dazu gebracht hat, Carl Butts. Es ist schlicht gelogen, wenn du was anderes behauptest.»

«Ma Gris, ich hab doch nur gemeint –»

Aber was er nur gemeint hatte, machte keinen Eindruck auf sie. Zu Sam sagte sie: «Die sehen das alle völlig falsch – die Zeitungen, die Polizei.» Und plötzlich setzte sie sich so abrupt zurück, als hätte Butts ihr die Faust in die Brust gerammt. Ma Gris hatte sich offensichtlich daran erinnert, daß sie sich hier gegenüber einem Polizisten über die Polizei ausließ. «Aber was wollen Sie denn eigentlich von uns, Mr. DeGien?» Jede Silbe war mit Verachtung getränkt.

«Entschuldigen Sie, Mrs. Grizzell. Wissen Sie, ich stimme Ihnen da irgendwie zu – daß wir das alles falsch sehen. Schauen Sie, ich hab mich mit Boy Chalmers unterhalten, und er machte mir nicht den Eindruck, als sei er zu so was fähig.»

«Verdammt, war er auch nicht!» Butts brüllte schon fast. Seine Eifersucht, seine in Frage gestellte Männlichkeit überwältigten seine Vernunft. «Das ist doch ein warmer Bruder!»

Ma Gris wurde blaß. «Carl Butts!»

Mit der fiesesten Miene, die Sam je gesehen hatte, beugte er sich zu ihr hinüber. «Schwuler geht's gar nicht. Boy, der Schönling. Hat alle an der Nase rumgeführt.»

«Inklusive Loreen. Ist das Ihre Meinung?» fragte Sam.

Die Schwiegermutter öffnete und schloß unablässig den Mund, wie die Schwester mit den aufgerissenen Augen auf dem Bildschirm. Sie war sprachlos.

Butts fuchtelte mißbilligend vor Sam herum. «Ach, zum Teufel, Mann. Frauen kriegen das fast nie mit. Ein echter Mann merkt's, das ist alles.» Und er musterte Sam von oben bis unten, als wolle er auch an seiner Männlichkeit Zweifel anmelden, weil Sam Boy Chalmers offensichtlich nicht durchschaut hatte.

Aber der Ausdruck änderte sich, als Sam sagte: «Also glauben Sie beide nicht, daß er der Täter ist.»

Nur das Knarren des Schaukelstuhls war in der Stille zu hören; und sogar das verstummte schließlich. Weder er noch sie sah Sam in die Augen.

Sie wußten, was er dachte: daß sie beide geschwiegen hatten, weil der andere Hauptverdächtige Carl Butts war.

Butts begann sich vor dem schweigenden Sam zu rechtfertigen. «Na ja, die Geschworenen haben es geglaubt. Und vielleicht sind die ja schlauer.»

Ma Gris beugte sich zum Fernseher vor, schaltete ihn aus und lehnte sich wieder zurück. Sie sagte nichts und sah Sam auch nicht an.

Sam stand auf. «Dann geh ich jetzt. Danke für's Bier. Mr. Butts... Mrs. Grizzell.» Er nickte den beiden nacheinander zu, obwohl ihre Blicke nun wieder auf den dunklen Bildschirm geheftet waren.

Sam ließ die Tür leise hinter sich ins Schloß schnappen und schlenderte über das abfallübersäte Pflaster. In der herabsinkenden Dämmerung sah er das schwache Funkeln eines Glühwürmchens, das die Nacht erwartete.

Vor beinahe einem Jahr hatte sich die Gittertür geschlossen.

Er hatte, während er hier draußen im Dunkeln saß und Bunny Carusos Haus beobachtete, fast eine halbe Schachtel Zigarillos geraucht.

Er hatte nicht erwartet, daß ein Gespräch mit Carl Butts neues Beweismaterial zutage fördern würde, und das tat es auch nicht. Auch wenn Butts und Loreens Mutter sich einverstanden erklärt hätten, zum Charakter des Opfers und des vermeintlichen Mörders auszusagen, so hätte das nicht gereicht, um dem Fall eine neue Wendung zu geben. Eine Mutter wird erwartungsgemäß immer sagen, daß ihr kleines Mädchen nicht zu «der Sorte» gehört; und wenn der Ehemann sich der Homosexualität Boy Chalmers' auch genauso sicher war wie Sam, letztlich blieb es eine Vermutung. Der Junge lebte seine Homosexualität nicht aus; Sam hatte eine Menge Zeit darauf verwandt, Freunde und Verwandte indirekt danach zu befragen. Ein paar Männer, die Boy kannten, wunderten sich schon ein bißchen über seine sexuellen Neigungen, aber andererseits war er dann wieder so beliebt, daß niemand so richtig mit seinen Mutmaßungen herausrücken wollte.

Und was, zum Teufel, überlegte sich Sam, während er sich einen neuen Zigarillo ansteckte, hätte das letztlich bewiesen? Auch wenn der Junge ein wild in der Gegend herumbumsender Schwuler gewesen wäre und alle es gewußt hätten, wer hätte behaupten können, daß ein Homosexueller in einem perversen Anfall von Brutalität nicht auch imstande war, eine Frau zu vergewaltigen? Sam ging nicht davon aus, nicht bei Boy Chalmers, aber es ließ sich einfach nicht beweisen.

So hatte Boy Chalmers inzwischen ein Jahr seiner lebenslänglichen Strafe abgesessen.

Nach den Morden an Tony Perry und Loreen Butts hatte Sam sich wieder an den Hayden-Fall erinnert – nicht, daß er ihn je wirklich vergessen hätte – und marschierte ins Büro des Bürgermeisters: Er finde, man solle den Fall Eunice Hayden noch einmal aufrollen, er, Sam, müsse Zugang zu den Akten erhalten, und Sheriff Sedgewick soll auf jede nur mögliche Weise mit ihm zusammenarbeiten.

Das war noch vor dem Mord an Nancy Alonzo, und Bürgermeister Sims befand sich im vierten Jahr seiner kraftraubenden Wiederwahl-Kampagne. Er stand permanent im Wahlkampf, wohl weil er erkannte, daß ihm sein Job keineswegs so sicher war und er hinter jedem Baum einen Konkurrenten vermutete. Leider gab es nicht allzu viele, die dieses Amt wollten – hier ein junger Anwalt, dort ein Vorsitzender der Schulbehörde, doch keiner schien die Sache besonders ernst zu nehmen. Man gewöhnt sich daran, dachte Sam, immer denselben Mann auf demselben Hocker im Rainbow sitzen zu sehen und ihn über dieselben städtischen Angelegenheiten reden zu hören. Daß Sam mit einer politisch so brisanten Sache ankam, wie es das Aufrollen eines alten Mordfalls und seine Verknüpfung mit einem neuen nun einmal war, veranlaßte den Bürgermeister, den Vorhang aus Zigarrenrauch, der ihn umgab, fortzuwedeln (er glaubte ernsthaft, daß seine Zigarren und seine Seersucker-Anzüge die Leute an Spencer Tracy erinnerten), und sah Sam an, als sei er verrückt geworden.

«Sie wollen mir erzählen, daß der Sexualmord drüben in Elton County vor ein paar Jahren und dieser Eunice-Hayden-Fall – Sie wollen mir erzählen, daß Sie deswegen glauben, es gibt hier bei uns so eine Art Jack the Ripper?»

«Nein.»

«Aber Sie glauben doch offensichtlich, daß ein und dasselbe Arschloch all diese Frauen umgebracht hat?»

«Ja.»

«Nur, weil's in vier Jahren drei Morde gegeben hat – in vier Jahren, vergessen Sie das nicht –»

Sam unterbrach ihn. «Alle diese Morde sind auf die gleiche Weise begangen worden. Und ich würde sagen, wenn so was in zwei winzigen Orten wie La Porte und Hebrides passiert, sollten unsere Frauen lieber ihre Türen verriegeln.»

Sims lehnte sich zurück und grinste fies. «Tja, ich glaub, ich weiß, was Ihr Problem ist. Sie haben den Mörder von Eunice Hayden nie gefunden, und nun gönnen Sie Sheriff Sedgewick nicht, daß er rausgekriegt hat, wer die anderen zwei umgebracht hat. Stimmt's?»

«Nein, stimmt nicht.»

Sims' Argumentationsweise bestand darin, Antworten zu ignorieren und sich zu wiederholen: «Sie haben also den Mörder der kleinen Hayden nie gefunden und wollen jetzt ein bißchen Staub aufwirbeln und den Eindruck erwecken, als leiste Sheriff Sedgewick da drüben keine gute Arbeit!»

«Das könnte ja durchaus den Tatsachen entsprechen, daß der falsche Mann im Gefängnis sitzt. Und ich glaube auch, daß die Justiz zur Abwechslung mal eine auffällige Eile an den Tag gelegt hat.»

«Was soll *das* denn nun wieder heißen? Wollen Sie andeuten, daß da was faul ist?»

«Ich sage nur, Boy Chalmers saß bereits im Gefängnis, als die Geschworenen aus der Beratung kamen.»

Das war viel zu kompliziert für Sims. Er starrte Sam mit zusammengekniffenen Augen an und schmiß seinen Kugelschreiber hin. «Meine Güte, Sie sind ja ganz schön unverschämt. Es gibt keinerlei Beweise dafür, daß Boy Chalmers Eunice Hayden überhaupt je getroffen hat. Das hat mit diesen zwei anderen Fällen nichts zu tun. Nicht mal unsere Staatsanwältin ist an Chalmers' Alibi vorbeigekommen, und die gehört wirklich zu den Zähesten.»

Sims liebte Billie Anderson, die genauso politisch war wie er. Sims war zu dumm, um zu erkennen, daß sich seine Argumentation im Kreise drehte. Der Umkehrschluß war nämlich, daß Boy Chalmers, wenn er Eunice Hayden nicht umgebracht hatte, höchstwahrscheinlich auch die beiden anderen Frauen nicht getötet hatte. Doch Sam sagte bloß: «Es gibt auch keinen Beweis dafür, daß Chalmers Antoinette Perry gekannt hat. Man hat das nur angenommen, nicht wahr?»

Offensichtlich war der Bürgermeister so überzeugt, im Recht zu sein, daß sein Ärger verflog und sein kleiner, feuchter Mund sich zu einem perlweißen, kleinen Lächeln verzog, während er sich zurücklehnte und die Hände hinter dem Kopf verschränkte. «Also, Sie schießen wirklich den Vogel ab, Sammy. Zuerst einmal: die Perry und die Butts, die sind vergewaltigt worden. Eunice wurde nicht vergewaltigt.»

«Oh. Wie würden Sie dieses Messer, das in ihr gesteckt hat, denn bezeichnen? Als ‹sexuelle Belästigung›?»

«Passen Sie auf, was Sie sagen, DeGheyn. Der Doktor hat gesagt, daß sie nicht vergewaltigt wurde. Ich bin zwar kein Polizeibeamter wie Sie, aber sogar ich hab schon mal was von einer amtsärztlichen Untersuchung gehört. Und warum hat er dann mit der Hayden nicht das gleiche gemacht wie mit den anderen? Erklären Sie mir das doch mal.» Bürgermeister Sims zog ein paar Papiere zu sich heran und begann, sie zu unterschreiben – womit er zu verstehen gab, daß das Gespräch für ihn beendet war.

«Verschwinden Sie jetzt, und kontrollieren Sie die Parkuhren.» Er blickte auf. «Vielleicht brauchen Sie einfach mal Urlaub, Sammy.»

Was soviel hieß wie: Halten Sie sich da raus, oder ich werde dafür sorgen, daß Sie Urlaub machen. (Sam hatte kein Entgegenkommen erwartet, und so war er nicht sonderlich enttäuscht; und was die Drohung anging, die war ihm schnurzegal.

Aber Sam hielt sich nicht raus; er stellte weiter Fragen über Boy Chalmers. Dabei fand er heraus, daß Boy sich nie ernsthaft verliebt hatte, obwohl ihn alle sehr mochten – ein Mädchen meinte, er sehe aus wie Robert Redford, und redete von ihm, als könne seine Gefangenschaft einfach nicht wahr sein, es sei eher wie im Film, und vielleicht würde ja Paul Newman vorbeischneien und Boy da irgendwie rausholen.

Und vor zwei Monaten, Ende Juni, *war* Boy rausgekommen. Allerdings nicht durch Paul Newman, sondern durch Alexis Beauchamps Chalmers.

Vor gut zwei Monaten, Ende Juni, hatte Boys Mutter ihren Sohn im Gefängnis besucht. Es war Boys Geburtstag, und man hatte Alexis erlaubt, ihm einen Kuchen mitzubringen. Oh, es steckten keine Feilen, Messer oder Knarren drin; man hatte ihn bereits ziemlich zerhackt und irgendwie wieder zusammengespachtelt, als Alexis und Boy sich hinsetzten, um die unangezündeten Kerzen auszublasen.

Doch weil es sein Geburtstag war und weil Boy sich vorbildlich geführt hatte, erlaubte man ihnen, in einer Zelle zu feiern, vor der eine Wache saß.

Der Wachposten erzählte seinen Vorgesetzten später, daß Mrs. Chalmers ihm sogar ein Stück Kuchen angeboten habe – eine wirklich nette Frau, diese Mrs. Chalmers –, aber selbstverständlich habe er das Kuchenstück beiseite gestellt. «Sie glauben doch nicht, daß ich so blöd bin und so was esse! Hätte ja vergiftet sein können.»

Doch dann war es Mrs. Chalmers entsetzlich schlecht geworden, und er war losgelaufen, um Hilfe zu holen. Und die Kette der Ereignisse, das unverschämte Glück, das sie von da an hatten – von der unbewachten Tür am Gangende bis hin zu

Boys Freiheit –, das war der Alptraum eines jeden Aufsehers. Ein anderer Wärter war auf dem Lokus gewesen; und wieder ein anderer hatte seinen Posten auf die Bitte zweier weiterer verlassen, die Schwierigkeiten hatten, einen Streit zwischen den Gefangenen zu schlichten. Und den letzten Posten, der zwischen ihm und der Freiheit stand, hatte Boy überwältigen können. Es war ein kleines Gefängnis, und es war nicht mit den maximalen Sicherheitsvorkehrungen ausgestattet.

Für die Leute war Alexis Beauchamp Chalmers die beste kleine Schauspielerin, die sie je erlebt hatten. Aber sie waren sich da nie ganz sicher, denn sie hatte sich wirklich übergeben, und die hübschen kleinen Rosenknospen aus rosa Zuckerguß hatten Salmonellen aufgewiesen. Was zwischen Boy und Alexis vorgefallen war, während sie ihren Kuchen aßen, wußte kein Mensch. Da *ihm* nicht schlechtgeworden war, nahm man an, daß Alexis die ganze Sache inszeniert hatte.

Es dauerte nur vierundzwanzig Stunden, bis sie Boy auf Dubois' Gebrauchtwagengelände schnappten, als er gerade versuchte, einen alten Ford kurzzuschließen. Er war dumm genug gewesen, nach Hebrides zurück und direkt in Sheriff Sedgewicks Arme zu laufen, statt wie ein Verrückter in die entgegengesetzte Richtung zu rennen.

Für Boy waren es die falschen vierundzwanzig Stunden. So dachte Sam zumindest; denn obwohl Nancy Alonzo kurz nach Boys Flucht ermordet wurde, unweit der Stelle im Wäldchen, wo auch Loreen Butts getötet worden war, glaubte Sam dennoch nicht, daß Boy der Schuldige war.

Der Bürgermeister dagegen konnte seinen Triumph, beweisen zu können, daß Sam DeGheyn hundertprozentig unrecht hatte, kaum verhehlen.

Sofort nach Boys Festnahme hatte er voller Häme gesagt: «Das hat Ihnen hinsichtlich Boy Chalmers wohl endlich das Maul gestopft, was, Sammy?»

Sam konnte – wenn er an Sims' Mund voller Zähne dachte, die er ihm mit Vergnügen rausgeschlagen hätte – nur daran denken, daß der Bürgermeister mal zum Zahnarzt müßte. DeGheyn war deswegen so zornig, weil Sims angesichts dieser entsetzlichen Tragödie lachen konnte. Sam hatte Loreen Butts und Tony Perry nicht persönlich gekannt, Nancy Alonzo jedoch kannte er.

Während Sam bloß mit den Händen unter den Achseln dastand, seine Brust umklammerte und versuchte, seinen Zorn zu ersticken, hatte Sims an seinem Schreibtisch weiter irgendwelche Dokumente unterzeichnet, sie mit Schwung signiert. Und geredet.

«Ja, ich nehm an, diesmal wird ihn Billie Anderson zur Höchststrafe verdonnern. Keine Geburtstagspartys mehr für Boy. Vielleicht können Sie jetzt ja Ihre Energien auf was Nützlicheres verwenden, hä? Fangen Sie doch mal damit an, was für Ihr Geld zu tun!»

Sam antwortete nicht. Er stand bloß da, und obwohl ihm der Schweiß über den Rücken rann und seine Achselhöhlen feucht waren, fühlte er sich eiskalt wie eine Statue.

«Hat's Ihnen die Sprache verschlagen?» fragte Bürgermeister Sims und lächelte breit, wobei er wieder seine Zähne zeigte, die vor dem Zahnfleisch zurückzuweichen schienen, als seien auch sie nicht allzu glücklich, Sims so nahe zu sein.

Sam stand nur da.

Sims' Lächeln verschwand auf einen Schlag. Seine Provokation hatte keinen Erfolg, und das gefiel ihm nicht. «Aber ich hab gehört, Sie sind mit einem Teil des Beweismaterials nicht einverstanden. Ich hab gehört, Sie meinen, der Beamte am Tatort hat sich getäuscht.» Als Sam nicht antwortete, beugte Sims sich nach vorn. «Na? Erzählen Sie mal! In welcher Hinsicht hat dieser Mann, der mehr Erfahrung und Grips hat, als Sie je haben werden, sich geirrt?» Als Sam noch immer nicht antwortete, fuhr Sims, allerdings immer unsicherer, fort:

«Verdammt, sie schreibt mit ihrem eigenen Blut seinen Namen da auf den Boden, und Sie sagen immer noch, daß Boy Chalmers vielleicht unschuldig ist. Allmächtiger Gott, Mannomann! Was für Beweise brauchen Sie denn noch? Der Mann ist kaum einen Tag ausgebrochen, da wird wieder einer Frau die Kehle aufgeschlitzt! Also, was für Beweise –?» Er war zu entnervt, um weiterzusprechen. Sims schüttelte nur den Kopf über Sams Dummheit.

Doch als Sam auch jetzt noch nicht mit der Wimper zuckte, geschweige denn antwortete, stand Sims auf, beugte sich mit geballten Fäusten über seinen Schreibtisch und bellte ihn fast an. «Jetzt hören Sie mir mal zu! Die Akte Alonzo ist geschlossen. Es kümmert mich einen feuchten Dreck, ob sie aus La Porte stammt, da das Gerichtsgebäude geputzt hat oder eine Freundin von Ihnen war. Der Fall ist abgeschlossen. Und jetzt verschwinden Sie – er fuchtelte mit dem Arm herum, diese undefinierbare Geste sollte wohl «Raus hier!» heißen –, «und tun Sie endlich mal was Nützliches. Schleppen Sie Ihren Hilfssheriff Donny Dawg mal raus zum Red Barn, und waschen Sie da die Zuckerdosen aus.» Sein Gesicht war purpurn gefleckt.

Sam nickte und wandte sich ab.

«Haben Sie verstanden?»

«Ich hab Sie verstanden, Herr Bürgermeister», sagte Sam mit einer Stimme, die keinerlei Emotion verriet.

Sam war schon zu viele Jahre Sheriff hier, um auch nur einen Gedanken an Bürgermeister Sims Charakter oder seine Drohungen zu verschwenden; er war eine feste Einrichtung, genau wie die Pumpe vor dem Gerichtsgebäude, ein Kleinstadtrelikt, ein Stück Geschichte, auf das die Leute genausowenig verzichten wollten wie auf den Umzug am Labor Day.

Er war der Boß. Sam lächelte.

Er hörte Stimmen, die eines Mannes und die Bunnys – Bunnys piepsende, unendlich überrascht klingende Stimme –, und schaute durch die Kiefernzweige. Bunny stand mit ihrem Kunden auf der winzigen, schiefen Holzveranda und scheuchte fuchtelnd die Mücken fort, die hereingeflattert waren, als sie das Licht angeknipst hatte. Glühwürmchen tummelten sich über der schütteren Wiese, und wie ein Gazeschleier hingen Moskitos über den Wasserlöchern. Der Mann schlug sich klatschend auf den Nacken und machte irgendeine anzügliche Bemerkung. Dann lachte er.

Sam beobachtete Bunny Caruso, wie sie in ihrem langen, weiten Kleid dastand – ihrem «Mediumskleid».

Er dachte dabei nicht an lockere Vögel oder leichte Mädchen; er dachte an Außenseiterinnen.

Tony Perry hatte ihre zwei Kinder alleine großgezogen, war nie verheiratet gewesen, hatte mit anderen Leuten – abgesehen von den vielen Männern, mit denen sie ins Bett stieg – wenig zu tun. Sam runzelte die Stirn.

Eunice Hayden entsprach ebensowenig seiner Vorstellung von einem «leichten Mädchen». Was Eunice in den letzten Monaten vor ihrem Tod auch getan hatte, Sam hatte sie immer noch als das verwaschene junge Ding vor Augen, das er wie eine Schiffbrüchige, wie eine Ausgesetzte an der Ecke Tremont und First Street hatte stehen sehen.

«Sie hat nicht leicht Freundschaften geschlossen», hatte ihre Mutter gesagt und wahrscheinlich gemeint, daß Loreen als junges Mädchen überhaupt keine Freunde hatte. Vielleicht war das Mädchen gescheit gewesen; vielleicht auch nicht. Gescheit zu sein kann einen in diesem Alter sozial erledigen.

Bunny Caruso, die auf der vorderen Veranda kicherte, war immer der Schuldepp gewesen, sie war oft gehänselt worden und blieb immer an den äußersten Rand der Gruppen verbannt. Wurde von ihrem ersten Chef gefeuert und vom nächsten auch; einige Bewohner von La Porte brachten ihr schon lange, bevor sie ihre «wahre Berufung» fand, nur Verachtung entgegen. Eine Außenseiterin, um das mindeste zu sagen.

Willow Pauley, die an Agoraphobie litt und sehr zurückgezogen lebte, hatte berichtet, daß jemand ihr Haus beobachte: ein Mann in den Bäumen. «Schwingt er sich von den Bäumen herunter, Willow?» Noch eine alleinlebende Frau; noch eine Außenseiterin.

Und Sams liebste Außenseiterin: Maud Chadwick.

2

Er hat sie durch die Bäume beobachtet.

Die Erinnerung daran, wie er sie durch die Bäume beobachtete, stieg in ihm auf wie dicker schwarzer Rauch. Wenn er sie nicht bekam, würde er ersticken.

Wie er jetzt mit seiner Schublade voller Messer dasaß, merkte er, daß er nach Luft schnappte.

Er war mit dem Daumen über jede einzelne Klinge gefahren, um das Messer zu wählen, bei dem bei der leisesten Berührung Blut sichtbar wurde. Die Klinge seines Jagdmessers – seines Lieblingsmessers – streifte er kaum; er zog es behutsam und zart über den Daumen, bis der Blutfaden auf der Oberfläche erschien.

Sein Atem beruhigte sich.

Briefe, hatte er gerade gedacht, bedeuteten schlechte Nachrichten. Einer hatte auf dem kalten bauchigen Ofen gestanden, und er war nicht einmal an ihn gerichtet, sondern an diesen erbärmlichen alten Säufer mit seinem eleganten Schnurrbart und den schwieligen Händen, den er «Dad» nennen mußte. Er hatte ihn so nennen müssen, sonst hätte sich seine Mutter nicht mehr zu ihm gelegt. Und der Brief war für den alten Säufer gewesen.

Briefe. Frauen. Sie kamen und gingen. Die Frauen hier in der Gegend sahen ihn und wußten dann nicht mehr, daß sie ihn gesehen hatten. Sie wußten nicht, daß er sich ihrem Blick eingeprägt hatte.

Er dachte an Sam DeGheyn, der in den Wäldern auf der Lauer lag. Das war schon wirklich komisch. Er kicherte, als er daran dachte. Der Laut stieg in seiner Kehle hoch wie

Schaum. Es war so komisch, die Schneide drang tiefer, während er sich damit abwesend über die Handfläche fuhr.

Er leckte es ab. Es war ihm egal; er spürte nicht häufig Schmerz. Im Schritt spürte er den Schmerz, den Druck dieser dicken Rauchspirale, die durch seine Glieder emporstieg und alles verschlang.

Wenn er sie aus dem Wald heraus beobachtete, wußte er genau, wohin sie ging und wann.

Und das Komische war, daß Sam sich einbildete, er wäre ganz allein hier draußen, wenn er sie beobachtete.

Aber er war immer dagewesen, wenn Sam auf der Lauer lag.

Der Schatten des Sheriffs.

Tja, das – das war komisch.

Sie beide – der eine mit einer Knarre, der andere mit einem Messer – auf der Lauer liegend.

Aber das war doch ein Schrei! Irgendwo da draußen. Da war ein Schrei. Er spürte, wie der Druck in seiner Kehle hochstieg, und er warf den Kopf zurück.

Vor dem Fenster flogen die Spatzen auf.

3

Bunny Carusos affektiertes Kichern wurde ergänzt durch das heisere Lachen des Mannes, das eher nach einem Hustenanfall als nach Freude und Vergnügen klang. Sie standen auf der winzigen Veranda.

Da der Mann ihm halb den Rücken zukehrte, konnte Sam nicht erkennen, wer es war. Zuerst glaubte er, es sei Dodge Haines' Bruder Rob, doch dann hörte er dieses Lachen. Sam glaubte, es erkannt zu haben, und als die Gittertür knarrend zufiel und der Anzug von Bunnys Freund wie der Blitz zum Wagen huschte, fiel Sam die Kinnlade herunter.

Bubby Dubois.

Seine erste Reaktion war ein erstauntes, kurzes Lachen; dann durchfuhr ihn eine weißglühende Wut, die an seinen Magenmuskeln zerrte, als habe er Krämpfe. So mußte sich auch ein Vater fühlen, der herausfindet, daß der Freund seiner Tochter auch noch andere vögelt. Warum er annahm, daß Dubois, der seiner eigenen Frau untreu war, Sams Frau treu sein sollte, das wußte Sam selber nicht. Warum er das, was eigentlich Florence demütigte, selber als Demütigung empfand, das war ihm auch nicht klar. Er fühlte sich betrogen.

Der Motor von Bubby Dubois' Cadillac lief mit der Präzision einer Zeitbombe. Sam zog seine dunkle Brille aus dem Handschuhfach, setzte seine Mütze auf, streifte die schwarzen Handschuhe über und stieg aus dem Wagen. Damit die Tür nicht laut zuschlug, ließ er sie offen und wollte nun den harten, ausgefahrenen Weg überqueren. Eine Rauchfahne stieg aus dem Auspuff des Cadillac. Sam wich dem Schotter aus und erreichte die Fahrerseite, gerade als Bubby seinen

Arm über die Beifahrerlehne warf und über die Schulter schaute, um langsam zurückzustoßen.

«Na, was wird die Zukunft bringen, Bubby?» fragte Sam, beugte sich zum offenen Fenster herunter und umklammerte mit den Händen das Fenstersims.

Sowohl Bubby Dubois als auch der Caddy machten einen Ruck, schlingerten einen Augenblick und erstarrten.

«Sam?»

Sam kaute gemächlich auf seinem Teebeerenkaugummi und lächelte Bubby knapp und mit geschlossenen Lippen an, ehe er sagte: «Und ob.»

«Also, das gibt's doch nicht. Sammy! Lange nicht gesehen.»

«Die Welt ist klein, Bubby.»

Sam spürte an der Art, wie Dubois über das Steuerrad strich, an seinen Äuglein, die so hell glänzten wie Zehncentstücke, daß Bubby annahm, vielmehr *hoffte*, Sam DeGheyn sei in ähnlicher Mission zum Cottage gekommen. Diesen Gedanken verwarf er aber sofort wieder, als er sein Bild im Spiegelglas der Brille sah.

Sam lehnte mit ausgestreckten Armen an der Tür, wie jemand, der vorhat, den Wagen umzukippen. «Also, was wird die Zukunft bringen?»

Dubois ließ die schweißnasse Hand vom Lenkrad gleiten und versuchte, sich herauszureden. «Ach, du weißt schon… von allem ein bißchen.» Er lächelte; er hatte eine saubere weiße Zahnreihe wie ein Kind.

Mit einem kurzen, bellenden Lachen sagte Sam: «Verdammt, wenn das alles ist, was Hubert dir sagen kann, dann verschwendest du dein Geld.»

«Hubert?» Bubby starrte mit einem verwirrten Stirnrunzeln auf die Windschutzscheibe.

«Der Prinz von Liechtenstein.» Sam nahm eine Hand vom Sims, um die Mütze mit dem schwarzen Schild zu verrücken, sie weiter zur Spiegelglasbrille herabzuziehen. Immer noch kaute er seinen Kaugummi, während er beobachtete, wie Dubois versuchte, sich eine Vorstellung von «Hubert» zu machen. Stumm formte Bubby den Namen mit den Lippen.

«Also, Bunny muß doch Hubert gerufen haben. Wie könnte sie denn sonst mit deinen Lieben in Verbindung treten?» *Meiner Frau zum Beispiel*, hätte Sam am liebsten hinzugefügt. Aber sein Verstand durchblätterte die Konsequenzen eines solchen Satzes wie Rolodex-Karten.

«Oh, ja – Hubert!» sagte Bubby mit listiger Miene. «Tja, Hubert hatte heute abend keine besondere Lust...»

Sam sah den Schweiß, der sich wie Speichel in einem kleinen Rinnsal um Bubbys Haaransatz herum nach unten schlängelte. War Dubois wirklich so dumm anzunehmen, daß Sam nicht wußte, was in Bunny Carusos spiegelverkleideten Zimmer vor sich ging? «Tja, ich hab halt diesen Krach gehört und mir Sorgen um Bunny gemacht.» Sams Gesicht näherte sich ein wenig; Bubby lehnte sich instinktiv zurück. «Ich bin schon eine ganze Weile hier draußen.» Wegen der Brille konnte er Sams Augen nicht sehen, und auch die Stimme des Sheriffs verriet keinerlei Gefühl.

Bubby drehte mit einem Ruck den Kopf herum. «Wie lange?» Die Vorstellung, daß Sam die ganze Zeit über das Haus beobachtet hatte, war ja das Schlimmste überhaupt.

«Oh, zwanzig Minuten, vielleicht auch eine halbe Stunde. Wie gesagt: Ich hab diesen Krach gehört...» Sam gab durch seinen Tonfall zu verstehen, daß er eine Antwort erwartete.

«Ja... ja.» Bubby hatte ein weißes, zum Quadrat gefaltetes Taschentuch aus seiner Hosentasche gezogen und tupfte sich damit wie mit einer Puderquaste das Gesicht ab. «Das war eine Lampe.»

«Hat mehr nach einem umstürzenden Wandschrank geklungen. Oder nach einem Bett, das zusammenkracht.» *Schwitz nur, Mann!* «Wahrscheinlich hat Hubert wieder was angestellt.» Bunny Caruso sollte ihre Kunden über die Details in Kenntnis setzen, dachte sich Sam. Aber wahrscheinlich konnte nur ein Bulle sie zu der farbigen Schilderung des Prinzen von Liechtenstein inspirieren. Warum sollte sie sich bei ihren Kunden diese Mühe machen? Würden sie Hubert zu schätzen wissen? «Séancen können ziemlich stressig sein, hat man mir erzählt.»

Bubby versuchte, sich zu entspannen – er steckte sein Taschentuch ein und zündete sich eine Zigarette an –, aber gleichzeitig fragte er sich offensichtlich, ob es jetzt angemessen war, sich zu entspannen. Die Hand, die das Feuerzeug hielt, zitterte; die spiegelblanken Augen glitzerten. Er ließ es darauf ankommen und versuchte zu scherzen: «Ist ja schlimmer als Hände hoch und Beine breit.» Sein künstliches Lachen klang eher wie ein Schnauben, so, als ziehe er Schleim hoch. «Hast du's auch mal probiert?»

Beim leisesten Zwinkern hätte Sam ihn aus dem Auto gezerrt, und sie hätten ein bißchen Hände hoch und Beine breit am Betonpfeiler des Hauses veranstaltet. Nein. Sam überlegte einen Moment. «Ich hab wohl keine Sehnsucht nach der Vergangenheit.» Wo hatte er das – oder so was Ähnliches – schon mal gehört? Maud hatte es gesagt oder irgendwo gelesen. Es stammte aus einem ihrer Bücher. Für einen winzigen Augenblick waren Dubois, Bunny und das Cottage, der Gestank von Gefängniszellen, von nach Bier riechenden Wohnwagen und den Überbleibseln zerbrochener Ehen aus seinen Gedanken verbannt, und an ihre Stelle trat das Ende des Piers, das Fest auf der anderen Seeseite, das schwarze, unbewegte Wasser. Blitzartig durchbrach dieser Gedanke den Zorn, die Erniedrigung, den Wunsch nach Rache. Er gab seine Pose auf, nahm die Hände vom Fenster, trat vom Wagen zurück und steckte sie in die Tasche.

Die Pose vom Lieutenant, von Mr. Obergefährlich, vom Ledermann. Warum war er wütend? Auf wen? War das wirklich er: einer, der irgendwo draußen auf der staubigen Straße vor dem schmuddligen Saloon stand, ein Sheriff, der, die Hand am Abzug seiner Knarre, die Ehre irgendeiner Lady verteidigen wollte? Wenn er seine Frau nicht mehr liebte und seine Frau mit einem anderen bumste und dieser andere das gleiche mit wieder einer anderen tat, war das nicht einfach nur ironisch und trivial? Zornig machte ihn diese Ehe, die vor dem Mikrowellenherd statt im Bett ausgelebt wurde; und daß seine Frau albern und ängstlich war; daß er nicht wirklich in der Falle hockte, es ihm aber so vorkam. Und daß er alles am liebsten abgestreift hätte.

Er hatte wirklich keine Sehnsucht nach der Vergangenheit. Aber die Gegenwart bedeutete ihm auch nicht viel.

«Sam?»

Dubois' Stimme riß ihn aus dem Nebel seiner Gedanken. Bubby sprach in einem klagenden Ton wie ein Kind, das den Lehrer darum bittet, rausgehen und pinkeln zu dürfen.

Sam klopfte auf die Motorhaube. «Bis bald, Bubby. Ich muß noch ein paar Kontrollgänge machen.» Er tat, als sei Bubby nur eine Station auf einer langen Liste.

Bubby sackte vor Erleichterung zusammen. Sofort drehte er den Schlüssel um und gab Gas. «War schön, dich mal wieder zu sehen, Sammy. Grüß mir auf jeden Fall –» Der Name blieb ihm in der Kehle stecken. Bubby guckte erschrocken.

«Florence», sagte Sam und schaute über die Haube des Caddy.

«Genau.» Das Auto stieß zurück, bog auf die Straße ein, und als es davonschoß, spritzte der Schotter nach allen Seiten.

Sam drehte sich nicht um, sondern blickte auf Bunnys Haus. Die Fenster waren jetzt dunkler; gleich nachdem sie die Veranda verlassen hatte, waren die Lichter ausgegangen.

Er hatte hier herumgetrödelt und den Bullen raushängen lassen, während er eigentlich längst drüben bei Wade sein sollte.

Als er über die Straße zum Streifenwagen ging, sagte er

sich, er würde seinen rituellen Besuch bei Wade heute kurz halten; er wollte zurück zum Pier. Maud würde allein dort sitzen.

Sam knallte die Tür zu, startete den Wagen und starrte einen Moment lang durch die Windschutzscheibe.

Irgendwo da draußen trieb er sich herum.

Für Sam war es nur schwer vorstellbar, daß auf dem Hayden-Grundstück ein Verbrechen geschehen konnte. Es war fast so friedlich wie das alte Pier und lange nicht so unwirklich. Oder vielleicht doch? Sam runzelte die Stirn, als er an dem großen weißen Haus zu seiner Linken vorbei-, die Straße hinab- und auf die geteerte Fläche neben der Scheune zufuhr, wo außer einem Pickup-Jeep auch Wades weißer Kombi geparkt war.

Seit er angefangen hatte, sich stundenlang mit Maud zu unterhalten und auf den See hinauszuschauen, fragte sich Sam, ob er wohl durch gewisse Dinge hindurchgreifen konnte, weil sie zwar fest wirkten, sich aber vielleicht als Dunst und Nebel erweisen würden.

Die Geräusche klangen gedämpft; die Gegenstände sahen aus, als habe man sie einfach fallen lassen. Neben der Asphaltfläche stand auf der einen Seite ein aufgebockter uralter Chevy. Er hatte das Aussehen einer Skulptur oder Statue angenommen, die etwas Unveränderliches, Immergleiches darstellte und so einen Ort markierte, dessen Bedeutung alle vergessen hatten.

Aber das Haus der Haydens hatte niemand vergessen. Und ganz bestimmt nicht Dodge Haines, dessen Zigarre wohl da oben auf der Veranda glühte und dessen Transporter auf der Asphaltfläche geparkt war.

Dodge kam gelegentlich zu Besuch, wahrscheinlich, um bei Wade und anderen Bewohnern von La Porte den Gedanken, daß Dodge vielleicht doch etwas mit dem Tod von Eunice Hayden zu tun hatte, restlos zu zerstreuen.

Sam lief über das kurzgestutzte Gras, und der Tau näßte seine Schuhe, und er spürte, daß er Dodge Haines, den er nie besonders gemocht hatte, auch vor dem Hayden-Verbrechen nicht, weil er ein Angeber und dummer Witzereißer und ein weiterer Kunde von Bunny Caruso war, noch immer nicht recht traute. Dodge (der diesen Spitznamen schon vor Jahren wegen seiner Treue zu Chrysler bekommen hatte) sah sich als unwiderstehlichen Teufelskerl. Der Filou vom Rainbow Café war irgendwo in den vierziger Jahren stehengeblieben: Er glaubte, daß die Frauen dahinschmolzen, wenn er ihnen Küsse zuhauchte, ihnen in die Schenkel kniff und ihnen ins Dekolleté linste.

Sie hatten nichts füreinander übrig. Sam konnte Dodge Haines nicht besonders leiden, aber Dodge haßte Sam DeGheyn geradezu. Nach dem Mord an Loreen Butts hatte Sam so oft an Dodges Tür geklopft, daß Bürgermeister Sims ihm zuletzt sagte, das sei wohl Belästigung am Arbeitsplatz.

«Es gibt genauso viele Indizien, um Dodge Haines des Mordes an Eunice anzuklagen, wie es sie bei Boy Chalmers gegeben hat, als man ihn wegen der Butts verhaftete», hatte Sam gesagt.

«Mein Gott, Sie erzählen nur Scheiße, DeGheyn», hatte Sims geantwortet und seine Länge und sein Gewicht um den Schreibtisch geschleppt wie ein Mann in Fesseln. «Haines hat sie doch gefunden, oder nicht?»

«Behauptet er.»

«Was, zum Teufel, soll das denn schon wieder heißen?»

Sam zuckte die Achseln. «Ich frag mich nur, wann er hingekommen ist.»

«Die Moffits haben gesagt, sie haben seinen Transporter neben der Scheune stehen sehen.»

«Klar. Aber sie wissen nicht, wann er ihn hingestellt hat.»

«Er hat unter Eid ausgesagt, daß er Hayden besuchen wollte, in die Scheune reinmarschiert ist, und da lag sie dann ‹dressiert wie ein Suppenhuhn›. So hat er gesagt. Und die anderen auch.» Sims schaute Sam düster an.

«Ich weiß, was er gesagt hat, Herr Bürgermeister.»

«Bleiben Sie mir vom Leib, DeGheyn.»

«Kaffee, Sam?» fragte Wade und hielt die verbeulte Aluminiumkaffeekanne hoch, die so selbstverständlich zum Haushalt der Haydens zu gehören schien wie die Kühe und Hennen. An Sonntagabenden brachte er sie jetzt heraus auf die Veranda und stellte sie auf eine Heizplatte, so daß er nicht immer wieder in die Küche gehen mußte. Der Holzschaukelstuhl auf der Veranda war sein Lieblingsplatz.

Dodge saß auf der Hollywoodschaukel, deren Ketten bei jeder Bewegung knarzten. Er nickte kurz und schaute dann in die Dunkelheit.

«Nichts dagegen, Wade. Danke», sagte Sam, als Wade ihm den weißen Becher reichte. «Wie läuft das Geschäft, Dodge?» Dodge besaß eine Baufirma, die nach Sams Ansicht vielleicht ein bißchen zu viele Aufträge im Kreis bekam. Dodge und Bürgermeister Sims waren dicke Freunde.

Dodge zuckte die Achseln. «So lala.» Er bewegte die Hand hin und her, wie Bubby Dubois es getan hatte.

Rund um La Porte gingen offenbar alle so langsam pleite. Dodge trank keinen Kaffee; er hatte eine Literflasche in einer braunen Papiertüte dabei. Das gehörte zu der Rolle, die er spielte und die Sam nie ganz durchschaut hatte. Knallharter Typ? Ohne Sperenzchen? Und ohne Gefühlsduselei? Sam wußte es nicht, und Dodge selbst auch nicht, vermutete er. Der Seagram's in der Tüte sollte wohl die Cowboystiefel, den breiten Gürtel mit der schweren Schnalle und den schmalen Schlips unterstreichen. Er hatte ein Hundegesicht – schwere Kinnlade, Lefzen, das schlaffe Gewebe unter den Augen gerötet.

«Magst'n Schuß?» Dodge hielt die Flasche in die Höhe. Er

redete immer noch von «Schüssen» und trank oft *Seven and Seven*, dieses Whisky-Limo-Gesöff. Dodge mußte höflich zu Sam sein und sich manchmal sogar richtig freundlich zeigen, damit niemand auf den Gedanken kam, daß er einen Groll gegen ihn hegte, der die zu der Überlegung veranlassen könnte, warum das so war.

Sam lächelte ein wenig. «Hab nichts dagegen», sagte er noch einmal und hielt seinen Kaffeebecher hin, in den Dodge seinen Whisky tröpfeln ließ. Sam dankte ihm und lehnte sich ans Geländer der großen Veranda zurück, die sich ums ganze Haus herumzog und alle drei Jahre frisch gestrichen wurde. Das ganze Anwesen der Haydens sah so schmuck aus wie gemalt.

Das Gespräch zwischen den dreien gestaltete sich eher zäh. Außer Sam, der immer noch seine Zweifel an Dodge hatte, und Dodge, der darum wußte, war da noch Wade, der selber ein stiller Mensch war. In Gesprächen von Mann zu Mann redete er gern. Wenn es aber dann drei wurden, schien Wade das schon als Party zu empfinden, und er war nicht gerade ein Partymensch. Sam erinnerte sich daran, wie er mit seiner Plastikpunschtasse herumgestanden hatte, als Bürgermeister Sims das Band durchschnitt, um das neue Postamt in der Hauptstraße zu eröffnen, einen rosaroten Backsteinkomplex mit Klimaanlage, der größer war als das alte Gebäude, funktioneller, quadratisch und reizlos.

Sam machte irgendeine Bemerkung über Wades Tomatenernte; und Dodge sagte über Wades Pferd Fleetwood: «Solltest dieses Pferd irgendwann mal drüben bei den Brewerstown-Rennen laufen lassen.»

«Tja.» Wade schaukelte und trank, trank und schaukelte.

«Nein, wirklich», sagte Dodge, als hätten sie sich gestritten. «Das ist ein verdammt gutes Pferd.» Er schraubte den Deckel seiner Flasche ab, nahm einen Schluck und schraubte ihn wieder drauf. Er war kein Geizhals, aber mit seinem

Whisky schien er sparsam umzugehen, als wolle er einen Rekord im Langsam-Trinken aufstellen. In den Zeiten der Prohibition hätte er sich wohl gefühlt, dachte sich Sam, wenn er damals alt genug zum Trinken gewesen wäre. Dodge war etwa Mitte Fünfzig.

Bemerkungen über die alte Sau, über die sechs Kühe, die Maud als «Kuhtragödie» bezeichnete und die mit ihren dünnen weißen Gesichtern alle gleich aussahen, so trostlos wie die Schauspieler des griechischen Dramas mit ihren Masken.

Dodge meinte offensichtlich, er habe jetzt das Recht erworben abzuhauen, habe die Götter des Zweifels besänftigt, und erhob sich von der Schaukel. Sam bat ihn, doch noch nicht zu gehen, er selber sei doch nur auf einen Kaffee vorbeigekommen und könne nicht lange bleiben.

Aber Dodge streckte sich bloß und gähnte, sagte, er habe einen langen Tag gehabt, und polterte die Verandatreppe hinunter. Die Flasche unterm Arm und die Hände in den Hosentaschen, marschierte er heuchlerisch pfeifend zu seinem Pickup.

«Wie geht's dir, Wade?» fragte Sam. Das war keine beiläufige Frage. In den letzten Jahren hatte Sam oft Anlaß gehabt, sich um Wade zu sorgen. Er war ein melancholischer Mensch, aber sehr sanft und angenehm und recht beliebt bei den Leuten in La Porte. Auf seine hochgewachsene, schlaksige Art sah er geradezu gut aus. Der gleichzeitige Tod von Tochter und Ehefrau hatte die Frauen mit ihren frisch gebackenen Kuchen und Hühnereintöpfen in Scharen zu ihm herausgelockt. Sam hatte Ella Ponteen zum erstenmal in einem modischen Kleid und mit einer zugedeckten Schüssel in den Händen gesehen. Kaum daß Frauen Kinder hatten, hatte Sam bei sich gedacht, ist Essen für sie das Allheilmittel. Iß deinen Spinat, trink deinen Saft. Vielleicht hatten sie ja recht.

Sams Frage wurde auch als eine ernste Frage verstanden,

die eine ebensolche Antwort erforderte. Wade stellte seine Kaffeetasse einen Moment lang ab, streckte die Arme aus, so daß die großen Hände die Knie umklammerten, und sah an Sam und dem Verandageländer vorbei. «Es ging mir schon besser, Sam. Es ging mir schon besser, wie du wohl weißt.»

Wade nahm die Haltung ein, die er bei ernsten Gesprächen immer einnahm, und begann zu reden. Das Schüchterne und Zögernde verschwand aus seiner Stimme, während er sprach, und seine Rede schlug die übliche Richtung ein. Sam hatte Dodges Platz in der Hollywoodschaukel übernommen, stieß sich mit einem Fuß hin und her, hatte den Arm auf die Lehne, den Kopf auf die zur Faust geballte Hand gelegt. Wade sagte im Prinzip immer dasselbe, und Sam fragte sich, ob es nicht in einer Therapie im Grunde darum ging: immer und immer wieder dasselbe zu sagen, dieselben Ereignisse aus dem Gedächtnis herauszuzupfen und mit leicht veränderten Worten daran herumzumeißeln, als sei das Erlebte eine Skulptur, die sich in einen reichfacettierten Edelstein verwandelte, deren Kern sich jedoch nie veränderte. Es blieb immer der gleiche Stein.

Hörte Dr. Hooper sich das an – immer und immer wieder die gleichen Einzelheiten? Sam schaute in die Ferne, hörte Wades Stimme als eine Art gedämpfte Hintergrundmusik und nahm sich vor, sie danach zu fragen, wenn sie wieder vorbeikam. Vielleicht sogar schon morgen, am Labor Day. Sie übernachtete drüben in der Pension Stucks. Er hatte sie heute schon gesehen, als sie aus dem Rainbow kam, und mußte einfach stehenbleiben und sie anstarren. Sam hatte Maud nicht erzählt, daß Elizabeth Hooper, die zu einer bestimmten Zeit an einem bestimmten Ort aus dem Nichts erschien und die Reste des Lebens anderer Menschen, Erinnerungsfragmente und Gefühlsfetzen in sich trug, für ihn eine schöne, geheimnisvolle Frau war.

«... jetzt sind's schon vier Jahre, und ich kapier das einfach immer noch nicht, wie jemand so was tun kann, verstehst du...»

Sam überließ sich seinen Träumereien, während ein Teil seines Verstands weiterhin Wades Gedankengang folgte. Denn wenn es auch größtenteils immer die gleiche Studie über Einsamkeit, Schuld und Vergeltung war, so war sich Sam doch nie sicher, ob die Worte des Mannes nicht vielleicht doch noch einen Hinweis enthalten könnten, eine neue Art, es auszudrücken. So lauschte er und starrte in Richtung der unsichtbaren Scheune.

Mit den Händen die Armlehnen umklammernd – als wolle er sich aus dem Stuhl hochdrücken –, saß Wade da und sagte, was er schon viele Male vorher gesagt hatte: daß der Verlust eines Kindes das Bitterste überhaupt sei. Daß das für Sam vielleicht schwer zu verstehen sei, weil er ja keine Kinder habe.

«Keine Kinder.» Es klang, als sei die Tatsache, daß Sams Ehe kinderlos war, eine Strafe und als schließe Sterilität Mitgefühl aus.

«Das Schlimmste ist, daß er ungestraft davongekommen ist. Es ist unerträglich, zu wissen, daß jemand so was tun kann und ungeschoren davonkommt. Ich hab mich schon manchmal gefragt, ob's dieser Chalmers war.»

Sam hielt die Schaukel an. Wie viele Male hatte er Wade das schon sagen hören? Wade wollte einfach nicht glauben, daß Boys Alibi für den Zeitpunkt des Mordes an Eunice hieb- und stichfest war. Aber er nahm an, daß es Wades Schmerz ein wenig milderte, wenn er jemanden hatte, den er beschuldigen konnte. Er wandte den Blick von den fernen Feldern ab, die man im Dunkeln nicht voneinander unterscheiden konnte. «Tut mir leid, daß wir ihn nicht gefunden haben, Wade.»

«Mein Gott, ich mach dich doch nicht dafür verantwortlich, Sam, das weißt du doch.» Wade klang angespannt, und seine Kiefer bearbeiteten einen Tabakfussel. So angestrengt wie er kaute, hätten es auch Knorpelstücke sein können. Dann lehnte er sich zurück und nahm, indem er zwei Finger durch den Henkel schob und den Daumen auf den Rand legte, die Tasse in die Hand. «Dodge hat gesagt, du bist am Wühlen – genau so hat er's gesagt, ‹am Wühlen› wärst du –, und zwar seit der Zeit, als Eunice... na ja...»

Sam betrachtete Wades Profil, sah sich an, wie sein Gesicht unter den Wangenknochen und um die Augenhöhlen eingefallen war. «Wann hat Dodge dir das gesagt, Wade?»

Der hochgewachsene Mann zuckte mit den Achseln. «Vor ein paar Monaten. Um die Zeit, als die Alonzo umgebracht worden ist. Dodge hat gesagt, daß du damals angefangen hast, Fragen über die anderen zu stellen. Über diese Butts und über Eunice.»

Langsam drehte er den Kopf, sah Sam ins Gesicht und sagte mit leicht vorwurfsvoller Stimme: «Mir hast du nie so was erzählt, weißt du.»

Nein, das hatte er nicht. Sam hatte Wade nichts von seinen Vermutungen hinsichtlich Boy Chalmers erzählt, wenn das seinen inoffiziellen Ermittlungen wahrscheinlich auch schadete. Es wäre ihm selber lieber gewesen, daß Wade sich konkreter über jenen Tag äußerte, den er immer und immer wieder abspulte.

«Tja, Wade, ich würd nicht sagen, daß ich am ‹Wühlen› bin. Es ist schließlich lange her – wenn ich natürlich auch drüber nachgedacht habe, das stimmt schon.»

«Freut mich, das zu hören. Ich hab schon gedacht, die Polizei hat den Fall einfach zu den Akten gelegt und Eunice völlig vergessen.» Er nahm noch einen Schluck Kaffee.

«Schwer zu vergessen, Wade... so was.» Sam schüttelte den Kopf, während Wade erneut die Kanne von der Heizplatte hob. «Nein, danke.» Er trank seine Tasse aus, stand auf und stellte sie auf den Tisch. «Es ist schon fast zwölf; ich muß los.»

«Dodge und Bürgermeister Sims sind wohl nicht so begeistert über dein Gewühle.» Wade lächelte verhalten, ja beinahe verschlagen.

«Nein, kaum, Wade. Tja, ich muß los.»

Sie wünschten sich gute Nacht, und Sam schlenderte über den harten, festgestampften, nur von einem kalten Halbmond beschienenen Boden des Hofes davon.

4

Ich frag mich, wo sie hingehen, wenn der Sommer vorbei ist», sagte Maud und versuchte, zwei Finger in das enge Olivenglas hineinzuzwängen und sie zangenartig um eine Olive zu legen, die immer wieder zurückfiel. Außer der Olivenschüssel aus Kristallglas gab es da noch einen kleinen Teller mit Zitronenscheiben und Silberzwiebeln. Und eine Knoblauchzehe. Die war immer dabei, und Sam wußte, sie wartete jetzt darauf, daß er nachhakte. Was er nicht tat.

«Soweit ich weiß, gehen Raoul und Ev –»

Ihr Kopf drehte sich rasch in seine Richtung. «Ich hab nicht gesagt, daß ich es wissen will, oder?» Sie war gereizt, weil er es ihr vielleicht erzählen könnte, aber gleichzeitig froh, daß er wieder zurück war. Es war fast Mitternacht; die Party auf der anderen Seeseite war meistens um diese Zeit auf dem Höhepunkt, und Maud wurde allmählich deprimiert. Wurde allmählich? War sie es nicht immer? Nein, das war etwas anderes; das war eine oberflächliche, ja geradezu gelassene Depression, eine Erholung von der richtigen, wahren.

«Du hast doch gesagt», sagte Sam, sein frisches Bier auf der Lehne des Klappstuhls balancierend, «‹ich frag mich, wo sie hingehen›.»

«*Sich fragen, sich Gedanken über etwas machen*. Das ist was ganz anderes als *etwas wissen wollen*. Man fragt sich zum Beispiel, wie sie heißen. Du hast mir ihre Namen gesagt. Als ich sagte, ‹ich frag mich, wie sie wohl heißen›, hab ich damit nicht gemeint, daß ich es wissen will.» Viel lieber ging sie in Gedanken ein paar mögliche Namen durch, suchte sich einen aus, ließ ihn wieder fallen und begann dann das Ganze wieder von vorne. Und einen Nachnamen zu wissen (den sie nicht kannte, Sam, wie sie vermutete, allerdings schon), das wäre dann viel zu real; der Nachname nagelte einen auf ein Telefonbuch, eine Straße, eine Stadt, ein Land fest. Und wenn der Name gewöhnlich war, dann konnte das natürlich ihren Phantasien über die Leute, denen das Haus über dem See gehörte, den Todesstoß versetzen. «Raoul». Das war nicht sein richtiger Name, da war sie sich sicher – ziemlich sicher. Sam war mit den Vornamen herausgeplatzt, und als sie etwas ungestüm reagiert hatte (sie hatte die Lampe umgestoßen), lächelte er verschlagen und hinterhältig. Oder ziemlich hinterhältig: Er hatte sie gefragt, ob sie tatsächlich glaube, daß «Raoul» und «Evita» die richtigen Namen des Paares da drüben sein könnten. Sam war jedoch schlau, sehr schlau. Es war durchaus möglich, daß er vorgab, sich die Namen gerade ausgedacht zu haben, um zu vertuschen, daß er sie verraten hatte.

Nun gefielen ihr die Namen aber recht gut, und sie bildete sich ein, daß sie in Anbetracht des Hollywood-Glamours, der da drüben entfaltet wurde, durchaus echt sein konnten. Sie hatte Angst vor ihrer wahren Geschichte – sie wollte um Gottes willen nicht wissen, daß sie in Yonkers oder vielleicht sogar in Manhattan lebten. Und was, wenn sie aus irgend so einer verschlafenen mittelgroßen Stadt wie Omaha kamen? Was, wenn sie ein ganz gewöhnliches Haus in einer gewöhnlichen Straße in Des Moines hatten? Menschen, die Namen wie «Raoul» oder «Evita» trugen, konnten jedoch kein einfaches amerikanisches Blut in den Adern haben, sie würden sich wahrscheinlich eher mit dem Auto über eine Klippe stürzen, als in Des Moines zu leben. Sie wollte die wahre Geschichte der Hausbesitzer nicht wissen, und nicht einmal die der Gäste, weil sie Angst davor hatte, daß sie womöglich mittelmäßig waren. So konnte sie ihrer Phantasie freien Lauf lassen und sich Stationen und Ziele für Raoul und Evita ausdenken.

Sie hatte gehört, es habe ein paarmal Klagen wegen der lauten Partys «da drüben» gegeben, doch Sam mit dem ihm eigenen Taktgefühl hatte die Schuldigen nicht verraten. Es war sowieso nicht mehr als besoffenes Rumgehüpfe in der Auffahrt – was Maud nicht sehen konnte und was folglich für sie nicht existierte. Sie hatte bei Gott nichts dagegen, daß getrunken wurde, wenn nur die Gläser erlesen und die Gesten, mit denen man sie erhob, elegant waren.

Sam hatte mit jener unheimlichen Scharfsicht, die er manchmal an den Tag legte, gesagt, daß er nicht vorgehabt habe, ihre Namen zu verraten. «Du weißt nicht mal, ob ich sie mir ausgedacht habe, oder?», und er hatte mit diesem winzigen Lächeln auf den mondbeschienenen See hinausgeschaut...

«Tut mir leid», sagte Sam, der tatsächlich wußte, wo sie wohnten und auch ihre Namen kannte, obwohl er sehr wenig Kontakt mit den Sommergästen hatte, den Besitzern der Viertelmillionen-Grundstücke am anderen Seeufer. In der Dämmerung fuhr er manchmal da drüben herum und wunderte sich über diese Häuser – wie sie sich, von Architekten entworfen, lang und niedrig in die Landschaft schmiegten, sich wie Maulwürfe in ihr eingruben. Obwohl sie so groß waren, tauchten sie dennoch immer wieder überraschend vor ihm auf, kamen zwischen ihrer Tarnung aus Bäumen, Pflanzen und Gebüsch hervor, aber nur dann, wenn er genau hinsah.

Maud brauchte sich keine Sorgen zu machen, daß die Realität von dort hereinbrechen würde, vom Dock herunterspränge und auf sie zuschwämme, winkend, brüllend, singend, ertrinkend. Falls sie je die alten Straßen auf der anderen Seeseite entlangführe, fände sie sie genauso traumhaft.

«Raoul» hatte er sich eines Abends ausgedacht, als er und Florence im einzigen Kino von La Porte gewesen waren, um sich den Film *Der Kuß der Spinnenfrau* anzusehen. Der Name «Raul Julia» war wohl der beste im ganzen Buch, fand

Sam, wenn jemand exotische, geheimnisvolle Menschen und Milieus heraufbeschwören wollte. Was für ein Name! Das war ja ein absoluter Mutter-Grizzell-Name. Ma Gris würde sich den Namen auf der Zunge zergehen lassen. Er fragte sich, ob die beiden noch immer in diesem Wohnwagen rumhingen wie vor einem Jahr. Vielleicht war sie gestorben? Denn trotz all ihrer Zähigkeit und Aggressivität hatte sie nicht allzu kräftig auf ihn gewirkt.

Über die «Evita» war er gestolpert, als er das Nummernverzeichnis der Chrom-Jukebox im Rainbow Café durchging und auf «Don't Cry for Me, Argentina» stieß. Evita Perón. Er fand, «Evita» paßte außerordentlich gut zu «Raoul». Es war eine absolute Liebesheirat.

Weiß Gott, sie waren wahrhaftig besser als ihre richtigen Namen, die so gewöhnlich waren wie die Namen in La Porte. Maud würde Anfälle kriegen.

«Ist schon in Ordnung», sagte Maud, konzentrierte sich auf das Olivenglas und löste schließlich die eingeklemmte Olive, so daß jetzt alle Oliven in die Schüssel rollten. Vom anderen Ufer drangen die nervösen Klänge von «Anything goes» herüber. Es entstand ein wenig Bewegung unter den Gästen. Manche waren auf die Terrasse herausgekommen, und sie liebte die Abendkleider der Frauen, die als Farbkleckse erschienen, durch die Entfernung und das Laternenlicht gedämpft: die Grüntöne bekamen einen Blaustich..., die Blautöne einen Gelbstich. *Das heißt*, gestand sie sich selber, *man sieht es gar nicht so deutlich*. Es war zu dunkel, um solche Veränderungen zu erkennen; die Terrasse wirkte wie eine kleine grüne Insel.

Sie saßen schweigend da, Sam summte ein paar Takte mit, und der Rauch kräuselte sich über seiner Zigarette.

Sie war froh, daß er vor dem Nachhausegehen noch einmal zurückgekommen war. Oft machte sie sich Gedanken über seine Frau, die ab und zu ins Rainbow kam, um Gebäck zu kaufen oder einen Kuchen für einen besonderen Anlaß zu bestellen. Maud hatte sich nie mit ihr unterhalten; Shirl bediente sie immer, oben an der Registrierkasse. Florence sah ziemlich gut aus, fand sie, irgendwie heißblütig und italienisch. Sam hatte gelächelt und gesagt, daß sie Griechin sei, zweite Generation.

Sie fragte sich auch, wo er sich bei seinen nächtlichen Ausflügen rund um La Porte («nur 'n kleiner Kontrollgang») so herumtrieb. Fuhr er um den See und an der Hinterseite der Häuser da drüben vorbei? Wahrscheinlich nicht. Aber manchmal blieb er zwei, drei Stunden weg, und wenn er auch sagte, er besuche Wade Hayden, so konnte sie sich eigentlich doch nicht recht vorstellen, wie man über zwei Stunden bei Wade Hayden rumsitzen konnte.

Nicht, weil sie Wade etwa unsympathisch fand. Sie kannte ihn ja gar nicht, sah ihn nur immer im Postamt hinterm Schalter sitzen, wo er nur «Tach, Maud» und «Schüs, Maud» sagte, ohne daß dazwischen viel passierte. Sein Lächeln war reserviert, wenn er ihre Eilpakete an Chad abstempelte. Er war sehr unnahbar. Reserviert und unnahbar. Maud hätte am liebsten gelacht. Verglichen mit ihr war Wade Hayden wahrscheinlich so lebhaft wie der Times Square. Sie hätten sich eigentlich glänzend verstehen müssen, wenn sie sich da am Schalter gegenüberstanden.

Sie hatte seine arme Tochter Eunice ganz vergessen, und die plötzliche Erinnerung an sie bewirkte, daß der Schaukelstuhl mit einem dumpfen Aufprall zum Stehen kam.

Sam drehte den Kopf und sah sie an: «Ist was?»

«Ich hab mich gerade an Eunice Hayden erinnert. Ich sage dir, ich krieg das einfach nicht zusammen. Es macht einfach keinen Sinn.»

«Hat Mord je einen Sinn?» Sam griff nach dem Feldstecher und spielte daran herum.

«Aber natürlich. Nimm zum Beispiel Detroit oder Chicago oder New York City. Da macht Mord Sinn. Da macht sogar seine Sinnlosigkeit noch Sinn.»

«Da komm ich nicht mit.» Sam drehte das Fernglas um. «Zeiss. Das ist gut. Wo hast du das her?»

«Vom Speicher. Aber hör mal zu. So sind diese Orte eben – ich meine Detroit oder Chicago. Morde gehören zum Puzzle dazu. Hier aber nicht. Es ist, als hätte jemand einen Stein aus dem falschen Puzzle genommen, ein Stück blauen Himmel etwa, und ihn in ein schwarzes Straßenpflaster gezwängt. Richtig reingehämmert, mein ich. Und damit das ganze Bild versaut.»

«Maud, um Himmels willen, was macht das schon für einen Unterschied? Und außerdem kann man ein Stück Himmel auch nicht in eine New Yorker Straße zwängen.» Er stellte das Fernglas ein.

Ihre Hand ballte sich zur Faust, und sie kniff die Augen zusammen. Er sah, daß sich ein kleiner Wutanfall ankündigte.

«In New York stürzt der Himmel immer in die Gosse. Und nimm nicht alles so verdammt *wörtlich*!» Ihre Augen öffneten sich, die Finger fummelten noch immer in dem Olivenglas herum. «Ich hasse es, wenn die Paprikastückchen rausfallen.» Sie warf die beschädigte Olive in ihr Glas und zog die Flasche aus dem Eis. «Also das hier» – und Maud machte eine schwungvolle Bewegung mit der Popov-Flasche –, «das macht Sinn. Da ist der See, über ihm der Mond, auf ihm die kleinen Boote; und dann wir am Ende des Piers; und da ist noch die Party am anderen Ufer. Die Zusammenstellung ist vollkommen.» Sie beschrieb mit Daumen und Zeigefinger einen Kreis.

Mit dem Feldstecher vor den Augen, sagte Sam: «Hmm… tja, es gibt ein paar Leute, die das anders sehen würden.»

Maud schenkte ihm ein sentimentales Lächeln. «Diese Bemerkung ist unter deiner Würde. Was machst du mit meinem Fernglas? Leg's hin!»

Sam ließ es sinken, und es baumelte am schmalen schwarzen Riemen. «Um Himmels willen, dazu ist es doch da. Um in die Ferne zu gucken. Was machst denn *du* damit, deine Zehen zählen?»

Maud begann, ihr Haar an der Seite hochzurollen, als sei der See ihr Spiegel. Sie wußte, daß diese Bewegung Sam irritierte. «Es gilt die Regel, daß wir die Gesellschaft nicht aus der Nähe sehen sollen.»

Sam seufzte. «Diese Regel hast du dir gerade ausgedacht.»

Mit gespielter Freundlichkeit sagte Maud: «Bis jetzt hab ich sie nie gebraucht. Die Regel besagt, daß man nicht versuchen soll, die Leute da drüben aus größerer Nähe zu sehen, als es mit bloßem Auge möglich ist. Ich weiß nicht, warum es so ist, also frag mich auch nicht. Das ist die Regel. Ich glaube, es ist, weil –» Maud hörte auf, ihren Drink zu schlürfen und mit dem Glasflamingo umzurühren – «es das Bild verderben würde. Es würde alles zerstören.» Sie starrte in den Nachthimmel hinauf. «Der Mond würde einen Riß bekommen, der Spiegel zerspringen wie Glas, die Terrasse wegkippen und das Pier würde einstürzen.»

Einen Augenblick lang sah Sam sie an. «Was redest du da bloß für einen Mist!»

Sie strich sich langsam über den Rock, als befänden sich Krümel auf ihrem Schoß. «Weil du blind bist. Du kannst nichts sehen, wenn das Bild nicht absolut scharf ist.»

Sam riß sich schwungvoll den Feldstecher vom Hals und legte ihn auf das Pier. Er zog ein Coors aus dem Eimer und riß den Verschluß ab. Wenigstens hatte sie das Thema Eunice Hayden fallengelassen. Und deswegen war er – wirklich – froh, hier zu sitzen und ihrem Gelaber über irgend so ein Scheißzimmer zuzuhören, das sie in einer Vision gesehen hatte.

«Ich hab nicht ‹Vision› gesagt. Ich bin keine Hellseherin oder Clairvoyante – was übrigens eines meiner Lieblingswörter ist. Es ist so melodisch … Aber, egal, ich hab von einem Zimmer gesprochen, das in meiner Vorstellung existiert. Ich sehe es immer wieder. Es muß in Spanien sein; der Boden ist mit Azulejos gefliest. Oder in Mediterranea. Das Wetter –»

Sams Kopf fuhr hoch. «‹Mediterranea›? Das gibt es doch gar nicht.»

Sie seufzte und ließ den Kopf in die Hand sinken. «Ich meine damit – was doch wirklich jeder Idiot kapiert – irgendein Land oder einen Ort am Mittelmeer. Mein Gott, kann ich dir jetzt von diesem Zimmer erzählen?»

«Schieß los.»

«Das Wetter ist herrlich. Also, es ist nicht bloß sonnig; es ist wie Seide und Musselin. Es gibt ein Bett mit einem Eisengestell und einen großen Schrank und einen Holzstuhl, der vor einer Art Toilettentisch steht. Ein klein wenig pfirsichfarbener Puder ist auf dem Tisch verschüttet. Eine von diesen alten Pond's Puderdosen steht auf der Glasplatte … wenn man die in Mediterranea wahrscheinlich auch nicht kaufen kann. Die Vorhänge sind durchscheinend wie Chiffon und bauschen sich vor dem Fenster, das aufs Meer hinausgeht. Es gibt einen kleinen schmiedeeisernen Balkon, auf den ich hinausgehen kann – ich habe ein weites Kleid an und bin barfuß –, einen Balkon also, auf den ich hinaustreten und von dem aus ich aufs Meer schauen kann. Das Meer hat die Farbe von Jade, bis dann um sechs die Sonne allmählich untergeht und einen blendenden Lichtschleier darüber wirft und es in Topas verwandelt. In der Nacht hat es die Farbe von Trauben. Und ständig ist es in Bewegung. Die Wellen, die sich an der Küste brechen, kann ich nicht sehen, weil mein Zimmer sehr hoch gelegen ist; aber ich kann gerade so erkennen, wie sich weit draußen winzige Fältchen bilden. Nachts, wenn der Mond sehr hell scheint, was er meistens tut, sehe ich die schmalen weißen Schaumstreifen, das weiße Gekräusel.» Maud hielt inne, um sich eine Zigarette aus seiner Schachtel zu nehmen und den Tabak zurückzuklopfen. Sie hatte ihre eigenen, aber sie stibitzte sich gerne mal eine von seinen.

«Steht der Eiskübel auf dem Balkon?»

Sie blinzelte über der blauen Flamme. «Was?» Dann schaute sie auf die Wanne und runzelte die Stirn, als sei der Gegenstand, der da bedenklich auf dem Pierende schwankte, auch wieder so was Neumodisches. «Nein», fuhr sie ihn an. «Wenn ein Eiskübel da wäre, hätte ich's gesagt.»

Gefährliches Terrain, aber Sam meisterte es. «Na ja. Weil's halt ein bißchen wie hier geklungen hat...»

Ihre Augen waren groß und wild wie die einer Gazelle, als sie den Blick über ihre Umgebung schweifen ließ. «Hier? *Hier?* Na ja, das nun Gott sei Dank nicht. Die Polizia in Mediterranea läuft nicht rum und verhaftet die falschen Leute.» Der Schaukelstuhl bewegte sich plumpsend in seine Ausgangsposition, und sie rauchte in schnellen, kurzen Zügen.

Sam reagierte vorsichtig. «Was meinst du damit?»

«Als wenn du das nicht wüßtest. Von diesen vergewaltigten und ermordeten Frauen. Von Nancy Alonzo und Loreen Butts und der anderen.» Sie schaute Sam an. «Dieser Chalmers, den du verhaftet hast –»

«Boy Chalmers. Und *ich* hab ihn nicht verhaftet – das war die Polizei in Hebrides. Und die Bürgermeister beider Städtchen waren außerordentlich erfreut darüber. Von der Staatsanwältin ganz zu schweigen.» Maud schaukelte sanft im Rhythmus der Musik. «‹Moonlight becomes You›. Kannst du dir das vorstellen? Erinnerst du dich an Dorothy Lamour? Jemand hat mir erzählt, daß sie in Baltimore, Maryland, gelebt hat...»

«You certainly know the right thing to wear...» sang Maud. Sie hatte eine helle, süße Stimme, die Sam an einen hohen, pastellfarbenen Sommercocktail erinnerte – so etwas,

was man in der Hand hält, wenn man auf einem weißen Korbstuhl auf einem weiten, grünen Rasen sitzt... O je, er war langsam schon genauso schlimm wie sie.

«‹*She wore hibiscus in her hair*›. Dorothy würde es in meinem Zimmer besser gehen als in Baltimore. Ich frag mich, ob sie Immobilien verkauft. Ich glaub, irgend jemand hat mir so was erzählt.» Maud schüttelte den Kopf. «Das paßt auch nicht ins Bild.»

Sie schien Boy Chalmers und die Sexualmorde vergessen zu haben, doch Sam wußte, daß dem nicht so war. Maud vergaß nur selten einen ihrer Gesprächsfäden, vergaß ihn genausowenig, wie Odysseus' Frau – wie hieß sie bloß wieder? – aufhören würde, an diesem endlosen Wandteppich zu weben. «Erzähl mir noch ein bißchen von dem Zimmer. Das ist interessant.»

«Warum sollte ich?» Sie sang noch ein paar Worte:

«What a night to go dreaming,
Mind if I tag al-loooong...»

«Na ja... wie wär's, wenn ich mit auf dein Zimmer käme?» Er dachte an Florence. War sie ausgegangen, um mit Bubby Dubois in Träumen zu schwelgen? Wie konnte jemand *mit ihm* in Träumen schwelgen?

Mauds Stimme unterbrach jäh seine Vorstellung von jenem schwabbligen Körper, der seine Frau bearbeitete. Ihre verschmitzte Stimme. «Warum fragst du mich nicht, ob sonst noch jemand im Zimmer war?»

Besser verschmitzt als verletzt, dachte sich Sam und sagte: «Okay. Ich frag dich.»

Maud hörte auf zu schaukeln, beugte sich über die Armlehne und brachte ihr Gesicht ganz nah an seines heran. «Neeeinnn.» Jetzt war sie verschmitzt und zuckersüß: «Neeeinnn. Auf meinem Balkon sind keine Stühle, also sitz ich nicht mit so einem blöden, tolpatschigen Polizia-Beamten da draußen und guck übers Wasser.» Das Martini-Glas in der Hand, beschrieb sie in großer Geste einen Halbkreis; das Getränk spritzte in alle Richtungen und funkelte in der Luft, als wolle sie das Pier taufen. «Scheiße», sagte sie, als sie in das leere Glas schaute.

«Klingt, als wär dein Zimmer in Venedig.» Das sollte zwar nach einem sachlichen Kommentar klingen, aber es gelang ihm einfach nicht, seine Gedankenlosigkeit zu verbergen. Er wußte sehr gut, daß sie ihr Zimmer beziehungsweise ihren Ort über seinen mediterranen Charakter hinaus keinesfalls näher bestimmen wollte. Er wußte, daß sie unter dem Schleier ihres Haares zu ihm hochsah. «Wegen dem Wasser», sagte er. Er interessierte sich eigentlich mehr dafür, warum sie so überzeugt davon war, daß Boy Chalmers nicht der Mörder war. Wahrscheinlich nur, um ihren Dickschädel unter Beweis zu stellen.

«Ganz bestimmt nicht.» Sie griff nach der Wodkaflasche und quetschte noch einen Drink heraus. «Um Venedig herum gibt's kein jadegrünes Meer – zumindest nicht auf der Postkarte, die ich davon gesehen habe. Und überhaupt, Venedig liegt an der *Adria*.»

Wer *das* nicht wußte, war mit Sicherheit zu einfältig, um in ihren großen Traum eingeweiht zu werden. «Ach. Na ja, ich bin wohl nicht fein genug für Mediterranea. Oder gar Adriatica.» Sam streckte die Beine aus und ließ seine Spiegelglas-Sonnenbrille von ihrem Ruheplatz auf seinen Haaren auf die Nase rutschen. «Und jetzt verrat mir, warum du glaubst, daß Boy Chalmers unschuldig ist.»

«Wer?»

Er hatte sie in ihren Phantastereien unterbrochen, und jetzt stellte sie sich stur. «Warum du glaubst, daß er der falsche Mann ist, daß ich den Falschen verhaftet habe.»

Sie hatte jetzt selber den Feldstecher genommen und versuchte, damit über den See zu schauen. Er wußte, sie würde sich weigern, mit ihm zu reden, wenn er nicht registrierte, was sie tat. Und einen Kommentar dazu abgab. Sam seufzte. «Tja, du verstößt gegen deine eigene Regel, nicht wahr? Hast du nicht gesagt, daß wir nicht durch das Fernglas gucken sollen?»

«Tu ich ja nicht.»

Wenn er Maud nicht so gut gekannt hätte, hätte er angenommen, sie habe sich um den Verstand getrunken. Aber sie war nicht betrunken, es fehlte ihr einfach an Verstand. Sam starrte in den schwarzen Himmel hinauf. Am liebsten hätte er nichts dazu gesagt, aber er mußte wohl. «Tust du nicht. Aber du guckst doch direkt durch dieses Fernglas!»

«Ich halte die Augen geschlossen.»

Du meine Güte, sie hielt die Augen geschlossen – Sam hielt es nicht mehr aus; er riß ihr das Fernglas aus der Hand. Genau das hatte sie natürlich gewollt: ihn aus der Fassung zu bringen. Sie glättete ihren Rock und summte: «Moonlight becomes You.»

Als er den Riemen um das Fernglas wickelte und es aufs Dock legte, sagte er: «Ich würde mich freuen, wenn du mir erzählen würdest, warum du glaubst, daß Chalmers es nicht getan hat.»

Es herrschte würdiges Schweigen.

«Maud?»

Sie drehte ihre Haare zu einer langen Wurstlocke und rollte sie langsam übers Ohr hoch. Sie wußte, daß es ihn nervte, deswegen tat sie es ja.

«Ich würde wirklich gerne deine Meinung hören. Da wir ja anscheinend die einzigen mit dieser Meinung sind. Sims hält mich für bescheuert.»

Offenbar hatte er genau den richtigen Bettler-an-der-Straßenecke-Ton getroffen. «*Der* ist doch der Bescheuerte. Ein bescheuerter alter Suffkopp, der nie Bürgermeister hätte werden dürfen.» Plötzlich hörte sie auf, mit der kleinen Perlenkordel die Lampe ein- und auszuschalten – ein und aus, als habe sie gerade die Wunder der Elektrizität entdeckt. «Er haßt dich, denn wenn du mal als Bürgermeister kandidieren würdest, würdest du gewinnen. Und dennoch, auch wenn ich's nur ungern sage: Es wär einfach ein zu großer Zufall, daß genau an dem Tag, wo Boy aus dem Gefängnis flüchtet, wieder ein Mord passiert.» Sie sah Sam sorgenvoll an.

Er öffnete knallend eine weitere Dose Coors. «Oh, ich sage ja nicht, daß es Zufall ist. Ich sag eher, daß der, der die Morde begangen hat, Boys Ausbruch ausgenutzt hat.»

Maud runzelte die Stirn und begann wieder, an der Kordel zu ziehen. Der Dockrand, auf dem die schwarze Katze vor sich hindöste, wurde abwechselnd grell beleuchtet und versank dann wieder in der Dunkelheit. «Das ist sicher möglich. Weißt du, daß Chad das auch gesagt hat?» Als Sam sie mit hochgezogenen Augenbrauen ansah, nickte sie. «Hat er.»

«Chad?»

«Mmm-hmm. Er hat vor ein paar Wochen hier unten über ihn geredet. Er hat mir die Lampe aufgebaut mit den ganzen Verlängerungskabeln...» Sie sah über ihre Schulter nach hinten.

Ungeduldig drängte Sam sie, weiterzusprechen. «Warum glaubt Chad nicht, daß es Boy war, wie alle anderen?»

«Chad *ist* nicht wie alle anderen.» Sie seufzte und wühlte im Eis nach einer Silberzwiebel, die sie in ihr Glas schmiß, ehe sie sich einen frischen Martini einschenkte. «Er ist wohl wie wir.» Und sie seufzte wieder, als ob sie, Sam und Chad zu irgendeiner fremdartigen Menschenrasse gehörten, die wegen ihrer größeren Wahrnehmungsfähigkeit und Sensibilität außerhalb der gewöhnlichen Gesellschaft leben mußte. «Hast du gewußt, daß er Boy Chalmers mal getroffen hat?»

«Mein Gott, nein, hab ich nicht gewußt. Du hast es mir ja nie erzählt.»

«Weil ich's bis zu diesem Wochenende selber nicht gewußt habe. Chad ist auf diesem uralten Fahrrad nach Hebrides gefahren – ach, vor gut einem Jahr, hat er, glaub ich, gesagt. Er hatte einen Platten, und Boy kam auf seinem Motorrad vorbei. Er hat angehalten und den Reifen geflickt. Und um das zu tun, mußte er zu seiner Fahrradwerkstatt zurückfahren und eine Pumpe und einen Flicken oder was auch immer holen, aber Chad hat gesagt, er sei wirklich hilfsbereit gewesen. Er hat sich viel Mühe gemacht.»

«Warum hat er dir das bloß nicht erzählt, als man Boy wegen Loreen Butts verdächtigte?»

Sie zerrte an der Metallkordel der Lampe. Aus. An. Aus. An. «Er behauptet, er hätte es erzählt. Er sagt, ich hätte es vergessen. Aber ich hab's nicht vergessen. *Er* hat vergessen, es mir zu erzählen. Du weißt ja, wie er ist.» Immer wieder zupfte sie an der Kordel.

«Nein, weiß ich nicht – kannst du nicht endlich mal die Lampe in Ruhe lassen? Man könnte fast meinen, du hättest in all den Jahren nur Gasbeleuchtung gehabt. Du solltest hier unten keine Lampe rumstehen haben, Maud, verdammt noch mal!»

Sie sah ihn gelassen an und meinte kühl: «Dann sag mir, wie sonst ich meine Bücher lesen soll?» Sie hob den Gedichtband.

«Lies im Haus. Es wundert mich, daß Chad dir geholfen hat, das alles zu installieren.» Sam wandte den Kopf und sah nach hinten. «Bis zurück zum Haus mußt du ja einen Schwanz von einem Dutzend Verlängerungskabeln liegen haben. Hat man so was Verrücktes schon mal gesehen?»

«Keine Ahnung. Hast du?» Maud vertiefte sich in ihr Gedicht, und ihre Lippen formten stumm und sorgfältig die Worte.

Sam knirschte mit den Zähnen. «Du könntest verunglükken. Du könntest in den See kippen und die Lampe direkt hinterher.»

Maud blickte nicht von ihrem Buch auf, als sie entgegnete: «Ich hab oft dran gedacht, mit der Lampe baden zu gehen, das stimmt.» Rasch griff sie nach oben und zerrte an der Kordel. Aus, an.

Er sollte sie Bürgermeister Sims mal auf den Hals hetzen. Nein, Maud war nur bei ihm so. Und bei Chad. Er trank sein Bier und schaute zu ihr hinüber, wie sie dasaß und tat, als läse sie dieses Gedicht, wobei sie dramatisch die Worte mit den Lippen formte und jetzt ein wenig mit den Händen zuckte, damit er auch ja bemerkte, daß sie ihn ignorierte. Sie blätterte um. Es raschelte auffällig.

Sam wußte, er war deswegen auf die Lampe zu sprechen gekommen und deswegen so reizbar, weil es ihn furchtbar nervös machte, daß Maud – wenn er nicht bei ihr war – die halbe Nacht völlig schutzlos hier draußen saß. «Erzähl mir mehr von Boy Chalmers. Was gibt's sonst noch?»

«Chad hat weiter nichts gesagt.» Sie schlug ihr Buch zu, ein Requisit, das ihr im Augenblick nicht unmittelbar von Nutzen war. «Er hat bloß gesagt, er kann nicht verstehen, wie Boy diese Morde begangen haben soll. Boy sei so verdammt *nett* gewesen. Das genau waren seine Worte.» Sie sah Sam bedeutungsvoll an. «Ich finde es schrecklich, wenn Leute in jedem Satz ein ‹verdammt› unterbringen. Dieses Wort sollte sparsam verwendet werden, wenn überhaupt. Manche Leute müssen immer auf dieses –»

Oh, halt doch den Mund, dachte Sam, der sich nun anhören mußte, wie sie abschweifte und sich über die Verarmung der Sprache ausließ. «Hat Chad sonst noch irgendwas gesagt?»

«Nein. Aber Boy muß wirklich Eindruck auf ihn gemacht haben, immerhin hält er ihn für unschuldig, wo's ihm doch anders lieber wäre.»

«Wie meinst du das?»

«Chad würde ihn lieber für den Schuldigen halten.» Maud wandte ihm den Kopf zu. «Das würde bedeuten, daß sie den

Schuldigen haben. Und *das* hieße dann, ich bin außer Gefahr.» Sie faltete die Hände im Schoß und blickte mit dem selbstzufriedensten Ausdruck, den Sam sich nur vorstellen konnte, auf den See hinaus. Daß Chad sich Sorgen um sie machte, befriedigte Maud ungemein.

Aber sie hatte recht. Chad wäre es bestimmt lieber, wenn er den Mörder hinter Schloß und Riegel wüßte.

«Danke», sagte er. «Danke, daß du's mir erzählt hast.»

«Keine Uuursache», sagte sie und rollte wieder auf einer Seite das Haar hoch.

Leise lächelnd lehnte er den Kopf zurück und betrachtete den Nachthimmel. «Wenn wir nur alle in Mediterranea leben könnten.» Er merkte, wie sie still wurde, wahrscheinlich freute sie sich, weil er sich an ihr Traumzimmer erinnert hatte.

«Die Carabinieri brauchen wahrscheinlich keinen neuen Boß.» Sie zerrte wieder die Popov-Flasche aus dem Eis und hielt sie hoch, um den Wodkastand zu kontrollieren.

«Wenn du dir was wünschen könntest, irgend etwas, ich glaub, du würdest dieses Zimmer nehmen.»

Mit genervter Miene stieß sie die Flasche wieder in den Eimer und stellte ihr Glas auf das Faß.

Aber er konnte beinahe ihre Gedanken lesen: Für sie war alles ein Spiel, das Was-würdest-du-dir-wünschen-wenn-du-alles-haben-könntest-Spiel. Und er wußte, daß sie am Ende nicht widerstehen konnte.

«Tja, was würdest *du* dir wünschen?» Ihre Stimme klang so gepreßt wie die des Sängers da drüben, dem alles, was ihm zustieß, nur Gewimmer entlockte.

«Kommt drauf an.»

Das Schaukeln hörte auf. «Was soll das heißen, ‹kommt drauf an›? Wenn du alles haben kannst, was du willst, dann kommt es auf gar nichts an.»

«Oh.» Nach einem wütenden Schweigen ihrerseits, in dem der Sänger Flugzeuge versäumte und Briefe zurückgeschickt bekam, sagte Sam: «Wo würde ich leben, wenn ich mir … tja, was auch immer wünschen könnte?»

«*Was?… Wo immer du willst*, natürlich, wenn du alles haben kannst…»

Sam sank tiefer in den Sessel und rollte sich eine Coors-Dose über die Stirn. «Ich denke…»

«Na los! Denk!»

Sam hätte gern «auf Key West» gesagt. Aber sie würde in diese Antwort hineinlesen, daß er das Gedicht beziehungsweise ihr Bedürfnis, es zu verstehen, nicht ernst nahm. «In New York.»

Maud hörte auf zu schaukeln und zu trinken und knallte sowohl den Stuhl als auch den Drink hin. «*New York?* Warum, zum Teufel, *New York*? Du könntest überall leben» – sie streckte die Arme aus –, «und du entscheidest dich für *New York*? Death Valley, die Mojave-Wüste, das könnte ich verstehen…» Sie lehnte sich wieder zurück, wandte das Gesicht dem schwarzen Himmel zu und sagte: «Aber doch nicht *New York*.» Ihr Mund umklammerte das letzte Wort wie ein kleiner stählerner Schraubstock.

«Also kann ich offenbar doch nicht überall leben.»

«Das hab ich nicht gesagt. Hab ich das vielleicht gesagt? Nimm doch endlich mal Vernunft an!» Sie machte eine Pause. «Warum New York?»

«Weil ich da eine Nichte habe. Rosie.» Sam hatte keine Nichte namens Rosie. Er hatte sie aus dem Hut gezaubert, wie sie gerade die Fifth hinabspazierte, wahrscheinlich wegen der Melodie, die sich da drüben irgendeinem alten Wrack von Klavier entrang, und dem Chor besoffener Stimmen: «You are… my heart's boo-kaaay.» Und plötzlich ergriff ihn eine ungeheure Sehnsucht nach diesem imaginären Mädchen, das vor einer Minute noch nicht einmal existiert hatte.

Maud verschränkte streng die Arme vor der Brust. Hätte sie aufrecht dagestanden, dann hätte sie wie eines von diesen zähen Weibern in den alten Pionierfilmen ausgesehen. «Du hast mir nie von Rosie erzählt.»

«Ich denk wohl nicht oft an sie.»

«Deine oder Florences Seite?»

«Ich glaub nicht, daß sie sich auf eine Seite geschlagen hat.» Sam sah auf die Uhr. Eins. Florence würde sich mit Sicherheit auf jede andere Seite schlagen als auf seine.

«Weißt du was? Ich glaub, du willst mich nur ärgern.»

Sam lächelte. «Vielleicht. Rosie ist die Tochter meines Bruders.» Jetzt dichtete er eine ganze Familie zusammen. Das kam vom Rumsitzen bei Maud, die nur während ihrer Arbeit den Boden der Tatsachen streifte. Es war ihm egal; alles, was sie zum Weiterreden brachte, war ihm recht.

Rumms, machte der Stuhl erneut, als sie sich ganz zu ihm umdrehte und ihn anfunkelte. «Was für ein Bruder? Du hast nur eine Schwester. Hast du mir erzählt. Sagst du denn nie die Wahrheit?»

Sam biß sich auf die Lippe. «Er ist mein Halbbruder. Mom war schon mal verheiratet, bevor sie meinen Vater heiratete. Er hat nicht mal den gleichen Namen.»

Maud begann wieder zu schaukeln. «Halbbruder. Da kann man Rosie ja wohl kaum eine Verwandte nennen.»

Es ärgerte ihn, wie sie die Nichte wegfegte, die eben erst zur Welt gekommen war, auf achtzehn oder zwanzig zuraste und gerade die Fifth Avenue hinunterspazierte und sich die Schaufenster anguckte. Er sah sie so deutlich vor sich, als sei er der Schaufensterdekorateur, der sie durch das sonnengesprenkelte Glas betrachtete. Sie hatte was von einer Filmblondine, sah aus, als sei sie aus Sonnenschein gemeißelt. Große blaue Seewasseraugen...

«Aber du hast noch nicht gesagt, was du dir am meisten wünschst. Das heißt, in New York leben. Wenn du *alles* haben könntest. Einen Pullman zum Beispiel.»

Nachdem sie Rosie zum bloßen Schatten einer Verwandten

degradiert hatte, schien Maud nun ein bißchen zufriedener und klopfte im Takt der Musik mit den Fingern. Die Gäste waren wieder draußen auf der Terrasse. Wenn er die Augen zusammenkniff, konnte er eine winzige blaugekleidete Gestalt mit hellblondem Haar erkennen. «Einen Diener, der mir mein Auto parkt.»

Sie ließ die Zigarette, die sie sich gerade an die Lippen führen wollte, wieder sinken. «Du sollst dir aussuchen, was du dir am *meisten* wünschst. Du bist gar nicht richtig dabei.»

Sam gähnte und erhob sich langsam. «Doch. Einen Diener zum Parken. Wir sind in New York, vergiß das nicht.»

Maud schleuderte die Zigarette in den See. «Guter Gott, du hättest den Trump Tower haben können, wenn du gewollt hättest.»

«Dann würd ich ja wirklich einen Diener brauchen. Hör zu: Ich möchte, daß du jetzt reingehst. Ich möchte nicht, daß du ganz alleine hier im Dunkeln sitzt. Man weiß ja nie, was für Spinner hier rumlungern. Ich muß nach Hause.» Er ging nicht nach Hause; er wollte weiter seine Runden fahren. Sam beugte sich über sie und stützte die Hände auf die Lehnen ihres hölzernen Schaukelstuhls. «Und zieh den Stecker von dieser gottverdammten Lampe raus.» Er schlenderte davon.

«Heute ist Labor Day; heute ist die letzte Party. Ich sitze hier und schaue zu. Und ich sehe nicht ein, warum du schon gehen mußt. Du hast doch morgen Spätschicht, oder?» Sam wandte sich auf dem Dock um und betrachtete ihren Hinterkopf, ihre steife Haltung. Dann sagte sie: «Sie schrieb ihren Namen mit ihrem eigenen Blut.»

Sam blieb noch einen Augenblick stehen und ging dann wieder zu ihr zurück, um ihr die Hand auf die Schulter zu legen. «Sprichst du von Nancy?»

«Und man sagt, sie hätte ‹Boy› geschrieben.»

«Ich glaub nicht, daß sie Boy Chalmers gemeint hat.»

Maud sah blinzelnd zu ihm hoch. «Wen hat sie dann gemeint?»

«Ihren Sohn. Ihren kleinen Jungen.»

«Was? Du glaubst doch nicht, daß er –?»

«Nein, natürlich nicht. Er ist erst sieben. Nein, ich glaube, sie hat versucht, ihm eine Nachricht zu hinterlassen. Du kanntest Nancy doch, oder? Hat sie nicht mal eine Weile im Rainbow gearbeitet?»

Maud nickte und starrte zu ihm hoch. «Als Spülerin.»

«Tja, du weißt sicher, daß sie auch für uns gearbeitet hat, als Putzfrau, abends. Wir haben uns manchmal unterhalten.»

«Im Rainbow hat sie nie mit jemandem geredet. Das ist aber auch kaum verwunderlich – schließlich unterhalten sich da alle nur mit Shirl. Sie war so schüchtern. Nancy, mein ich. Ich hab versucht, sie zum Reden zu bringen. Aber sie hatte nur Augen fürs Geschirr. Es war furchtbar, wie ihr Mann sie verdroschen hat. Es war furchtbar, daß sie ihr den kleinen Jungen weggenommen haben, als wär alles ihre Schuld.»

«Weißt du, wie sie ihn genannt hat? ‹Dear boy, lieber Junge›.»

«Oh.» Es kam als ein gehauchtes, langgezogenes «Ooohh» heraus. «Dear boy.» Diese Art zu sprechen wirkte so furchtbar altmodisch. Maud erinnerte sich plötzlich an ihre Mutter, die den Ausdruck oft verwendet hatte, wenn sie über ihren jüngeren Bruder, Mauds Onkel, sprach. Und der war auch schon tot. An einem Aneurysma gestorben; von einem Barhocker gefallen, als er kaum fünfundvierzig war. Alle fanden das lustig; Maud nicht. *Dear boy, lieber Junge.*

«Ich habe ihr geglaubt, als sie erzählt hat, daß ihr Junge die Kellertreppe runtergefallen ist. Ich war draußen bei ihnen. Diese Stufen sind mörderisch. Da war so ein riesiger Haken – weiß Gott, wozu –, der aus der Wand rausstand. Das Kind hätte auf der Treppe leicht fallen und sich den Arm brechen können. Nach all den anderen Unfällen, die der Kleine hatte, wenn dieser Trunkenbold von Ehemann da war – Rick Alonzo, was für ein Schmarotzer –, da hat sich der Sozialarbeiter wohl gedacht, daß der Junge bei Pflegeeltern besser aufgehoben ist. Das war hart für sie, wirklich hart.»

Hart? Maud konnte es sich gut vorstellen. Es raubte ihr schon den Atem, wenn sie nur dran dachte.

Sam fuhr fort. «Sie hat immer den Fußboden aufgewischt, den Scheuerlumpen ausgewrungen und über ihn geredet. Der ‹liebe Junge› sagte sie immer.»

Maud lauschte auf den Vogelruf der Klarinette überm See.

«Billie Anderson hat mich fast aus ihrem Büro geschmissen vor lauter Lachen, als ich ihr klargemacht habe, daß ich nicht dran glaube, daß Nancy irgendeinen Namen geschrieben hat. Da war vorher noch ein Klecks, ein anderes Wort. Und dieses *b* war kein großes *B*.»

Maud spürte eine fast unerträgliche Last auf ihrem Herzen. «Oh, Sam. Du meinst, sie schrieb –»

«‹Dear boy›, lieber Junge.»

Sie schwiegen einen langen, langen Augenblick. Maud schaukelte, Sam stand daneben. Dann sagte er: «Bis später», und verließ das Dock.

Noch einmal hörte er ihre Stimme hinter sich; er drehte sich um und schüttelte den Kopf. Was denn noch, mit welchen Mitteln wollte ihn Scheherazade denn noch hier festhalten?

«Das heißt wohl, daß ich meine Geschichte nicht weitererzählen kann; ich kann dir nicht vom Ertrinken erzählen.» Sie griff nach oben und zog an der Perlenschnur der Lampe. Ihr gedämpftes Licht warf einen Kegel aus stumpfem Bernstein über ihr Haar.

«Was für einem Ertrinken?» Er hatte die Arme vor der Brust verschränkt. Er kannte sie.

«Meinem eigenen», sagte sie schlicht und griff mit schlaffer Hand nach ihrem Glas. «Ich ertrinke sehr schön im goldflüssigen Meer unter dem Zimmer, von dem ich dir erzählt habe. Na ja, gute Nacht.»

Das goldflüssige Meer, Ogottogott! «Wie ertrinkst du denn in dieser Vision?»

Theatralisch wandte sie ihm ihr Profil zu. «Ich dachte, du mußt gehen.»

Sam starrte auf den Mond und schüttelte den Kopf. «Ich kann in ungefähr einer halben Stunde zurückkommen. Bloß um mich zu vergewissern, daß du nicht im goldflüssigen See ersoffen bist. Also gib mir eine kurze Zusammenfassung.»

Maud räusperte sich umständlich wie eine Diva und sagte, noch immer geradeaus blickend: «Ich weiß nicht wie, aber auf einmal bin ich über dem Meer. Es ist wie ein Netz aus Gold. Die Sonne geht unter. Ich habe dieses lange, lange mattgoldene Kleid an und falle einfach – nein, ich falle nicht –, ich schwebe hinab und liege dann auf dem Meer. Ich verschmelze mit ihm… mein Kleid, meine Haut – das macht das reflektierte Sonnenlicht –, und es ist, als würde sich das Meer über mir schließen. Aber man sieht, daß sich etwas verändert hat. Ich passe dazu. Zum Meer, mein ich.»

Sie schwieg, und er wartete. Dann drehte sie sich um und sagte: «Ich bin der perfekte Puzzlestein.»

Einige Augenblicke lang blieb er ein paar Meter hinter ihr stirnrunzelnd und fröstelnd stehen. «Schalt die verdammte Lampe aus, ich bin bald wieder zurück.»

5

Er stand direkt neben dem Waldpfad, den sie auf dem Heimweg gehen mußte, und atmete die feuchte Nachtluft ein.

Was hatte sie denn in seine wartenden Arme getrieben, wenn nicht der Wunsch seiner lieben toten Engelmutter, die Schmerzen, die sie ihm angetan hatte, wiedergutzumachen? Ihren letzten Brief hatte sie jenem stoppelbärtigen alten Mann hinterlassen, der nur am Küchentisch gesessen und das Geld versoffen hatte.

Der Schwule war aus dem Gefängnis ausgebrochen! Er mußte immer noch kichern. Der Schwule entkam und verschaffte ihm eine tolle Gelegenheit, es in dieser speziellen Nacht zu tun, wo er doch noch gezögert hatte, weil er es für zu früh hielt – zu früh nach der Butts.

Nicht, weil er eine Gefahr für sich gesehen hätte. Nein, er beobachtete sie nur gerne.

Er beobachtete sie gerne, wenn sie die Hauptstraße hinunterging, mit gesenktem Kopf dahinruckelte, als würde sie gezogen, und ihre Füße kaum das Pflaster berührten. Sie war wie ein Blatt, ein blaßbraunes, dünnes, geripptes Blatt, das von jedem Windstoß umhergeweht wurde.

Er seufzte, als er sich jetzt daran erinnerte.

Und während er sich erinnerte, fand er den kalten Griff des Messers, das von seiner Hüfte emporragte. Er konnte fast das Rascheln im Gehölz hören wie in jener Nacht im Juni, als sie den Pfad entlanggegangen war. Auf ihn zugekommen war.

Er lehnte sich an den Baum, lehnte den Kopf zurück, bis er durch die Zweige nach oben schauen konnte, sein Hals ganz angespannt, so angespannt wie ihrer. Zart strich er mit den

Fingern auf und ab, auf und ab, und spürte die Spannung weiter unten, spürte, wie seine Jeans allmählich zu eng wurden.

«Nancy.»

Er flüsterte es auch jetzt und konnte sie sich wieder genau vorstellen.

Sie erschrak da draußen im schattenlosen Dunkel, einer Dunkelheit so vollkommen, daß nur das intensive Weiß der Eschen im kalten Mondlicht sie durchdrang.

Und seine Augen. Seine Augen hatten diesen Wald an manchen Stellen verbrannt, die harten, trockenen Blätter unter ihren ringenden Körpern in Asche verwandelt.

«Hallo, Nancy.»

Er hörte, wie sie die Luft einsog, sah, wie sie mit der Dunkelheit rang und zu erkennen versuchte, woher die Stimme kam. Er kicherte.

Sie hatte versucht zu schreien, aber es kam nur ein Gurgeln heraus, das er mit einem simplen Handgriff abschnitt, indem er eine Hand um ihren Hals legte und sie zu sich herzerrte. Ehe er das Messer herauszog, gab er ihr dann zu verstehen, daß er der Meister und sie nichts als ein jämmerliches Geschöpf des Waldes – ein Eichhörnchen oder Kaninchen – war.

Er hielt ihr Kinn umklammert, drückte ihren Mund an den seinen, spürte seine Zunge wie eine zuckende Schlange, die sich zu ihren Zähnen wand, als wolle er sie mit einem Biß töten.

Und dann lag sie auf dem Boden, ihre Hände in einer Haltung, als fessle er sie mit der seinen, und wie im Traum erschien das Messer in seiner anderen, schnitt durch ihre Kleider, ihr Fleisch, wie durch Butter – eine Spur, die sich vom Kinn direkt nach unten zog, und all die Kleider flatterten lose und widerstanden der Spitze seines Messers nicht.

Als er in sie hineinstieß, schrie sie. Er spürte die Gerechtigkeit seines Tuns. Ihre Augen waren hohl, weiß, in ihren Kopf zurückgewendet, als wage sie es nicht, seinem blendenden Blick zu begegnen.

Er schwang das Messer in die Höhe und wartete darauf, daß sie diese Welt, in die er sie führte, erkannte.

Ihre Augen starrten zu ihm herauf.

Er lächelte und schnitt ihr die Kehle durch.

Heute abend mußte er diese Erinnerung richtig von sich abschütteln.

Wie konnte sie noch einen Funken Leben in sich gehabt haben? Wie konnte sie die Kraft gehabt haben, ein Zeichen zu hinterlassen, mit ihrem eigenen Blut ein Wort auf den Boden zu schreiben?

Und *warum*?

Warum hatte sie den Namen dieses Schwulen hingeschrieben, der nie im Leben den Mumm gehabt hätte, das zu tun, was *er* getan hatte – warum schrieb sie diesen Namen mit ihrem eigenen Blut?

Seit jener Nacht, Ende Juni, hatte er sich darüber den Kopf zerbrochen. Das Grübeln machte ihn fast verrückt. Eigentlich konnte er darin nur das Wirken Gottes oder seiner lieben Engelmutter erblicken, die dafür sorgen wollten, daß die Sünder bestraft wurden. Und die Gerechten ungestraft blieben.

Eine andere Erklärung konnte es nicht geben.

Es bedeutete wohl, daß er auf dem richtigen Weg war. Daß es nicht zu früh war.

Und weiß Gott, auch die da hatte den Tod verdient.

Er wäre gern ein bißchen länger hier im Wald geblieben, um – die eine Hand am Messer, die andere am Hals – seinen Gedanken nachzuhängen.

Aber er mußte jetzt weiter, den Pfad hinab, zu der Stelle, wo er sehen konnte, ob sie auch heute nacht draußen war und welchen Weg sie wohl einschlagen würde.

Ob jemand den Tod verdiente. Ob irgend jemand ihn verdiente…

6

Seiner Meinung nach trank sie. In La Porte hätte man vielleicht gesagt, es sei unvorstellbar, daß Willow Pauley eine heimliche Trinkerin war, aber Sam ließ sich dadurch nicht beirren. Er wäre nur froh gewesen, wenn die Leute in La Porte ab und zu ihre Läden geschlossen, ihre Vorhänge zugezogen und ihre Türen abgesperrt hätten.

Sam ging zum Streifenwagen zurück und beobachtete Willow Pauley, die in ihrer hellerleuchteten, weißen Küche neben dem Spülstein stand, ein Glas an die Lippen setzte, es senkte, es dann erneut hob – in immergleichem Rhythmus. Er sah das alles, als bewege sich ein dunkler Scherenschnitt vor einem weißen Hintergrund.

Willows Haus lag nicht so isoliert wie das von Bunny Caruso. Es war ein solides Fachwerkhaus, das mit der Vorderseite zur Main Street auf einem großen Grundstück stand. Doch es war abgeschieden wie kein anderes Haus an der Straße, da es ringsum von Bäumen, meist Eschen und Kiefern, umgeben war. Ihr Vater hatte vor seinem Tod die Baumschule außerhalb der Stadt betrieben. Er liebte die Bäume so sehr, daß er sogar seine beiden Töchter und einen Sohn nach Bäumen benannt hatte: *Willow* oder Weide, *Ashley* nach der Esche, und *Oak*, der Eichbaum. Mr. Pauley hatte so viele Eschen, Kiefern und Eichen um das Haus herum gepflanzt, daß der hintere Teil des Anwesens inzwischen zu einem dichten Wald geworden war.

Und diesen hinteren Teil bewachte Sam auch ständig. Die alte ungeteerte Straße, die ganz um den See herumführte und sich verzweigte wie ein Strom mit vielen Seitenarmen, die sich wiederum dahinschlängelten und manchmal zu bloßen Fahrspuren verengten. Einer davon endete hier. Man konnte sich dem Haus von hier aus nähern, und Sam war ausgestiegen und hatte, verdeckt vom schweren Laubwerk, eine Runde gedreht.

Jetzt saß er da, wie er vor Bunnys Haus gesessen hatte, und wünschte sich, Willow würde ihr Leben hinter geschlossenen Läden führen.

Es waren Stichproben, nicht mehr. Mehr konnte er nicht tun, tat er in seiner offiziellen Arbeitszeit auch nicht. Auch wenn seine Version über die Hintergründe der Morde ganz falsch war, hatte er nichts zu verlieren. Er gähnte, sah auf das beleuchtete Zifferblatt seiner Uhr und wieder zum Fenster hinüber. Ein Uhr vierzehn, mitten in der Nacht, und Willow war offensichtlich am Kochen. Am Kochen und am Trinken. Sie hob wieder das Glas, und der Einfallwinkel des Lichts zeigte, daß es ein Weinglas war, ein großes, kugelförmiges Glas.

Sam betrachtete die Speichen seines Steuerrads und dachte an Nancy Alonzo. Sie war dreißig, vielleicht fünfunddreißig gewesen, sah aber aus, als sei sie kaum zwanzig. Obwohl sie ihr ganzes Leben lang so hart gearbeitet hatte. Nur die Hände waren gealtert. Er erinnerte sich, wie sie dastand, die roten, rauhen Hände rang und ihn fragte, ob er ihr helfen könne, ihren Jungen zurückzubekommen. *Ich hab ihm nie was getan, Sheriff. Ich könnte dem lieben Jungen nie, nie was tun.* Sam sagte ihr, er wisse, daß sie es nicht getan hätte und nie tun würde. Wie ein Verrückter versuchte er, die Behörde zu einer Wiederaufnahme des Falles zu bewegen, aber bei all den andern «Unfällen», die das Kind erlitten hatte, tja, und jetzt waren es schon gebrochene Glieder, und das ging einfach zu weit. Arme Nancy.

Arme Nancy. Auch jetzt, zwei Monate danach, konnte Sam noch immer kaum glauben, daß Nancy Alonzos Lohn für all die harte Arbeit und all das Leid ein gräßlicher Tod gewesen sein sollte.

Sam hob den Kopf von den gekreuzten Händen und beobachtete Willows Fenster. Sims fiel es nicht schwer, das zu glauben, dachte sich Sam. Sims behandelte den Mord an Nancy Alonzo und Boy Chalmers' Flucht aus dem Gefängnis fast so, als seien das nur weitere Belege, Visitenkarten vom Himmel, die er ruckzuck aus der Tasche ziehen und dem Sheriff präsentieren konnte.

Durch die Windschutzscheibe schaute Sam mit zusammengekniffenen Augen nach Willows Hintertür, der kleinen Holzveranda und den zu ihr hinaufführenden Stufen. Wahrscheinlich war die Tür nicht abgesperrt.

Das Problem war, es gab künstliche Beschränkungen, die er sich selber auferlegt hatte. Er setzte ziemlich viel voraus; er war sich dessen bewußt. Auch wenn er von diesem untrüglichen Gefühl ausging, daß Boy Chalmers diesen Mord bei der «Oase» nicht begangen hatte, und von dem sicheren Wissen, daß die Polizei von Hebrides und die Staatspolizei nicht groß nachgeforscht hatten, dann hatte er da zumindest einen Ausgangspunkt. Jemand anders hatte es getan, und um überhaupt weiterzukommen, nahm er an, daß es jemand aus der Gegend war. Sedgewick redete immer von Hebrides und La Porte und daß das doch zwei verschiedene Orte seien. Aber der Mord an Tony Perry hatte sich in jenem Niemandsland des Waldes abgespielt; und das Bar- und Grillrestaurant Oasis, das lag fast so nahe bei La Porte wie bei Hebrides.

Auf jeden Fall mußte er es, wenn er überhaupt etwas in eigener Regie und während seiner Freizeit unternehmen wollte, aufgeben, in Hebrides Stichproben zu machen. Er kannte die Frauen dort nicht, er kannte ihre Gewohnheiten nicht; und der Ort war größer als La Porte. Er befand sich auch außerhalb seines Zuständigkeitsbereichs, was ihm allerdings scheißegal war.

Die Zeit, die er vergeudete, war seine eigene Zeit.

Er seufzte, wandte den Blick zum Hinterfenster der hellerleuchteten Küche und sah tatsächlich, wie Willow eine Kerze anzündete, so als erwarte sie einen Verehrer. Dieses altmodische Wort kam ihm unwillkürlich in den Sinn. Und Willow Pauley war keine Frau, die Verehrer hatte.

7

Seit fast einem Jahr beobachtete er sie.

Er beobachtete sie jetzt, wie sie die Treppe des Hauses herunterkam, sich am Holzgeländer festhielt und vorsichtig die Füße voreinandersetzte wie ein alter oder gebrechlicher Mensch. Sie hielt den Kopf gesenkt, schaute zu Boden, und das Licht der Straßenlaterne setzte ihr eine silberne Mütze auf. Sie erreichte die Straße, schlug den Mantelkragen hoch und ging dann in Richtung Norden, bis der Asphalt plötzlich endete. Es war, als sei die Grenze La Portes hier exakt markiert.

Von seinem jetzigen Standort aus konnte er, während er die Klinge des Sägemessers in ein eigens dafür angefertigtes Lederetui schob, in beide Richtungen schauen. Er hätte keine bessere Stelle auswählen können, um zu beobachten, wer die Main Street rauf- und runterging. Niemand konnte ihn sehen; niemand wußte, daß er da war.

Schlau war er immer gewesen. Er senkte den Kopf und kicherte. Es war schon komisch, wirklich komisch. Dann zog er ganz nüchtern den Reißverschluß seiner Jacke hoch und verließ wie jedes andere Geschöpf der Nacht – wie ein Fuchs seinen Bau – seinen sicheren Ort.

Ihr Mantel war weiß oder cremefarben. Das machte es leicht, sie in der Dunkelheit, die nur von den mattgelb glühenden Dampflampen durchbrochen wurde, im Auge zu behalten. Hier war die Stadt zu Ende; kein Mensch war zu sehen, und um diese nachtschlafende Zeit spazierte sowieso niemand in Richtung Stadtgrenze. Er hatte das zu oft und zu lange beobachtet, um sich zu täuschen.

Irgendwie mochte er sie, hätte sie vielleicht sehr gerne gemocht, wenn sie eine gute Frau gewesen wäre. Sie war ein Gewohnheitsmensch – genau wie er.

Sie war verläßlich. Man konnte darauf bauen, daß sie sich immer gleich verhielt, die gleichen Dinge zur gleichen Zeit tat. Man konnte sich auf sie verlassen.

Der Gedanke ließ ihn zögern, riß ihn aus seinem rhythmischen Schritt, und er fühlte, wie sich ihm ein ganz klein wenig die Brust zusammenzog.

Das Messer im Lederetui rieb an seinem Schenkel. Er zog es heraus und fuhr behutsam mit dem Daumen über die Klinge.

Auch wenn er langsamer ging und ein immer größerer Abstand zwischen ihnen entstand, konnte er sie wegen ihres Mantels gut sehen. Ihr Mantel war weiß (*dein Kleid war blau*).

Sein Fuß scharrte auf dem Asphalt, als er stehenblieb. Er kniff die Augen zusammen und legte die Hand ans Ohr, rieb mit dem Handballen daran wie ein Schwimmer, dem Wasser ins Ohr gedrungen ist. Woher kannte er nur diese Zeile? *«Ich war ganz in Blau.»*

Er ging schwerfällig weiter. Er sah die Kiefern, gleich da hinten, wo der Asphalt aufhörte, und wußte, daß sie dort die Straße entlangwandeln würde. Sie war eine Träumerin, eine Schlafwandlerin *(«Ich war ganz in Blau»)*.

Er stolperte ein wenig; der Druck in seinem Kopf wurde stärker.

«Ich war ganz in Blau...»

Zwei Menschen. Sie sangen. Das Bild, das immer wieder vor seinem inneren Auge aufflimmerte, zeigte einen Mann und eine Frau, die irgendwo vor einem gemalten Sonnenuntergang am Meer saßen und sangen. Seine Hand am Messergriff war glitschig. Seine Fingernägel bohrten sich in die Haut. Irgend etwas entzog sich ihm, und er spürte, wie die Enge in der Brust auf die Glieder ausstrahlte. Es war nicht der gleiche Druck, den er vor vier Jahren oder vor zwei oder vor einem gespürt hatte. Der damalige Schmerz schenkte ihm den Trost, der in der gerechten Sache liegt.

Er hatte sie, ohne es zu merken, eingeholt. Jetzt blieb sie stehen. Ihm wurde kalt. Falls sie sich umschaute... Er trat hinter die gemauerte Auffahrt des letzten Hauses.

Aber sie schaute nicht zurück. Sie wußte, daß sie zugrunde gehen mußte. Die anderen hatten es auch gewußt; ihr Widerstand war nur Theater; nur ein freundlicher Einwand.

Sein Gesicht fühlte sich an, als wäre es eingeölt wie das Messer, allerdings vom Schweiß; er wischte sich mit dem Arm über die Stirn. Er spürte, wie ihn seine Zielstrebigkeit verließ, und versuchte, stur an ihr festzuhalten. Die Stimmen der Sänger bedrängten ihn. Er versuchte, auch sie abzuschütteln, und marschierte weiter.

Warum schaute sie nicht zurück?

Als er die Frau im Oasis sah, hatte er gar nicht gewußt, warum er gerade sie auswählte, seine Schritte ausgerechnet in ihre Richtung lenkte. Ihre Lippen waren feucht und glänzend wie roter Lack, der im rauchigen Licht des Oasis schimmerte. Diese silbrige Bluse, durchsichtig wie Wasser, die um ihre Brüste und die Brustwarzen wogte und Wirbel schlug... Schluß damit. Erst später hatte er von dem kleinen Jungen gehört, *ihrem* kleinen Jungen...

So als habe jemand in seinem Hirn einen Hebel umgelegt, knisterte plötzlich ein Draht, und sein Kopf wurde nach links gerissen; er spürte den Strom im Körper. Er weinte, verlor seinen Willen; er lief aus ihm heraus wie der Saft aus einem Baum.

Um sich zu beruhigen, um eine Art Grenze um sich zu ziehen, betrachtete er eingehend die Häuser rechts und links. Das war Miss Ruths vordere Veranda, schokoladenbraun gestrichen. Willow Pauleys Haus, ein wenig abseits der Straße, wo man durch die Bäume noch Licht erkennen konnte; war sie wach? Die Reihe der Pumpen an der Tankstelle.

Die vertrauten Fenster und quadratischen Muster von La Porte ließen ihn wieder freier atmen. Warum ging sie immer bis an den Rand des Asphalts und betrat doch nie die ungeteerte Straße, den Wald? Ging das jetzt nicht schon viel zu lange so?

«Ich war ganz in Blau.»

Die Stimmen der Sänger schwollen an, und eine Szene aus einem alten Film schoß ihm durch den Kopf. Sie ging jetzt auf die Bäume zu, und er erinnerte sich an das kleine Mädchen in dem Film, jenes Mädchen, das sich fast über Nacht in eine Frau verwandelt hatte. Aber ihr Kleid war *weiß* – von einem intensiven, jungfräulichen Weiß, mit einer Schärpe so schwarz wie die Sünde. Sein Körper fühlte sich schwerelos an wie der Dunstkegel, den die letzte Gaslaterne warf.

Ihm weit voraus, war sie klein in der Ferne und der weiße Mantel nicht größer als eine Motte.

Er trat von dem letzten geborstenen Asphaltstück herunter und schritt rascher, wenn auch stetig aus. In seiner Vorstellung aber war die Bewegung eine andere. In seiner Vorstellung taumelte er auf sie zu. Er stolperte über die harte Erde der ausgefahrenen Straße und streckte die Arme nach ihr aus, als sei sie seine Bestimmung.

Er fand nur in seinem Messer Rückhalt, das in seiner Vorstellung groß wie ein Baum geworden war.

Eine weiße, flatternde Motte…

8

Die kreischenden Lacher, die wie Klingen die Luft durchschnitten, waren von einem anderen Boot gekommen, das außerhalb von Mauds Blickfeld lag. Schnell zog sie an der Schnur, um das Licht zu löschen, und schlug das Buch zu.

Sie hatte die Lampe brennen lassen, als Sam davonschlenderte, hatte gehofft, er würde zurückschauen und bemerken, daß sie sich weigerte, ihm zu gehorchen, sich seinen Befehlen zu beugen oder im Angesicht der unbekannten, namenlosen Schrecken, die wie elfenbeinerne Grinseschädel die Nacht bevölkerten, schwach zu werden. Ihr standen reichlich bekannte und benamte Schrecken zu Gebote; sie konnte auf sein Urwaldgetrommel und Rascheln im Gebüsch gut verzichten.

Laute Stimmen, Schreie und Gelächter drangen von einem Partyboot herüber, einem viereckigen Gebilde auf Pontons mit fransenbesetztem Leinwanddach, das, wie sie annahm, neue Gäste brachte. Sie kniff die Augen zusammen, um die amorphen Umrisse des Boots besser zu erkennen, das auf der Mitte des Sees abgebogen war und jetzt übers Wasser auf die Party zutuckerte.

Waren diese Leute gemeinsam losgefahren, oder kamen sie von anderen Häusern, anderen Partys? Hatte das Boot, das Raouls und Evitas Haus ansteuerte, sie entlang der ganzen Küste aufgesammelt?

Die Fracht dunkler Gestalten schien zu der beinahe leichenzugähnlichen Geschwindigkeit des Boots zu passen. Nur die glühenden Zigarettenenden, die winzigen, gespenstischen Flammen der kugelförmigen Kerzen verrieten, daß ihre Stimmen nicht die von Geistern waren.

Maud hielt die Hand über die Augen und schaute blinzelnd zum gegenüberliegenden Dock. Halb zwei Uhr nachts, und noch immer strömten neue Gäste zur Party. Sie konnte leicht bis zur Dämmerung und bis in die Morgenstunden hinein dauern. Das Labor-Day-Wochenende bedeutete das Ende der Saison, so wie der Memorial Day ihren Anfang bezeichnete.

Wohin gingen Raoul und Evita, wenn die Saison vorbei war? Über diese Frage sann Maud gerne nach, da es doch eine solche Unmenge möglicher Ziele gab. Brasilien war eins davon, denn bei Namen wie «Raoul» und «Evita»...

Während sie versuchte, die zwei ganz unten im Glas eingeklemmten Oliven herauszupulen, fragte sie sich, über sich selbst verärgert, warum sie bloß immer wieder anläßlich von Namen, die Sam sich wahrscheinlich nur ausgedacht hatte, Vermutungen über die betreffenden Personen anstellte. Es war nicht einmal andeutungsweise von einem Namen die Rede gewesen, bis dieser Film mit dem Titel *Der Kuß der Spinnenfrau* und einem Schauspieler namens Raul Julia ins Kino kam. Er sah sehr gut aus; sie hatte den Film zweimal gesehen. Das zweite Mal hatte sie direkt vor Joey gesessen, der sich dann neben sie gesetzt und seine Megaportion Popcorn mit ihr geteilt hatte. Er aß es fäusteweise, stopfte es sich mit einer Hand rein und machte dabei Bemerkungen über den «fiesen Schwulen», die andere Hauptfigur, bis sie ihm schließlich sagen mußte, er solle doch «biiiiiittee» still sein. So hatten sie im Empire-Kino gesessen und zugesehen, wie Raul sich glühend auf der Leinwand verzehrte, als hätte er einen ganzen Kamin voller Kohlen hinter den Augen.

Erst nach dem Film war Sam mit diesem Namen dahergekommen. Sie wußte nicht, woher er die «Evita» hatte, wahrscheinlich wohl aus dem Musical. Sie glaubte nicht, daß jemand in dem Film Evita hieß, auch nicht die Spinnenfrau, doch das alles war sehr verdächtig. Maud nippte an ihrem Drink.

Das Partyboot, dessen Bug sich jetzt im Dunst entfernte, hätte ein Geisterschiff sein können, die wehenden Nebelschwaden eine zerfetzte Flagge, eine Mannschaft aus Gerippen, die Überfahrt der Verdammten…

Ach, du liebe Güte, sagte sie zu sich selber. Die Leute vom See waren alles andere als Verdammte. Sie kamen wahrscheinlich alle aus New York, Boston oder aus den Dörfern in den Poconos mit ihren typischen Steinmäuerchen und verwitterten Schindeln. Maud hielt sie für zu reich und zu clever, um sich ein Image zurechtzubasteln. Die Männer kauften nie *Travel and Leisure* in Coopers Drugstore; sie rissen die Zeitschrift einfach vom Regal, standen da und lasen sie, bis Bobby Cooper zu ihnen hinmarschierte und auf das von Hand gekritzelte Schild hinwies. Da zuckten sie dann nur mit den Achseln, zahlten für die *Times* und schlenderten davon.

Die Tage, in denen man in einem «drolligen» Dörfchen «übersommerte», das man in den Dolomiten «entdeckt» hatte, oder eine ganze Saison in Island – das hatten sie längst hinter sich. Dazu waren sie zu schlau, dachte sich Maud. Auf La Porte waren sie rein zufällig gestoßen, hatten gesehen, daß es dort einen riesigen See und eine Schneemaschine gab, und klopften sich vor Freude auf die Schenkel. Es war kein Ort, von dem man sagen würde, daß man dort «übersommerte», sondern einer, wo man lediglich «hinfuhr». Dollargehärtetes Selbstbewußtsein mit dem Unterfutter einiger Diamantminen war vermutlich die notwendige Voraussetzung, wenn man in La Porte übersommerte, das zu weit nördlich und zu weit im Landesinnern gelegen war, um auch nur ein bißchen im Trend zu liegen, geschweige denn, einen neuen Trend zu begründen. Maud leitete ihre Schlüsse aus recht schwammigen Prämissen ab, aber sie stritt sich noch immer mit Shirl, die diese Leute einfach für einen Haufen oberflächlicher Angeber hielt, die extrem reich waren, reich genug, daß sie sich ein drittes Mal nachschenken lassen konnten, ohne die zusätzlichen dreißig Cents zu zahlen.

«Also sind's halt *reiche* Angeber, was soll's?» sagte Shirl dann, wenn sie ein großes Blech Schokoladen-Fudge-Kuchen vom Regal hinter sich zog, auf das Gebäck hinunterstarrte und es dann wieder zurückstellte. Es war ihr ein Rätsel, warum dieser Kuchen nicht ging, nicht zur Tür rausmarschierte wie ihre Zitronenbaisertorten und ihre doppelt glasierten Doughnuts. Es war wieder so ein Rezept, das sie sich von Jen Graham «ausgeborgt» hatte, die für ihren Schokoladen-Fudge-Kuchen berühmt war; jeder, der Jens Kuchen probierte, wurde unwiderruflich süchtig danach. Jeder, der Shirls Kuchen probierte, tat es nie wieder. («Ich versteh's einfach nicht», hatte Shirl gesagt. «Sogar ihre geheime Zutat ist drinnen.» Die «geheime Zutat» war eine Handvoll kalter Kaffeesatz, die Jen in das Rezept hineingeschrieben hatte, wie sich herausstellte. Gutgläubig hatte Shirl den Kaffeesatz untergerührt.) Und danach zog sie immer ein Tablett von ihren doppelt glasierten Doughnuts aus dem Glasschrank neben der Kasse und knallte es hinter sich ins verglaste Regal. Wenn die Leute vom See in ihrem weißen Outfit und den Designer-Sonnenbrillen die *Sunday Times* auf allen Tischen ausgebreitet und sich ihr Frühstück reingeschaufelt hatten, wenn sie anfingen, tütenweise Doughnuts einzukaufen, dann nahte Shirls großer Augenblick. Während noch ein ganzes Tablett nichtverkaufter Doughnuts verlockend hinter ihr stand, konnte sie ihnen dann erzählen, sie seien «ausverkauft»; sie konnte den Ellbogen auf die Kasse und die andere Hand in die Hüfte stützen und auf die unvermeidliche Kopfbewegung in Richtung des zurückgehaltenen Tabletts warten. «Die Doughnuts da sind für 'n guten Zweck, für die Armen.» «Die Armen von La Porte» war die einzige Sonntagsschlagzeile für Shirl, die sich den investigativen Journalismus auf ihre Fahnen geschrieben hatte und den zügellosen Mißbrauch der Gemeindemittel und die gewaltigen Haushaltsdefizite einschränkungslos den reichen Sommergästen in die Schuhe schob, denn sie waren ihrer vagen biblischen Formulierung gemäß jene, die gaben, um zu nehmen. Die *Côte du Jours*, nannte sie sie. Nein, auch den letzten Apfelkuchen könnten sie nicht haben.

Maud pflegte hinter der Theke zu stehen, tunkte die Gläser in siedendheißes Wasser, hörte zu und schüttelte den Kopf. La Porte hatte schon seine Armen; aber Shirl hätte in einer Gegenüberstellung keinen von ihnen erkannt, selbst wenn man ihn zwischen Lee Iacocca und Elizabeth Taylor gestellt hätte. («Der kleine Zwerg? Hat sie also gestaunt – na und. Ich staun auch, du staunst, sogar Joey staunt.»)

Trotzdem gaben sie dicke Trinkgelder, und Shirl machte an Sonntagen ein gutes Geschäft. Sie fanden das Lokal «urig», wahrscheinlich wegen der zerkratzten hölzernen Nischen, der Theke mit der Marmorplatte und der ungehobelten, kaugummikauenden und kettenrauchenden Besitzerin. Die Männer fanden es toll, daß sie ihr dieses Doughnut-Blech weder durch Bestechung noch durch Charme abluchsen konnten. Shirl erschien ihnen wohl als die letzte knorrige Pionierin des freien Unternehmertums oder so etwas, wo sie doch einfach nur verdammt fies war.

Maud bat immer darum, an Sonntagen an der Theke arbeiten zu dürfen (was Charlene, die die dicken Trinkgelder kassierte, ganz recht war), damit sie nicht alles so genau mit ansehen mußte. Verschwommene weiße Tennispullover oder Mützen und (Gott sei Dank) so viele Designer-Sonnenbrillen, daß es fast nach einem Raumfahrerkongreß aussah, mehr wurde Maud nicht zugemutet. Sie befürchtete nämlich, daß es ihr nicht mehr gelingen würde, sie sich in schwarzen Krawatten und raschelnden Abendkleidern vorzustellen; und besonders fürchtete sie, eventuell Raoul und Evita zu entdecken, vielleicht instinktiv zu spüren, daß sie es waren, ihre südländische Hautfarbe zu bemerken und ihren leichten Akzent...

Maud schüttelte den Kopf, um wieder klar denken zu können. Sam hatte sich die Namen ausgedacht, rief sie sich in Erinnerung. Wahrscheinlich hießen sie «Kelly» und «Craig» und wohnten im *Trump Tower* und trugen Schoßhündchen mit sich rum. Und doch...

Sie konnte hören, wie das Partyboot die Neuankömmlinge ausspie – ein Gequietsche und Gejapse wie von diesen Hündchen.

Sie ließ den Kopf ein wenig hängen, richtete ihn aber gleich wieder auf, als sich da drüben – wohl ganz plötzlich – die Terrassentür öffnete, vielleicht durch die Wucht der Musik selber.

«Brazil.»

Es war ein Omen.

Also vergaß Maud den *Trump Tower*, aber New York wollte ihr nicht aus dem Sinn gehen. Da gab es schließlich noch Rosie.

Das Partyboot hatte sich vom Dock entfernt und machte zwischen den anderen kleinen Booten fest. Und zu den Klängen von «Brazil» hatten sich mehrere der Farbtupfer zu... ja, zu was?... zu einer Schlange aufgestellt. Einer Conga-Schlange. Sie wand und schlängelte sich bis hin zur Terrassentür.

Da hatte Sam also die ganze Zeit eine Nichte in New York gehabt und ihr nie etwas davon erzählt. Maud blinzelte jetzt über den See.

Oder er hatte gelogen.

DRITTER TEIL

Chad

I

Er kannte sie überhaupt nicht. Warum lagen sie hier in diesem herrlich drapierten Himmelbett zwischen den Mänteln?

Zwei besoffene Tänze, während deren sie beide hohe, superstarke Rumcocktails hielten, in denen exotische Blüten steckten; die Tänze waren eher ein Sichaneinanderlehnen.

Bethanne hatte ihr französisches Höschen fallen lassen, kaum daß sie das Schlafzimmer betraten, als sei sie eine Besucherin, die sich aus Respekt gegenüber orientalischen Bräuchen die Schuhe auszieht. Ihre restliche Kleidung hatte sie immer noch an.

Die Stimmen von mehr als hundert Gästen fluteten unten zwischen dem Wohnzimmer und der Bibliothek der Bonds – nein, es mußten wohl das Spielzimmer und die Bibliothek sein –, die ineinandergingen, hin und her. Es waren so viele Leute, daß man den Eindruck hatte, eine Hälfte sei das Spiegelbild der anderen. Nie hatte er solche Kleider gesehen. Sie hätten einen Laufsteg aufbauen sollen. Klitzekleine Paillettenröcke, lange, weite Samthosen. Gesichter mit hohen Wangenknochen, schimmernde Lippen und Augen.

Eine von ihnen war hier bei ihm. Sie war vielleicht zwanzig, so alt wie er; sie konnte aber auch sechzehn sein – heutzutage war es unmöglich, das Alter von Frauen zu schätzen. Ihren Nachnamen wußte er nicht.

«Du willst dich nicht in die Schlange einreihen, du willst nicht frei tanzen, du willst nicht rauchen, und du willst auch nicht vögeln. Warum bin ich überhaupt hier?» fragte sie.

«Du wolltest, daß ich dich nebenan ins Bad schütte. Du zerfließt ja schon fast.»

Das Bad nebenan war wahrscheinlich der Grund, warum all die Mäntel hier lagen. Die Bonds hatten unten weiß Gott Angestellte und Schränke genug, aber die Reichen flitzten offensichtlich nur herauf, um im Mamorbad zu pinkeln, und schleuderten dabei ihre Mäntel durch die nächste offenstehende Tür.

Er hob den Kopf ein wenig, um zu gucken, was auf seinem bestrumpften Fuß lag. Er hatte seine Schuhe aus Achtung vor Ralph Lauren ausgezogen. Silbriger Pelz. Fuchspelz vielleicht. Er hatte Veldas russischen Nerz bewundert, aber näher war er dem Zeug bisher nicht gekommen. War das Zobel, was da so leger über dem tiefen Sessel hing? Er wollte nicht wissen, was für einer der schimmernde weiße da war. Dieses Labor-Day-Wochenende war ziemlich warm, und diese Frauen schleppten sich trotzdem mit ihren schweren Pelzen ab.

Das Mädchen drehte sich herum, hielt den Ellbogen aufs Kissen und das karamelbraune, spitze Kinn auf die Hand gestützt. Sie erinnerte ihn an die Crème brulée unten auf dem Nachspeisen-Büffet. Ihr Haar war von der Sonne gebleicht, lang, rankenartig, ihr Kleid ein metallisches Etui aus Gold, das ins Rötliche spielte, wenn sich die Seide um ihre Hüften bewegte.

Sie berührte seine Uhr; die Rolex beeindruckte sie. Sie ließ die Finger ihrer sehnigen, kleinen Tennishand über die Knopfleiste seines Hemdes wandern und fragte mit ihrer atemlosen Stimme: «Also, was willst du?»

Er hatte drei von den Rumcocktails getrunken, wo er doch eigentlich nur an Bier und ein bißchen Gras gewöhnt war. Sie aber packte, kaum daß sie auf dem Bett lag und gleich, nachdem sie sich des Höschens entledigt hatte, ihren Koksvorrat, einen Spiegel und eine Rasierklinge aus. Es war eine einzige fließende Bewegung, als gehöre das alles zusammen. Er befahl ihr, es wegzustecken, er wolle das Zeug nicht sehen. Seltsamerweise gehorchte sie ihm. Dann holte sie ein winziges Fläschchen aus massivem Silber hervor und nahm einen Schluck daraus, bevor sie es ihm anbot, wobei sie sich mit dem Handrücken den Mund abwischte.

Er mußte lächeln; sie war irgendwie rührend. Als Antwort auf ihre Frage sagte er: «Tausend Dollar.» Chad starrte zu der zartschimmernden Decke hinauf. Wie kriegten die Bonds diesen Beleuchtungseffekt nur hin? Wahrscheinlich hatten sie sich ein paar Sterne vom Himmel runtergeholt.

«Was?» Ihre kitzelnden Finger hielten inne.

«Einen Tausender. Versehen der Bank.»

«Dann ruf doch die Scheißbank an. Also wirklich…» Haarranken hingen über sein Gesicht.

Er blies sie fort. «Sie haben einen Fehler gemacht. Es war ein Scheck über hundert Dollar, den meine Mutter auf mein Konto überwiesen hat. Die Bank hat sich in der Dezimalstelle geirrt.»

Ein Sealmantel rutschte vom Bett, als sie sich ruckartig aufsetzte und die Beine übereinanderschlug. «Mein Gott, sollen wir vielleicht über *Geld* reden?» Das Wort *Geld* klang, als verursache es ihr einen schlechten Geschmack auf der Zunge. Sie wandte sich von ihm ab, hielt sich ihr herrliches Haar nach hinten und nahm noch einen Schluck aus dem Fläschchen.

«Ist leider alle.»

«Wie dein Schwanz», sagte sie und stöpselte das Fläschchen wieder zu. Dann riß sie etwas anderes aus ihrem metallenen Täschchen, beugte sich über die gekreuzten Beine und begann zu schreiben.

Er hätte nicht gedacht, daß in dieser Tasche überhaupt etwas Platz haben könnte. Sie mußte einen doppelten Boden haben, einen magischen Goldwürfel enthalten, aus dem Bethanne, das magische Mädchen aus einer anderen Welt, das sich unter die Partygäste geschmuggelt hatte, allerlei Dinge – wohlriechende

Salben und lindernde Arzneien, Einhörner und Geister – hervorzaubern konnte.

Aber da saß sie – sexy und solide – vor ihm und schrieb in ihr Scheckbuch. «Wenn du so scheißbedürftig bist, wo hast du denn dann die Rolex her, mit der du da rumprotzt?»

Chad lächelte zu ihr hinüber, wie sie da saß und angestrengt schrieb und die Zungenspitze zwischen ihren perlweißen, kleinen Zähnen hervorkam. Sie hatte etwas so Verletzliches, daß er ihr am liebsten die Schulter getätschelt hätte. «Hongkong.» Das war eine Lüge; sein Vater hatte ihm die Rolex geschenkt.

«Ihr Leute ohne Geld seid so laaangweilig.» Sie zog das Wort in die Länge.

Das konnte doch nicht ihr Ernst sein. Doch, offenbar. Ritsch. Sie schmiß den Scheck in seine Richtung, warf das Scheckbuch auf den Boden, rollte zu ihm herum und begann, sein Hemd aufzuknöpfen. Er hielt den Scheck in die Höhe, betrachtete ihn mit zusammengekniffenen Augen in diesem «Sternen»-Licht, das der verborgenen Beleuchtungsquelle um die Stuckverzierungen herum entströmte. Mit der anderen Hand folgte er ihrer und knöpfte das Hemd wieder zu.

«Wir kennen uns nicht mal», sagte er. «Das da kostet tausend Dollar.»

Sie versuchte, den Reißverschluß seines Hosenschlitzes herunterzuziehen. «Mein Gott, deine Hose hat ja kleine *Knöpfe*.»

«Ich glaub, das ist eine französische. Vielleicht auch eine italienische. Ausgeliehen.»

Sofort beugte sich Bethanne fasziniert und mit zusammengekniffenen Augen über die Hose. Dann machte sie sich an den kleinen Knöpfen zu schaffen.

Er starrte immer noch auf den Scheck. Nicht einmal ihre schmalen Finger, die seinen Penis herauszuwursteln versuchten, brachten es zustande, daß er steif wurde. Er blieb schlaff und starrte auf den Scheck. «Warum schreibst du mir einen Scheck über tausend Dollar aus?»

Ihre Hand hörte auf zu fummeln und begann zu drücken. «Du hast doch gesagt, daß du Schulden hast oder so was. Hast du Drogen genommen? Mein *Gott*, was hast du denn? Soll ich mich ausziehen? Willst du irgendwas Besonderes?» Jetzt versuchte sie sich aus dem Kleid herauszuwinden, sofern es diese Bezeichnung überhaupt verdiente. «Machst du mir den Reißverschluß auf?» Sie wandte ihm den Rücken zu.

Er rührte sich nicht; er lag da und dachte an die tausend Dollar, die er an die Bank zurückzahlen mußte, bevor seine Mutter es erfuhr.

Es hatte fast drei Monate gedauert, bis die Bank ihren Fehler bemerkte und einer der stellvertretenden Direktoren Chad anrief. Mr. Frobish war sehr verständnisvoll gewesen, als Chad ihn in der Bank besuchte. Bei Chad waren die Leute fast immer verständnisvoll. So, wie er wie auf Knopfdruck seinen Charme versprühen konnte, hatte man tatsächlich den Eindruck, als betätige er einen inneren Mechanismus.

Ja, Mr. Frobish verstand schon, daß Chad einfach angenommen hatte, sein Vater habe das Geld auf das Konto überwiesen. Ja, er könne Chad eine gewisse Frist für die Rückzahlung zugestehen. Mr. Frobish wußte, daß Ned Chadwick stinkreich war. Ja, zwei Monate erschienen ihm durchaus vernünftig.

Die Bethannes dieser Welt kannten keine Probleme mit der Bank. Bethannes Mutter war Börsenmaklerin. So, wie sie das sagte, klang es, als sei Wall Street ein richtiger Treffpunkt für Mütter.

«Was macht denn deine Mutter?» hatte sie auf der Terrasse gelangweilt gefragt.

Er hatte geschwiegen; sein Kinn ruhte an ihrer Stirn. «Sie arbeitet in der Gastronomie.»

«Hmm. Muß schön sein, selber ein Restaurant zu haben. Es ist immer so schwierig, einen anständigen Tisch zu ergattern.»

«Es gehört ihr nicht.»

Ihr war das egal, und er hatte nichts weiter gesagt.

Die Rolle der Aufreißerin, die sie offensichtlich spielen wollte, überzeugte ihn nicht so recht; sie war viel zu bedröhnt. Leider war sie eine Quasselstrippe und plapperte unentwegt und immer schläfriger davon, wie er sie in dieses Zimmer hinaufgeschleppt habe und dann – wutsch (ihre Handflächen verfehlten einander) – nix. «Was hast du denn bloß, Chaddie?»

Chaddie. Mein Gott, das war ja schlimmer als Murray.

Er hätte seinem Vater durchaus zugetraut, ihn Murray zu nennen. Murray: weder ein in der Familie verbreiteter Name noch der Name eines Freundes noch der irgendeines alten Angebers oben in New Hampshire (dem Heimatstaat seines Vaters), der im Gemischtwarenladen rumgesessen, Dame gespielt und an seinen Zähnen gelutscht hatte. Murray war ein Name, mit dem man nichts anfangen konnte. Murr – was war denn das für ein blöder Spitzname? Seine Mitschüler in der zweiten und dritten Klasse jedenfalls hatten die Möglichkeiten des Namens erkannt. Unter höhnischem Getue und Gepfeife hatten sie ihn «Mary» gerufen.

Schließlich hatte er sie angelogen und ihnen erzählt, Murray sei nur sein zweiter Name. In Wirklichkeit heiße er Ed. Aber dann kamen seine Freunde bei ihm zu Hause vorbei und fragten nach Ed, und seine Mutter mußte ihnen immer wieder sagen, daß sie sich im Haus geirrt hätten, hier gäbe es keinen Ed. Mit sieben oder acht hat man keine große Lust, sich mit Müttern zu streiten, weil man weiß, daß sie wahrscheinlich Messer unter ihren Röcken versteckt haben – auch wenn sie bloß im Türrahmen stehen und völlig harmlos und nett wirken und bestreiten, daß sich ein gewisser Ed im Haus befindet.

«Schön, daß du dich amüsierst.»

Chad hatte Bethanne fast vergessen. «Was?»

«Du hast gelacht. Oder gegurgelt – ich weiß nicht.» Sie saß jetzt aufrecht da, den Rücken ans Kopfbrett gelehnt, die Knie hochgezogen, den seidigen Rock über die Schenkel hinabgezerrt. Sie rauchte mit geschlossenen Augen und hielt die zusammengedrückte Marihuanakippe zwischen Daumen und Zeigefinger.

Meine Güte, dachte er sich, was steckte denn noch alles in diesem gehämmerten kleinen Goldbehälter? Eine Wasserpfeife vielleicht?

«Ich hab nur nachgedacht.»

«Über das Geld...» Sie inhalierte tief und sog den Rauch in ihre zerfressenen Lungen. «Warum has'n Billy nich gefracht? Der hat doch Geld wie Heu.»

«Billy», so nannten sie ihn zu Hause. «Zero? Im College nennen wir ihn Zero.»

Bethanne gelang es mit großer Anstrengung, den Kopf herumzureißen, und starrte ihn an. «Zero? Ihn? Wunnert mich, daß er da üwahaup mit dir redet.» Wieder schlossen sich ihre Augen.

«Das hat *er* sich ausgedacht, nicht wir. Es ist ein Wortspiel auf seinen Namen.»

Sie war zu bekifft, um sich dafür zu interessieren, was Billy Cooper Bond mit seinem Namen anstellte. Ihr Arm bewegte sich träumerisch wie unter Wasser, als sie ihm den Joint entgegenstreckte.

Um sich nicht mit ihr zu streiten, nahm er ihn und hoffte, daß sie dann schweigen würde. Er zog an dem Joint, inhalierte aber nicht. Er hatte schon mehrere hundert Male zu oft inhaliert. Gras und Koks hatten ihn dazu gebracht, daß er die tausend Dollar auf seinem Bankauszug als völlig angemessen betrachtete. Als er ihr die Zigarette wieder geben wollte, schlief Bethanne, war von einem Moment auf den anderen eingeschlafen und schnarchte jetzt knatternd wie ein kleiner Außenbordmotor, der zu starten versucht.

Seine Mutter fand dann die Lösung für sein Namensproblem. Als das dritte oder vierte Kind an der Tür nach Ed gefragt hatte, begriff sie schließlich. Warum erzählte Murray bloß, daß er Ed hieß?

Er hatte Angst, wußte aber nicht, warum. Vielleicht deswegen, weil die Verleugnung seines Namens auch bedeutete, sie zu verleugnen. Als mache er sich damit selber zum Waisen.

Chad setzte sich auf, pflanzte die Füße auf den Boden und schaute auf seine Schuhe hinunter. Docksiders paßten eigentlich nicht zu der Designerhose. Sie hatten neunundvierzig Dollar gekostet, und seine Mutter hatte ihm das Geld dafür geschickt. Das war unmittelbar vor dem Anruf, in dem er sie um die hundert gebeten hatte. Für Bücher.

Lehrbücher seien teuer, hatte er ihr erzählt. Genau wie Reisen und Koks, was er ihr aber nicht sagte.

«Lehrbücher? Du bist doch mitten im Semester. Was ist denn aus denen geworden, die du zu Semesterbeginn gekauft hast? Sind die etwa ranzig geworden?»

Mein Gott, wie er es haßte, wenn sie versuchte, komisch zu sein. Wo sie doch wußte, wie schwach seine Position war. «Moom.» Angewiderter Ton. «Er hat uns noch eine Lektüre aufgebrummt. Und der Französischprofessor auch.»

«Du hast noch nicht mal das Französischlehrbuch durch, das du vor zwei Monaten gekauft hast. Wie solltest du auch? Gehst ja nicht zu den Kursen.»

Woher wußte sie das? Sie vermutete es. Eine auf Fakten basierende Vermutung, denn er hatte sein Zwischenzeugnis zu Hause rumliegen lassen.

«Doch, doch. Das war nur damals, als ich krank war. Hör mal, ich brauch es bis Freitag.»

«Freitag? Das ist übermorgen, Chad.»

«Hm, kannst du mir's nicht expreßmäßig rüberwachsen lassen?»

«Wie bitte?»

Ach, Scheiße – jetzt fing sie wieder mit ihrer Liste von verhaßten Wörtern an. Seine Mutter verabscheute Ausdrücke wie «Spaß haben, bis der Arzt kommt», «Gut drauf sein bis zum Absinken» und vor allem die neuen Verben (wie sie sie nannte), wie etwa «ablachen, abhotten»; und jetzt war sie nicht mehr zu halten...

«Ein Neunzehnjähriger mit einer mittellosen Mutter, der wahrscheinlich den größten Teil seiner Zeit im Mädchenwohnheim und auf Bierpartys verbringt...»

Er wußte, jetzt war sie nicht mehr zu bremsen, weshalb er den Hörer weglegte und sich ein Bier holte, wieder zurückkam, ihn erneut vom aufgeplatzten Sofa hob:

«...der durch die Französischprüfung rasselt...»

Und ihn wieder hinlegte und seufzte. Wie konnte ein Mensch, der gegenüber Fremden geradezu krankhaft schüchtern war, endlos weiterquasseln, aus einzelnen Fäden ganze Ereignisteppiche knüpfen, aus beiläufigen Bemerkungen ganze Szenarios (wieder eines ihrer *verhaßten Wörter* – «Szenario»)? Er griff wieder nach dem Hörer – ja, sie redete immer noch. Mein Gott! Der Greyhound würde am Freitag mit den anderen Jungs wegfahren, und er würde immer noch hier rumhocken und ihr zuhören.

«...neunzehn Jahre, wie um Himmels willen kannst du erwarten, daß ich dir expreßmäßig was rüberwachsen lasse?»

Konnte sie nicht einfach ja oder nein sagen? Er lächelte und sagte: «Okay, okay, dann halt bundespostmäßig.»

Schweigen. Er grinste. Normalerweise konnte er ihr so den Mund stopfen. Ach ja, sie machte das ja auch laufend. Und er wußte, daß sie jetzt am anderen Ende der Leitung saß und sich das Lachen verkniff.

«Sehr komisch – zum Totlachen... Hör mal, warum hast du denn bis heute gewartet, um davon anzufangen?»

Weil wir erst heute auf die Idee gekommen sind. Das sagte er ihr aber nicht.

Er legte auf und fühlte sich schuldig. Gegenüber seiner Mutter fühlte er sich immer schuldig: weil sie so viel arbeitete und so wenig dafür bekam. Und natürlich ärgerte es ihn, daß er wegen ihr Schuldgefühle hatte. Es war viel leichter, sich über sie zu ärgern als über seinen Vater. Sein Vater war zu weit weg, zu schemenhaft.

Also legte er auf und fühlte sich schuldig. Und wenn man sich schuldig fühlt, dann bedröhnt man sich einfach wieder.

Sein Vater hatte sie verlassen, als er sieben war, und Chad hatte danach immer diese dumpfe Angst, daß seine Mutter dasselbe tun könnte.

Sie hatte einen von diesen sauren Zitronenkuchen gebakken, die er nicht ausstehen konnte, und löste ihn gerade mit dem Messer aus der Form, während sie darüber nachdachte. *Wenn du nicht zur Familie gehören willst*... Das würde sie mit Sicherheit sagen.

Aber wir sind doch nur zu zweit!

Und schon verließ sie ihn und nahm den verhaßten Kuchen mit sich fort. *Wenn dir mein Zitronenkuchen nicht schmeckt*...

Doch das Befürchtete war nicht eingetreten. Sie hatte nur den überstehenden Kuchenrand abgezwickt und gefragt, warum er ihr denn nicht erzählt hätte, daß ihn sein Name so störe. Wenn ihm «Murray» nicht gefiel, na ja, er könne doch einfach «Chad» werden. Er probierte den Namen ein paarmal aus, wiederholte ihn immer wieder. Es war ein toller Name. Vor allem, weil es tatsächlich sein Name, das heißt ein Teil seines Nachnamens war. Warum war *er* nicht darauf gekommen?

Und dann fragte er sich, wie *sie* darauf gekommen war. Wünschte sie sich einen anderen Sohn, wenn sie seinen Namen so leicht aufgeben konnte?

Er sagte ihr, daß er diesen sauren Kuchen haßte.

Chad setzte sich auf, stellte die Füße auf den Boden und starrte auf seine Schuhe. Seine Mutter hatte ihm das Geld für die Schuhe geschickt und dann noch einen Scheck für weitere Bücher.

Das war der Hunderter, den die Bank wie durch Zauberei in einen Tausender verwandelt hatte. Er versuchte sich zu entsinnen, wie es möglich gewesen war – obwohl das bißchen Koks, wofür das meiste draufgegangen war, natürlich schon dazu beigetragen hatte –, wie es also möglich gewesen war, daß er sich selber so belog, wie es möglich war, daß sein Verstand so im Arsch gewesen sein konnte, daß er tatsächlich glaubte, seine Mutter hätte ihm tausend Mäuse geschickt. Seine Mutter hatte keine tausend Mäuse. Er hatte sich das *so* erklärt: als er ihr sagte, daß es ein absoluter Notfall sei (hatte er ihr das erzählt?), hatte sie seinen Vater angerufen und das Geld dann irgendwie von ihm bekommen. – Apropos Arsch, als ob sie wegen so was je seinen *Vater* angerufen hätte...

Bethanne hatte recht; Zero schwamm im Geld. Sein Vater setzte wahrscheinlich in seinen Pokerrunden die Tausender und schmiß Zehntausenddollarscheine in die Spielkasse. Aber er konnte sich nicht dazu durchringen, Zero darum zu bitten. Er wußte nicht so recht, warum. Aus Stolz, vermutete er.

Sein einziger Trost war das Geld, das er diesen Sommer durch das Malern in Hebrides und Meridian hatte verdienen können. Aber er hatte mit diesen Jobs nur die Hälfte des Betrags zusammengebracht. Wäre nicht ein Teil seines Verdiensts für ein Zimmer in Meridian draufgegangen, hätte er mehr sparen können; doch ob mit oder ohne Auto, es war ganz unmöglich, täglich zwischen Meridian und La Porte zu pendeln. Trotzdem hatte er es geschafft, Mr. Frobish fünfhundertfünfundzwanzig Dollar zu schicken und ihn um einen weiteren zweimonatigen Aufschub zu bitten. Wie er aber den Rest in zwei Monaten zusammenkratzen sollte, das war ihm schleierhaft.

Er erhob sich vom Bett und ging zum Fenster, schaute hinunter in die Dunkelheit, auf den Mond, der im Pool schwamm, als sei er hineingefallen. Der Pool würde bald, nachdem die Bonds wieder nach Manhattan gefahren wären, abgedeckt werden und mit Laub übersät sein. Komisch, wie sie einfach aufhörten, hier in dieser Villa zu leben, und anfingen, dort in einem Penthouse zu wohnen, so, als sei ihr Leben in zwei Hälften geteilt.

Die Stimmen, die sich auf der Treppe näherten, raschelten wie Taft – es waren Frauen auf dem Weg zum Klo. Er benahm sich nicht wie ein anständiger Gast, wenn er hier oben rumhing. Er sollte wieder zur Party hinuntergehen.

Das Telefon auf dem Nachttisch mit seinem roten Schlangenäuglein von einem Tastenknopf, der immer leuchtete, weil er vielleicht zu einem Sicherheitssystem gehörte, fesselte ihn. Er starrte auf die beleuchtete Wählscheibe und auf die strahlenden Ziffern.

Chad dachte sich, wie leicht es doch jetzt wäre, den Hörer abzunehmen, seinen Vater anzurufen und so zu dem Geld zu kommen. Das Doppelte zu kriegen. Nichts würde sich sein Vater mehr wünschen als einen Notruf von Chad, damit er für den Sohn die Kastanien aus dem Feuer holen, als sein Retter auftreten und ihm dabei gleich noch väterliche Ratschläge übers Leihen und Borgen und das Wesen der Ehrlichkeit geben konnte. Oder noch schlimmer: damit er durch diesen kleinen Betrug an Maud Chads Kumpel oder Komplize wurde – wobei diese Komplizenschaft später auf jeden Fall auch Velda einschließen sollte.

Er konnte ihn förmlich hören: *Der Junge hat offensicht-*

lich diese letzte Null einfach ‹vergessen› – ist das nicht köstlich, Vel, ist das nicht zum Schreien. Chad sah sie vor sich, bei einem ihrer kleinen Mitternachtssnacks mit Champagner und Austern, sie sprudelten wie der Sekt, weil der Kleine seine Mutter reingelegt hatte.

Er nahm den Hörer und wählte die Vermittlung. Er sagte ihr, er müsse ein R-Gespräch führen; nein, er habe keine Telefonkarte.

Sie ließ es acht, neun, zwölf Male klingeln, ehe sie sich wieder meldete und ihm sagte, daß der Teilnehmer nicht antworte.

Er legte auf.

Hatte er nicht schon vorher gewußt, daß die Teilnehmerin nicht antworten würde? Er wußte, daß sie unten am Ende des Piers saß und das Haus am anderen Ufer beobachtete.

Wenigstens hab ich's versucht, dachte er und zündete sich eine Zigarette an.

Lügner.

Ohne daß er es mitbekommen hatte, war Bethanne aufgewacht. Sie hatte sich vom Bett erhoben und schlüpfte, noch etwas wacklig auf den Beinen, in ihr französisches Seidenhöschen. Ihre dünne, braune Hand umklammerte den Pfosten des Himmelbetts. Den Rock hatte sie hochgezerrt, ein Bein steckte schon drinnen, und es sah aus, als ob die linke und die rechte Seite ihres Körpers nicht recht zusammenpaßten. Der goldene Würfel baumelte von ihrem Arm herab, seine Kette hing in der Ellbogenbeuge und schaukelte – während sie immer wieder vergeblich versuchte, mit dem anderen Fuß ins Höschen hineinzusteigen – hin und her.

Zum erstenmal, seit sie das Zimmer betreten hatten, hatte er Lust, nach ihr zu greifen und sie zu sich aufs Bett herunterzuziehen. Denn jetzt, wo sie sich ein wenig wirr aufs An- statt aufs Ausziehen konzentrierte, hatte sie ihre Rolle vergessen. Was für eine intensive Wirkung sie hatte!

Aber er tat es nicht; dann hätte das Ganze von vorne angefangen, hätte zuviel Zeit gekostet – aber warum er die nicht hatte, wußte er nicht.

Bethanne stolperte fluchend über irgendwelche Pelze («Scheiß-Hermelin», «gottverdammte, beschissene Nerze»), die ihren Absätzen in die Quere gekommen waren – sie murmelte Worte und verteilte Tritte, als befänden die Pelze sich noch immer auf dem Rücken der geschlachteten Tiere.

Chad lag reglos auf dem Bett und sagte sich, daß er wieder runtergehen mußte. Die Party gefiel ihm nicht, er mochte keine großen Gesellschaften, und da Zero der einzige war, den er wirklich kannte, fühlte er sich befangen.

Anscheinend war er eingedöst. Als nächstes bemerkte er, daß jemand die Tür des dunklen Zimmers geöffnet und einen weiteren Mantel auf den Haufen geworfen hatte. Wenn er die Mäntel nicht wegbrachte, würden die Frauen sie bis zum Morgen weiter hier anhäufen.

Ein halbes Dutzend Pelzmäntel. Glattes Satinfutter, weicher Nerz und Zobel. Und der weiße: War es möglich, daß eine Frau das Fell eines Schneeleoparden trug?

Warum bist du so selbstgerecht? fragte er sich, als er die Diele hinunter zu einem Zimmer ging, in dem er das Dienstmädchen Mäntel hatte ablegen sehen. Die Tür stand einen Spalt offen, und er trat mit seinem Bündel ein. Er blieb abrupt stehen.

Vor dem Fenster stand – vom Mondlicht, dem einzigen Licht in dem ansonsten dunklen Zimmer, übergossen –, bis zur Taille entblößt, Eva Bond.

Der Engländer saß vollständig bekleidet auf der Bettkante. Chad hörte, wie er den Atem einsog, spürte seine Verärgerung über die Störung. Chad wollte nicht von seinem Kleiderstapel aufschauen; wollte nur mit gesenktem Kopf und niedergeschlagenem Blick den Raum verlassen.

Er wich zurück und schloß die Tür hinter den Flüchen des Briten.

«Hab mich im Zimmer geirrt.»

Unten waren etwa hundert weitere Fremde. Die Bewegung und die Hitze der Körper, das Klingen und Klirren der Gläser und Flaschen... wie viele Champagnerkisten hatte er in der Küche gesehen? Wo kamen die Leute alle her?

Am Nachmittag hatte Zeros Wagen nach den Vororten von Belle Harbor kein weiteres Haus mehr passiert, und Belle Harbor lag fünf Meilen von hier entfernt. Und er bezweifelte, daß irgend jemand hier auf dem Fest Belle Harbor als schön, geschweige denn als seine Heimat bezeichnen würde.

Er war auf dem Treppenabsatz stehengeblieben. Zwei große Treppenbögen schwangen sich hinab ins Foyer, einen riesigen, schwarz-weiß gefliesten Saal. Hier hing ein Kronleuchter aus kristallenen Tränen, der einige der Gäste in die Fragmente eines Kaleidoskops verwandelte.

Hier oben – es war, als stehe man auf einem Balkon – mußte er wieder an ein Theater denken. Dies hier war genauso theaterhaft wie sein erster Blick auf die breite, weiße Treppe des großen Hauses am frühen Nachmittag, als Zero den Porsche in der Auffahrt parkte. Zeros Familie war nicht auf den Stufen «zusammengekommen». Es sah eher aus, als habe der Fotograf eines Hochglanzmagazins sie hier «arrangiert», oder gar irgendein französischer oder italienischer Filmregisseur, der damit eine Aussage machen, dem Publikum einen Blick auf ihr Innenleben gewähren wollte. (Warum ein französischer oder italienischer Regisseur, das wußte er nicht, vielleicht dachte er sich, daß Franzosen oder Italiener sich des Mangels an Möglichkeiten bewußter waren oder ihn eher akzeptierten.) Nur wenige Schritte voneinander getrennt, waren die Bonds doch meilenweit voneinander entfernt. Die Mutter stand mit ineinander verschlungenen Händen da, der schwache Schein der Mittagssonne fiel auf ihr gestreiftes Kleid und umgab ihr helles, hellblondes Haar mit einem Heiligenschein. Mr. Bond stand auf der zweiten Stufe, Mrs. Bond auf der anderen Seite, und weiter oben war Zeros Schwester. Sie hatten vielleicht gewartet, waren auf ihren Plätzen erstarrt, auf daß der Regisseur sie auffordere, mit der Szene zu beginnen.

Einige verwirrende Sekunden lang geschah nichts. Dann trat auf einmal Zeros Vater mit breitem Lächeln und lauten Begrüßungsworten herunter, wobei er gleichzeitig den Arm um Zeros Schultern warf und Chad die Hand schüttelte.

Zero hatte sich geschickt aus der väterlichen Umschlingung gelöst, eine spielerische Bewegung zu seiner jüngeren Schwester Casey hin gemacht und die Anwesenheit seiner Mutter lediglich mit einem Kopfnicken und der Nennung ihres Namens quittiert:

«Eva.»

Jetzt stand sie am Fuße der geschwungenen Treppe und unterhielt sich mit dem Engländer – als ob sie sich gerade eben zufällig hier kennengelernt hätten –, ganz die perfekte Gastgeberin, die mit einem ihrer Gäste Small talk machte. Ihr graues Satinabendkleid fiel von den dünnen Trägern glatt und gerade bis zu den Knöcheln hinab; ihr silbrigblondes Haar – eine messerscharfe Linie vom Nacken bis hinab zum Kinn – schimmerte so metallisch wie Zeros Porsche-Feuerzeug. Sie stand vollkommen bewegungslos da. Sogar die Tulpenform des Champagnerglases wirkte wie eine Verlängerung ihrer Hand. Sie war eine schöne, elegante Frau, die mit ihrer Energie hauszuhalten schien. Als Zero sie einander vorgestellt hatte, waren ihre spitzzulaufenden Finger in lautloser Begrüßung in seine Hand geglitten. Kein Knacken, keine Unbeholfenheit; nur eine kühle Pose auf der breiten Treppe.

Könnte er sich nur zurückziehen, wieder die Treppe hinaufgehen und dann auf anderem Wege wieder herunterkommen, doch jetzt hatte sie ihn gesehen. Sie sah ihm kühl in die Augen. Dann blickte der Mann auf und lächelte unbarmherzig.

Chad stieg weiter die Treppe hinab, lächelte nicht, als er an ihnen vorbeikam, und blieb stehen, als er den Mann sagen hörte: «Komm mal her, Sportsfreund – würd mich gern mal mit dir unterhalten.»

«Sportsfreund»? Der Kerl hatte vielleicht Nerven.

Chad drehte sich um und sah, daß der Brite noch immer lächelte; ein Meisterlächler, sicher ein richtiges Arschloch, dachte sich Chad. Er erwiderte das Lächeln nicht.

Mrs. Bonds «Begleiter» streckte Chad die Hand entgegen und sagte: «Ich bin Maurice Brett. Und Sie sind Chad. Ach, kommen Sie schon. Schlagen Sie ein.»

Vielleicht war es ein Reflex auf die ausgestreckte Hand; Chad reichte ihm die Hand, und als er sie zurückzog, sah er die Geldscheine.

Darauf Maurice Brett: «‹Geld›. Das ist die Parole.» Und das teuflische schiefe Lächeln klebte ihm im Gesicht.

Drei Scheine. Chad starrte sie an. Dreihundert Dollar.

Eva Bond sah Maurice an. Das Blut schoß ihr derart heftig ins Gesicht, daß es ein Sonnenuntergangserröten über den ganzen Ausschnitt des silbrigen Kleides malte. Offensichtlich fand sie nicht, daß Geld «die Parole» war, daß es ein immer wirksamer Balsam für ein abgestumpftes Gewissen war oder ein Heftpflaster, das man über eine spritzende Arterie klatschen konnte.

Wie der mechanische Handschlag kam auch Chads erste Überlegung, daß er nun einen Teil seiner Schulden von fünfhundert Dollar los war, ganz automatisch. Das machte ihn noch wütender. Er faltete die Scheine zu einem kleinen Quadrat zusammen und stopfte sie in Maurice Bretts Westentasche.

«Sie brauchen sich mein Schweigen nicht zu erkaufen. Wem sollte ich es denn erzählen? Mr. Bond? Den Gästen? Ich kenne sie ja nicht mal.»

Maurice Brett rollte seine Zigarette ein wenig zwischen den Lippen hin und her. «Billy.»

«Zero?» Er wandte seinen Blick von ihm zu ihr. Eva Bond hatte wieder ihre frostige Pose eingenommen und zündete sich eine Zigarette an, ohne Chad auch nur eines Blickes zu würdigen. «Meine Güte, er ist mein bester Freund. Glauben Sie, ich würde meinen besten Freund niedermachen, indem ich verbreite, daß seine Mutter –»

Eva Bond schnitt Chad das Wort ab. «Ich glaube wirklich nicht, daß Sie sich darum Gedanken machen müssen.» Sie war so ruhig wie der See vor der Terrasse.

«Ich bin Gast in diesem Haus, und was Sie tun, geht mich nichts an. Aber Sie wollen mir doch nicht erzählen, daß Sie meinen, Zero würde das was ausmachen?»

Sie richtete ein Paar stahlharte Augen auf ihn.

Ich glaube wirklich nicht, daß Sie sich darum Gedanken machen müssen... Das war fast noch schlimmer als die Schlafzimmerszene. «Sie brauchen sich keine Gedanken darum zu machen, daß ich's ihm erzähle, Mrs. Bond.»

Er schob sich durch Champagnergläser, Kellnerinnen, schepperndes Gelächter, Abendkleider und Smokings. Eine Frau, deren Brüste aus dem Oberteil ihres cremefarbenen Satinabendkleids zu quellen schienen, packte ihn am Arm und wunderte sich laut, warum man sie einander nicht vorgestellt hatte. «Ich bin Brie Sardinia, und Sie sind Billys Freund», stieß sie zwischen Champagnerschlucken hervor, wobei ihre Hand an seinem Arm entlangfuhr, bis sie schließlich seine Hand umklammerte. Der Name «Brie» war gut gewählt, denn sie sah tatsächlich aus wie ein weicher, reifer Käse. «Mein Mann verbringt die ganze Nacht da drinnen und spielt Poker» – sie blickte über die Schulter in Richtung Spielzimmer – «wie wär's mit einem Tanz?» Sie wurden von anderen Roben und Smokings an die Wand gedrängt, und Chad benutzte das als Entschuldigung. Zu voll zum Tanzen… vielleicht später… nett, Sie kennengelernt zu haben…

«Aber wir könnten zum Pool rausgehen», rief sie ihm hinterher.

Er tat, als höre er es nicht, und steuerte auf eine der Flügeltüren zu, um draußen frische Luft zu schnappen. Er kam am Billardzimmer vorbei, wo Mr. Bond und vier weitere Männer in ihr Pokerspiel vertieft waren. Er erkannte einen Arzt und einen Mann namens Brandon, den er schon einmal gesehen hatte, und nahm an, daß der große Finstere der Ehemann von Frau Sardinia sein mußte. Der fünfte wirkte zu verschlossen und schrill, um sich auf Brie einzulassen. Die Karten hielt er so nah vor der Brust, daß er sich den Hals hätte verrenken müssen, um einen Blick darauf zu werfen.

Chad ging die breite, laubbedeckte Treppe hinab, hin zu jener Rasenfläche, die so glatt war wie ein Golfplatz und in der der unregelmäßig gestaltete Pool im vom Haus herkommenden Licht wie ein Opal glänzte. Der Klang der raffinierten Bondschen Stereoanlage reichte bis hierher. Kleine Gruppen hatten sich zum Reden und Trinken zusammengefunden, und das Gras war so eben, daß man darauf tanzen konnte. Zero war besoffen und tanzte ganz alleine. Die Arme hielt er ausgestreckt; er schnalzte langsam mit den Fingern und wiegte sich im Takt einer alten Jazz-Interpretation von «After You've Gone».

Und dann kam Casey und versuchte ihren Bruder zu imitieren, als ein Saxophon «Who's Sorry Now?» schluchzte. Langsam, gelassen, hypnotisch. Casey war anscheinend das einzige Mitglied der Familie, mit dem Zero gerne zusammen war. Sie trug ein hautenges Kleid mit tiefem Dekolleté und Fledermausärmeln, für das sie viel zu jung war. Als Zero sie darin erblickte, sagte er: «Dracula wär begeistert von dir.»

«Mutter hat gesagt, ich könnt's anziehen», wimmerte sie. Sie spielte freiwillig die Rolle der kleinen Schwester, hatte Chad sich gedacht.

«Wann hat Mutter dir denn je verboten, irgendwas anzuziehen?» Zero markierte vor Casey den großen Bruder, aber er hatte recht: Chad fragte sich, ob Eva Bond ihrer Tochter je Schranken setzte. Der Vater tat es hundertprozentig nicht. Offensichtlich betete er sie an. Aber das schien nicht auf Gegenseitigkeit zu beruhen. Casey bevorzugte ihre unerreichbare Mutter. Vielleicht waren die Menschen so: der Mensch am anderen Seeufer, der, der so weit weg war, daß man ihn nur rufen konnte, würde schließlich derjenige sein, zu dem man – von tödlichem Irrtum verblendet – hinüberschwimmen würde.

Chad erreichte das alte Bootshaus am Rande dieses Sees und ein daraus hervorstehendes Dock, dessen halbverfaulte Planken unter seinen Füßen nachgaben. Im Bootshaus befanden sich zwei Ruderboote, die aussahen, als habe sich seit Jahren niemand um sie gekümmert. Sie schaukelten sanft im Wasser. Die Hütte roch modrig, unbenutzt. Die Farbe blätterte von den Booten, und eines der Ruder war zerbrochen. Er saß auf einer Holzbank, zündete sich eine Zigarette an und lehnte sich zurück an die feuchte Wand.

Er dachte über das Bootshaus nach – fragte sich, warum es nicht benutzt wurde, warum die Bonds nicht irgendein Rennboot oder einen Katamaran hier liegen hatten. Und hatte Zero nicht mit völlig unbewegter Miene etwas von einem «Yacht-Makler» gesagt?

Das Wasser leckte an den Planken, und die Boote hüpften auf den Wellen, die ein anderes Boot aufrührte, das vorbeiraste nach Nirgendwo.

Wußte William Bond, daß dieser Blödmann seine Frau vögelte?

Ein Gedicht fiel ihm wieder ein: *Ich steckte den Vater in sein kleines Gewand…*

Er stützte den Kopf in die Hände und versuchte sich zu entsinnen, was danach kam. *Fragte ihn, wohin das strömende Wasser fließt.*

Er konnte sich nicht an die nächsten Zeilen erinnern und stand ungeduldig auf, stieß die Hände in die Taschen und starrte hinunter auf die kleinen Boote. *Hinab zur See in Schiffen, setzt die Segel!* In dem Gedicht war der Sohn der Vater. Er zog seinen Vater an und nicht sein Vater ihn. Aber am Ende bricht die Phantasie zusammen, und die Rollen werden wieder vertauscht. Chad wünschte, er könnte sich an die anderen Verse erinnern.

Das Wasser schlug klatschend gegen die Boote. Chad sah eine Weile zu und kletterte dann, an den Planken Halt suchend, in eines der Ruderboote hinab. Sogar jetzt, wo es sicher vertäut im Bootshaus lag, vermittelte es ihm ein unsicheres Gefühl, wie ein Ding, das sich von der kleinsten Welle oder der schwächsten Brise davontragen ließ. Er zündete sich eine Zigarette an, stützte die Ellbogen auf die Knie, rauchte und wiegte sich im sanften, rhythmischen Schaukeln des Boots.

Schritte kamen über den Kies herab. Er drehte sich um und wußte schon aufgrund des weißen Seidenschals, daß es Zero war. Dann näherte sich das Geräusch laufender Füße, und der Mond glitt unter seiner Wolkenhülle hervor und schien auf Caseys bleiches Gesicht, während sie hinter Zero den Pfad hinunterrannte und die langen, plissierten Ärmel hinter ihr herflogen.

«Du langweilst dich. Nicht wahr?» Zero sagte das, als sei Langeweile eine Spezialität von Belle Harbor. Er stieg ins Boot und rief Casey zu, sie solle sich beeilen. Als auch sie hineingeklettert war, zog Zero die Ruder aus den Dollen.

«Was, zum Teufel, machst du da? Du willst doch diesen

Kahn nicht auf den See rausrudern, oder?» Chad blickte wild um sich.

«Nein. Hab mir gedacht, ich mach damit eine Spritztour auf der Autobahn.» Er war kein Ruderer; er drehte das Boot so heftig, daß es mit einem dumpfen Schlag gegen das Dock krachte.

Casey hatte die Ellbogen auf die Knie gestützt und saß bloß da. «Niemand kann uns finden», sagte sie befriedigt.

«Mir steht das Wasser jetzt schon bis zu den Knöcheln», sagte Chad.

Unablässig ruderte Zero weiter. «Du kannst doch schwimmen.»

Chad saß da und sehnte seine Mutter herbei. Warum? Hätte sie vielleicht Schwimmwesten parat?

Warum sie die Mitte des Sees ansteuerten, war ihm ein Rätsel. Zero hatte weder seinen weißen Schal noch seine Smokingjacke abgelegt, ja nicht einmal seine Krawatte gelockert, so als sei er auf einmal in Eile und müsse das Weite suchen.

Zero ließ ein Ruder los, zog ein silbernes Fläschchen hervor und warf es Chad zu.

Chad nahm einen Schluck daraus und sagte: «Ich dachte, ihr hättet eine Yacht. Du hast gesagt, ihr habt eine Yacht.»

«Haben wir auch. Sie ist irgendwo hier draußen», sagte er gelangweilt.

«Du redest, als ginge es um verlegte Manschettenknöpfe.»

Hinter ihm summte Casey «Bye, bye Blackbird». Sie waren etwa hundert Meter vom Dock entfernt, als Zero schließlich die Ruder aus dem Wasser zog, das so schwarz und gefältelt war wie Caseys Kleid.

Während Zero sich eine Zigarette anzündete, sagte Chad: «Ihr macht das also immer so? Ein paar Runden tanzen und dann in einem lecken Boot auf die Mitte des Sees rudern? Schau mal, jetzt steht dir das Wasser aber definitiv bis zu den Knöcheln, du Affe.»

«Jetzt entspann dich mal. Wir versuchen nur, dich vor Bethanne zu retten. Da, hinter dir auf dem Boden, liegt eine Schwimmweste.»

Casey unterbrach ihr Lied und lachte. «Sie ist eine Nymphomanin, hast du das nicht gewußt?» Dann sang sie wieder: «Where my sweetie waits for me –»

«‹Sugar's sweet, so is she›», sang Zero. «Komm schon, das Lied kennt doch jeder!»

Chad sagte: «Du sitzt hier mitten auf dem See in einem sinkenden Boot und singst ‹Bye, bye Blackbird›.» Das war keine Frage, denn genau das taten sie im Augenblick.

Plötzlich stand Casey auf. Das Boot schwankte. «‹No one here can love or understand me›.»

«Setz dich!» brüllte Chad.

«‹Oh, the hard-luck stories they all hand me.›» Zero lehnte sich zurück, seine Beine standen schon zur Hälfte im Wasser.

Chad sagte: «Das Boot sinkt.»

«‹... light the light.›»

«‹I'll be home late tonight.›»

Das Ruderboot sank seltsam gleichmäßig und zog die drei mit sich hinab, als wäre es eines von jenen falschen Pappkartonbooten in einem Musical, die sich auf starren, gemalten Wellen über die Bühne bewegen. Das gemalte Boot würde hinter den gemalten Wellen versinken, und das Publikum würde der kleinen Einlage applaudieren. Es war ein gelassenes, fast geduldiges Sinken, fast als warte das Boot darauf, daß die letzte Zeile hinausgeschmettert wurde:

«‹Black – Bird... Bye – ah – Bye – Eye – EYE!›» Das Wasser reichte ihnen nun bis zu den Schultern.

Chad schaute über das dunkle Wasser und wurde immer hysterischer. Er trug die Schwimmweste, sicher. Aber wie würde es der kleinen Casey ergehen?

Klein-Casey lag auf dem Rücken und ließ sich treiben.

Zero sagte: «Tja, da müssen wir wohl einen Plan machen.

Zigarette?» Er strampelte mit den Beinen und hatte einen Arm in die Höhe gestreckt. So holte er sein Silberetui hervor, zog die Beine nach oben und ließ sich rauchend treiben, während das Boot sich inzwischen wahrscheinlich schon auf dem Grund des Sees befand.

«Nein, danke», sagte Chad. «Ich versuch grad aufzuhören.» Er spuckte Wasser, schüttelte den Kopf, um das Haar aus den Augen zu kriegen, und hielt sich die Rolex ans Ohr. Ob sie wohl wasserdicht war? «Jetzt haben wir uns ein bißchen in Stimmung gebracht – und was machen wir jetzt?»

Casey planschte herum, tauchte unter und wieder auf, versuchte, sich das Wasser aus den Augen zu schütteln.

«Um Gottes willen!» Chad versuchte, sich die Schwimmweste vom Leib zu reißen, um sie ihr zu geben; schließlich war er ja ein recht guter Schwimmer.

«Sie schwimmt wie ein Hai. Sie schwimmt besser als wir beide zusammen.» Die kleinen Wellen, die durch das Geplansche seiner Schwester entstanden, bewirkten, daß sich Zero im Uhrzeigersinn und dann wieder in entgegengesetzter Richtung drehte. «Warum fuchtelst du so rum? Weißt du nicht, wie das ist mit dem Körpergewicht und dem Wasser? Weißt du nicht, warum die meisten Leute ertrinken? Ganz einfach: wegen der Schwerkraft.»

«Ach, Scheiße», sagte Casey, die irgendwie im Kreis geschwommen war und nun auf der Stelle paddelte. «Wenn du jetzt wieder deinen langweiligen Vortrag über die Schwerkraft hältst, hau ich ab.» Und sie zischte in Richtung Ufer davon, auf das Haus zu, das, so langgestreckt und mit der regelmäßig unterbrochenen Beleuchtung, einem Eisenbahnzug glich.

Zero rief Casey, die inzwischen ein Drittel der Strecke zurückgelegt hatte und bei ihren Zügen die Wasseroberfläche wie mit einem Messer durchschnitt. «Geh nicht ohne uns rein, hörst du?»

Eine undeutliche Antwort, die sowohl ein «Okay» als auch «Oh, Gott» oder «Tschau» hätte sein können, driftete zu ihnen zurück.

«Sollen wir den ganzen Abend hier verplempern? Ist das der große Plan?» fragte Chad, dem gerade seine Fünfzig-Dollar-Docksiders von den Zehen rutschten. Mom würde begeistert sein. «Du sagst, du hast sie verloren? Wie *kann* man denn ein paar Schuhe verlieren? Sie sind dir von den Füßen gerutscht, als du über den Campus gegangen bist, und du hast's nicht gemerkt?» So würde seine Mutter reden und dabei immer zorniger werden.

«Willst du zurück zu dieser Scheiß-Bethanne? Casey hat recht – sie ist eine Nymphomanin.»

Seine Arme hatten das Strecken, seine Beine das Paddeln satt. «Könnten wir diese Unterhaltung vielleicht im Sitzen weiterführen?»

Doch Zero schien sich außerordentlich wohl zu fühlen, während er herumschwamm und dahintrieb und das Ende seiner Zigarette beim Inhalieren wie ein Stern aufglühte und der Rauch beim Ausatmen das Wasser vernebelte. Er schien sich in der Tat genauso behaglich zu fühlen wie etwas früher am Tag, als er auf Chads Bett gelegen hatte. Casey oder Caseys Spur im Wasser hatte schon mehr als die Hälfte der Strecke zum Ufer zurückgelegt. Chad fürchtete eigentlich nicht um sein Leben, nicht in diesem treibenden Rettungsboot; aber er fragte sich, ob dieser Ausflug nicht der schiere Wahnsinn war.

Vom Wasser getragen und zu den Sternen emporblickend, hätte er ihn fast genossen, nur, daß seine Gedanken immer zwischen jener Schlafzimmerszene und den untergegangenen Docksiders, die nun wie ein versunkenes Schatzschiff auf dem Seegrund liegen mußten, hin und her wanderten. Er spürte, wie Schamröte in ihm aufstieg und Hals und Gesicht heiß wurden. Er hatte ihr das Restgeld nie zurückgegeben, die Schuhe hatten im Ausverkauf nur die Hälfte gekostet.

Das und irgendwelches «Kleingeld», das sein Dad ihm geschickt hatte, waren für Gras und Bier draufgegangen. Und für ein bißchen Koks. Ein bißchen – Gott sei Dank war er nicht abhängig. Sam hätte ihn damals an jenem Abend im Red Barn einlochen können.

«Aber ich werde dich nicht einlochen. Hör einfach auf damit, wenn du nur halb so gescheit bist, wie ich glaube.»

«Ich nehm es fast nie. Ich meine, in der Schule hab ich ein paarmal – freizeitmäßig... Sie wissen schon.»

«‹Freizeitmäßig›? Ach, hör auf. Du willst mich wohl verarschen.»

«Ich bin nicht süchtig. Ich hab das unter Kontrolle.»

Sam fluchte leise. «Was glaubst du eigentlich, wen du vor dir hast? Irgendeinen Halbstarken? Ich verbitte mir diese Beleidigung!»

Sam hatte weitergeredet. Chad mochte Sam, aber er konnte es nicht ausstehen, wenn man ihm Vorträge hielt.

«Woher hast du das Geld?»

In einem tödlichen Ton.

«Vielleicht mit Babysitten verdient?»

Er hatte irgend etwas Rotziges antworten wollen, aber er war schließlich doch klug genug gewesen, sich nicht mit Sam anzulegen. Nicht, daß Chad Angst hatte, Sam würde es seiner Mutter erzählen. Das würde er nicht tun. Dazu hatte er sie zu gern.

Chad erinnerte sich jetzt daran, daß sie – er und Sam – in diesem Streifenwagen gesessen und eine Zeitlang nichts gesagt hatten. Sie hatten dieses eher freundschaftliche Schweigen wohl trotz des Anlasses genossen.

Er war zehn gewesen, als er Sam zum erstenmal sah. Es war in der Nähe des Gerichtshauses; Sam stand da und schaute auf einen Rolls, der neben einem Hydranten parkte. Er trug eine Pistole an der Hüfte und hatte eine dunkle Brille vor den Augen; eine Lederjacke, die kaum den Schultergurt verbarg. Er schaute auf diesen Wagen und schüttelte den Kopf. Dann erblickte er plötzlich Chad, der gerade aus der Nachmittagsvorstellung kam und noch ganz von Gary Cooper erfüllt war. Es war eine Wiederholung von «High Noon» gewesen. Er überlegte sich gerade, wie er seiner Mutter am besten beibringen könnte, daß er die zwei Dollar verloren hatte, damit er am nächsten Samstag wiederkommen und den Film noch einmal sehen könnte. An all das dachte er, und dann sah er Sam. Gerade aus dem Kino zu kommen, wo man einen Sheriff gesehen hat, und dazu noch Gary Cooper, und dann einen echten lebendigen Sheriff mit dunkler Brille und Pistolengurt vor sich stehen zu haben... tja, das machte einen schon nachdenklich.

Sam wandte die dunklen Brillengläser in Chads Richtung und sagte: «Manche Leute...» Dann schüttelte er wieder den Kopf. «Manche Leute glauben offenbar, ein Rolls oder ein Jaguar muß sich nicht an die Gesetze halten, die für einen Ford Pickup gelten.»

Das hatte Chad überrascht – daß der Sheriff einfach so mit ihm redete, als sei er, Chad, ein Bekannter, ein Erwachsener, mit dem er sich ab und zu austauschte und jetzt hier auf der Straße plauderte.

Chad hatte sich mit einem Mal aufgerichtet, sich einen halben Zentimeter größer gemacht und dann seine Einschätzung der Lage abgegeben. «Wahrscheinlich jemand von diesen Leuten vom See.»

«Da hast du wahrscheinlich recht. Tja...»

Es war, als habe dieser Schwatz auf dem Bürgersteig oder ähnliche Unterhaltungen eine ganze Weile, ja, vielleicht Jahre, gedauert.

«Sie werden ihm wohl einen Strafzettel verpassen.»

«Ich wünschte, mir fiele was ein, damit der das nie wieder vergißt – daß man nicht neben einem Hydranten parken darf. Ein Strafzettel wird dem nicht viel ausmachen. Er hat das Geld, um ihn zu bezahlen.» Sam zuckte mit den Achseln.

«Wer so ein Auto hat, muß ganz schön reich sein.»

Sam nahm sein Buch heraus, schrieb den Strafzettel, riß ihn heraus und steckte ihn unter den Scheibenwischer. «Hab ich dich nicht mal mit Mrs. Chadwick gesehen?»

«Jaa. Ja, Sir.»

«Bist du ihr Sohn? Sie hat doch einen Sohn, oder?»

Chad hatte sich ungeheuer gefreut, daß Sam DeGheyn da Zweifel hatte, so als hätte Chad auch einfach bloß ein Freund von Maud Chadwick sein können. «Stimmt. Ich heiße Chad. Früher habe ich Murray geheißen, aber ich hab das geändert.» Er wollte dem Sheriff zu verstehen geben, daß er, Chad, sich seinen Namen selber ausgesucht hatte. «‹Murray› hat mir nicht gefallen.»

«Mm-hm. Das kommt vor. Ich bin Sam DeGheyn. Angenehm.»

«Ganz meinerseits.»

«Tja, ich hab jetzt Dienstschluß. Ich geh ins Rainbow, einen Kaffee trinken. Willst du mitkommen, oder hast du noch was zu erledigen?»

Zum zweitenmal während dieses kurzen Gesprächs war Chad verblüfft gewesen. Niemand hatte ihn je gefragt, ob er einen Kaffee mit ihm trinken wolle. Und es freute ihn, daß Sam DeGheyn annahm, er habe vielleicht etwas zu tun, genau wie andere Leute in der Stadt – etwa der Rechtsanwalt, den seine Mutter kannte, oder der Doktor oder vielleicht sogar jemand von der Polizei. Zwar haßte er Kaffee, aber darum ging es ja gar nicht.

So hatte er sich Sam angeschlossen und war ins Rainbow gegangen, wo Shirl – die er damals nur als stämmige Frau mit grobem Gesicht, die viel und laut redete, kannte – Sam einen

Kaffee und eine Limo hinstellte. Seine Mutter arbeitete damals noch nicht im Rainbow.

Das war das erste Mal seit ihrer Ankunft in La Porte, daß Chad sich hier wohl gefühlt hatte. Zuvor hatte er den Ort gehaßt. Er wollte noch immer nach Sweet Air zurück, aber seit jenem Samstagnachmittag zeigte der Wegweiser nicht mehr so eindringlich in Richtung Sweet Air.

«Guck doch, ich geh unter.»

«Nein, tust du nicht», sagte Zero. Er trieb ein Stück von Chad entfernt dahin und wäre ganz mit der Wasserfläche verschmolzen, wären der weiße Schal und die Hemdbrust nicht gewesen.

Chad schlug so viele Wellen, wie er nur konnte, platschte und moserte herum, alles, nur um Zeros Gelassenheit zu stören. Bei Gott, es hätte ihn nicht gewundert, wenn Zero plötzlich nach Norden abgebogen wäre, um ins Meer hinauszuschwimmen.

«Laß dich treiben», sagte Zero. «Ruh dich aus für die Morgenstunden. Die Party kann noch ziemlich schräg werden.»

Schräg? dachte sich Chad und versuchte, die Beine hochzuziehen. Tja, so konnte man die Leute, die da tranken und aßen und Musik hörten, während man hier draußen im Smoking mitten auf dem Wasser trieb, sicher auch betrachten. Aber dann, als er anfing dahinzutreiben, fühlte er sich auf einmal angenehm eingekapselt und isoliert. Er blickte zu den Sternen empor, ließ sich vom Wasser tragen und fand es fast angenehm, wäre da nicht der Gedanke an seine Mutter und die Docksiders gewesen. Er lag da auf seinem echten Wasserbett und versuchte, sich eine gute Lüge auszudenken. Er glaubte nicht, daß seine Mutter ihm abnehmen würde, daß er sie mitten auf dem Wasser verloren hatte. «Du mußt endlich mal lernen, auf dem Wasser zu wandeln, Chad. Ich hab immer gewußt, daß du's kannst.»

In der Ferne winkte und schrie eine winzige Gestalt in der Dunkelheit. Casey hatte das Ufer erreicht.

«Sollte mich vielleicht auch mal aufmachen», sagte Zero, schmiß seine Zigarette weg und sah zu, wie sie in einem Bogen durch die Luft segelte. Dann drehte er sich um und begann zu schwimmen. «Schwimmst du mit um die Wette?»

«Ach, Scheiße, halt den Mund. Und überhaupt, meine Schuhe liegen auf dem Grund. Sie waren neu.»

Zero schwamm zu ihm herüber. «Und? Dann bekommst du halt ein Paar von mir. Los, komm.»

«Das ist nicht dasselbe.» Wasser rann aus Chads Mund, als er das Gesicht drehte, um Luft zu schnappen. «Mom hat verdammt viel dafür bezahlt. Was soll ich ihr denn jetzt sagen?»

Zero war eine Länge vor ihm und rief zurück: «Die Wahrheit. Was ist denn an der auszusetzen?»

«O ja, klar.» Chad hustete, weil er beim Aufholen Wasser geschluckt hatte. «Das soll sie mir glauben? Sie ist doch nicht blöd.»

«Die glauben alles, Kleiner. Sogar, daß man auf dem Wasser gewandelt ist.»

2

Sie gingen einen engen, gewundenen Pfad, der vom Bootshaus zu den Eingangsstufen führte. Zero zupfte an den winzigen Blüten der Wiesenblumen herum. Unmittelbar bevor sie das Haus betraten, streifte er noch Blätter von einem Zweig der Weide herunter. Chad schüttelte seine Uhr. Sie schien nicht mehr zu funktionieren. Er nahm sie ab, warf sie in einen Kasten mit Zierpflanzen und folgte Zero.

Pitschnaß betraten sie das große Foyer, und die wenigen Gäste, die bei den Sheraton-Tischen standen oder an der Treppe lehnten, wandten verwirrt die Köpfe, warfen den dreien stirnrunzelnde Blicke zu und nahmen dann gelangweilt wieder ihre Gespräche auf.

«Komm schon, Ophelia», sagte Zero und griff nach Casey, die zur Treppe und nach oben wollte, um ihr durchnäßtes schwarzes Kleid auszuziehen.

«Was ist denn los?» fragte sie, und ihre Frage endete mit einem Wimmerlaut, denn während sie noch sprach, schwang Zero sie in die Höhe, streute ihr eine Handvoll zerdrückter Blumen und Weidenblätter über den Kopf und trug sie zu einem der bogenförmigen Eingänge des Wohnzimmers, das fast so groß war wie ein Ballsaal.

«Mach die Augen zu, verdammt», sagte Zero, «und überlaß mir das Reden.»

«*Ich* red mit Sicherheit nicht!»

«Mach die Augen zu.»

Das tiefer gelegene Wohnzimmer war brechend voll, die Gäste bildeten Gruppen, trennten sich und fanden sich erneut zusammen. Nur ein paar wenige schienen Zero zu bemerken, der mit der durchnäßten, blumenbestreuten Casey auf den Armen unter dem Bogen stand.

Eva Bond, deren Profil gerade noch im Licht des Feuers geschimmert hatte, mußte sofort gespürt haben, daß sie da waren, wenn sie auch bisher noch nicht zum Eingang hinübergeschaut hatte.

Die drei geschwungenen, teppichbelegten Stufen und der Bogen darüber umrahmten Zero und Casey wie ein kleines Proszenium. Mit präziser Intonation, wie Chad sie noch nie bei ihm gehört hatte, sagte Zero:

> *«Und aus dem schönen, unbefleckten Leib*
> *soll'n Veilchen sprießen.»*

Laute Stimmen; ein paar erstickte Schreie, und dann ein allgemeines Atemholen, bevor die Gäste merkten, daß es sich um eine Art Scherz handelte.

Eva Bonds Gesicht war völlig ausdruckslos, sie schritt mit ihrer Sektflöte durch das Zimmer, und das nervöse Gelächter, die starren Blicke aus weitaufgerissenen Augen – diese gespielte Angst – bemerkte sie offensichtlich nicht. Sie näherte sich langsam den drei Stufen, blieb stehen und blickte ihren Sohn einen eisigen Moment lang an. Zero sah an ihr vorbei. Casey rückte ein Stück zur Seite und öffnete ein Auge.

Dann ging ihre Mutter an ihnen vorbei durch das Marmorfoyer, in Richtung Billardzimmer und Bibliothek.

Wütend stieß Casey Zero an den Arm und riß sich los. «Warum gibst du nicht endlich auf?» Sie rannte zur Treppe.

Zero zündete sich langsam eine Zigarette an; die Gäste wandten sich ab. Sein Lächeln war nur aufgesetzt; der schwache Abglanz eines Lächelns. Und er sagte: «Mag denn hier keiner Hamlet?» Er ging davon und rief über die Schulter eine Frage zurück: «Is Bethanne noch da?»

Chad war es egal, daß er nun wahrscheinlich Fieber bekommen würde; in nassen Kleidern mußte er sich jetzt bei Zeros Mutter entschuldigen. Sie näherte sich der Bibliothek, hielt einen Augenblick inne, um auf irgendwelche Bemerkungen ihres Mannes und seiner pokerspielenden Freunde einzugehen. Dann ging sie in die Bibliothek und schloß die hohen Türflügel hinter sich.

Mr. Bond hielt ihn auf: «Chad. Hast du irgendeine Karte dabei?»

Chad wandte sich zum Spieltisch um – grüner Boi und Walnuß. «Was?»

«Keine goldenen. Bloß die üblichen – AmEx, Visa, Diners, Nat West. Was ist denn passiert? Bist du in den Pool gefallen?»

Chad blickte in den Kreis lachender Gesichter, fünf lachende Gesichter, alle erwartungsvoll auf ihn gerichtet, ihn, der das Problem lösen konnte – nur der Doktor sagte stirnrunzelnd: «Nein, nein, nein. Es muß Diners, AmEx oder *Lloyds* Visa sein. Wer, zum Teufel, gibt sich schon mit Nat West ab?»

Chad hatte nie zuvor solche quadratischen oder rechteckigen Spielmarken gesehen: ganze Stöße in Bronze, Weiß und Schwarz; rechteckig, quadratisch und rund.

Brandon, der Schweinsgesichtige, der anscheinend die meisten Marken besaß – zwei hohe bronzefarbene Stöße, zwei weiße und einige schwarze –, langte in eine große Kristallschüssel, in der Eiswürfel zu einem Wasserteich zerschmolzen. Dann griff er sich ein winziges Stück Zitronenschale aus einer dazu passenden Schüssel, stopfte es sich in den Mund, zog den Krug zu sich heran, aus dem er einen kräftigen Schluck nahm und das Ganze dann mischte, indem er es im Mund herumschwenkte. Er schob den Krug zu Brie Sardinias Mann hinüber. Mr. Sardinia hob den Waterford-Krug in Chads Richtung. «Martini?»

Zeros Vater fragte noch einmal: «Was hast du dabei? Diners vielleicht?»

«Nur eine Access-Karte.»

Mr. Bond schob seine Hornbrille hoch. «Eine was?»

Der Doktor räusperte sich. «Das ist eine von diesen Scheckkarten.» Seine Stimme klang leise und traurig, als befinde er sich im Krankenhaus und teile Chads Mutter die Wahrheit über Chads schlechten Zustand mit. Dann schleuderte er eine Karte auf den Tisch. «Ja, oh, jaaa», lächelte die ganze Runde Chad zu, dem armen Schlucker, der erst als letzter kapieren würde, daß die Würfel längst gefallen waren.

«Billy!» sagte Mr. Bond und schlug mit der Faust auf den Tisch. Dann sagte er, an Chad gewandt: «Der hat Unmengen von den verdammten Dingern.» Zeros Vater warf sich einen Eiswürfel in den Mund, ließ ihm eine Olive folgen, hob den Krug und trank. Dann wischte er sich das Kinn mit einer Serviette ab und sagte zu Chad: «Frag ihn, ja? Billy, mein ich. Ich weiß, er hat Diners, Lloyds, da muß er auch eine Express-Karte haben.» Er klatschte eine Kreditkarte hin, mit dem Namen nach unten. Die Rückseiten sahen einander ziemlich ähnlich; die Unterschriften waren mit Klebestreifen abgedeckt. «Spielst du?»

Die anderen sahen Chad an, vielleicht nicht ganz nüchtern, aber zumindest einladend. Der Krug war wieder bei Brandon angelangt.

Chad sah sich in der Runde um. «Hab das noch nie gemacht mit Karten. Wär's nicht leichter, einfach… Na ja, schon gut.»

Er klopfte an die Bibliothekstür, und nachdem sie «Herein» gerufen hatte, trat er ein.

Eva Bond saß hinter einem großen Mahagonischreibtisch, hatte die Arme auf die Tischplatte gelegt und die Hände gefaltet. Hinter ihr befand sich eine Glastür, und das Mondlicht warf Lichtrhomben über ihr Haar und über den Schreibtisch, dessen Kanten mit der Dunkelheit zu verschmelzen schienen. Jenes gespenstische, ortlose Licht, dessen Quelle versteckt zu sein schien, erhellte Teile des Raumes. Diesmal schien es von den Bücherregalen oder der Wand dahinter herzukommen, so daß die Kanten mancher Bände in Gold getaucht waren.

«Chad», sagte sie und musterte ihn von oben bis unten. «Sie werden sich eine Erkältung holen.»

«Ich bin schon fast wieder trocken.» Er versuchte zu lächeln.

Aus einem dunkelbraunen Ledersessel mit sehr hoher Rückenlehne erklang die Stimme von Maurice Brett: «Sie und Billy passen gut zusammen.» Sein Gesicht und seine Hand tauchten, von einer Rauchschwade verschleiert, hinter der Sesselkante auf. «Gott sei Dank haben Sie uns nicht in flagranti ertappt.» Sein Lächeln war charmant und skrupellos, dabei aber undurchsichtig.

«Tut mir leid, wenn ich Sie gestört habe.»

Eva sagte zu Chads sich entfernendem Rücken: «Bleiben Sie bitte!» Es klang wie ein Befehl, wenn Chad auch nicht glaubte, daß sie das beabsichtigt hatte. «Und bitte schweig, Maurice!»

Sie saß noch immer vollkommen aufrecht da, die Hände verschränkt, und hätte wie ein dynamischer Manager gewirkt, wäre das Abendkleid nicht gewesen. Sie deutete zum Ledersofa hin. «Wollen Sie sich nicht setzen?» Sie lächelte. «Ist schon in Ordnung.»

Chad war sich nicht sicher, ob sie Chads nasse Kleider oder Bretts Anwesenheit meinte.

«Übrigens, mein ungehobeltes Benehmen tut mir leid», sagte Brett, dem gar nichts leid tat.

«Okay.» Chad weigerte sich, ihn anzuschauen.

«Ich nehme an, Sie halten mich für ein Schwein.»

Chad sagte nichts. Die lederne Armlehne des Sofas war

glänzend und geschmeidig. Sie erinnerte ihn an Bethannes Haut.

«...und mache Ihnen ein besseres Angebot. Tausend?» Brett wedelte langsam mit der Hand, zwischen deren Finger die Scheine klemmten. «Genau was Sie brauchen, Sportsfreund, oder?»

Chad war es auf einmal so kalt wie vorher im See. «Ich brauche gar nichts.»

«Aber Ihre Mutter vielleicht. Ach, setzen Sie sich doch um Himmels willen mal hin! Woher ich von Ihrer Geldnot weiß? Daß Sie sich das fragen, lese ich doch in Ihren Augen. Ich weiß es natürlich von Bethanne. Komisch, sie fand das ziemlich hinreißend, daß sich da jemand nicht kaufen läßt. Ist schon zum Kichern, wenn man die Umstände so bedenkt. Sie glauben also immer noch, daß ich Sie erpressen will?»

«Nein», sagte Zeros Mutter. «Nein. Du versuchst ihn zu manipulieren. Warum verschwindest du denn nicht, Maurice!»

«Ich versuche doch nur, dem armen Jungen zu helfen.» Brett stand auf und ging rasch zum Tisch. Er schob das Telefon herum. «Na los, rufen Sie Ihre Mutter an!»

Chad wußte nicht, warum er dem Mann überhaupt antwortete. «Sie ist nicht da.»

Brett sah auf seine Uhr. «Mein Gott, Mann, es ist nach eins. Haben Sie Angst, sie zu wecken?»

«Ich meine, sie ist nicht im Haus.» Chad sah zu Boden, um das aufflackernde Lächeln zu verbergen. «Sie ist auf dem Pier.»

Bretts Augenbrauen hoben sich. «Wo wohnen Sie denn – Atlantic City? Spielt sie etwa?»

«Sie sitzt am Ende des Piers.» Chad sagte es noch einmal.

«Was, zum Teufel, soll das bedeuten?»

«Für Sie wohl überhaupt nichts.»

Brett ging zu seinem Sessel zurück, steckte sein Geld, das er die ganze Zeit in der Hand gehalten hatte, wieder ein und zündete sich eine weitere Zigarette an. «Was, zum Teufel, wollt ihr Jungs eigentlich? Billy zum Beispiel, der...»

Eva Bond war aufgestanden; sie spreizte die Finger auf der Schreibtischplatte und hielt den Kopf gesenkt. «Geh.» Ihre Augen waren auf Maurice Brett geheftet.

«Natürlich, Liebling. Es ist nur diese eine kleine Sache. Billy – Zero, wie Sie ihn nennen – guter Name – hat sich mehr als die übliche großartige Vorstellung geleistet.» Er wandte sich an Chad. «Was sollte das Ganze überhaupt?»

«Zero ist ein Schauspieler. Er ist eine schräge Nummer, ein Clown, ein netter Kerl. Letzteres würden Sie allerdings nie mitkriegen. Ich nehm an, Sie haben keine Kinder.»

«Gott. Sei. Dank. Nicht.» Jedes Wort fiel wie ein Stein, und das Blut schoß ihm ins Gesicht.

Er ist wütend, dachte sich Chad. Zumindest gibt's da noch was hinter dieser herablassenden Miene.

«Weil», fuhr Brett fort, «weil er es genießt, seine Mutter zu demütigen.» Er hielt inne.

Chad dachte sich, daß das vielleicht etwas schwieriger war, als Brett es sich vorstellte. «Mr. Brett –»

«Ah! Höre ich da einen Unterton von Respekt?»

«Nein. Ich würde nur gerne wissen, was *Sie* eigentlich wollen? Auf Wiedersehen.» Das war vielleicht eine beschissene Entschuldigung gegenüber seiner Gastgeberin, dachte er sich. Er fröstelte, als er die Treppe hinaufstieg.

Zero lag in einem weiteren Ralph-Lauren-Zimmer im Bett, in einem Seidenmorgenmantel und geschmeidigen Lederpantoffeln; er hatte die Hände im Nacken verschränkt und starrte an die Decke. Es sah aus, als ließe er sich schon wieder auf dem See dahintreiben.

Das Zimmer war düster, die indirekte Beleuchtung warf wässerige Schatten über Wände und Decke.

«Du siehst furchtbar aus», sagte Zero, der in Sachen Garderobe ein geübtes Auge hatte. «Nimm dir ein paar Klamotten.»

«Dein Dad braucht deine Kreditkarten.»

Zero drehte sich um. «Ach du liebe Scheiße, spielen sie immer noch dieses bescheuerte Spiel? ‹Diners, American Express, Lloyds Visa›.» Zero äffte die Stimme seines Vaters nach, während er mit dem kleinen Finger Asche von einer unsichtbaren Zigarre klopfte. «Ich hab eine Exxon-Karte; die anderen hab ich weggeschmissen, konnte die Namen einfach nicht mehr hören. Weißt du, wie sie nach so einer Nacht ihre Spielschulden bezahlen? Alles über, sagen wir, siebenhundert – auf diese Summe beläuft sich ungefähr das Kleingeld, das sie auf Partys mitbringen –, alles darüber geht zu Lasten der Bankkonten. Vater hat eine von diesen Maschinen. Und die Spielmarken? Irgendwelche Garderobenmarken – frag mich nicht, wie das funktioniert. Du solltest ihnen mal beim Billardspielen zugucken.»

Zero schwang die Beine auf den Boden. «Könnte eigentlich mal wieder runtergehen. Mit wem ist Bethanne gerade zusammen?»

«Das letzte Mal, als ich sie gesehen hab, war sie mit deinem besten Freund zusammen, diesem rothaarigen Dandy.»

Zero warf ihm einen seltsam traurigen Blick zu. «Du bist mein bester Freund. Stand sie noch aufrecht? Vornübergebeugt?»

«Sie waren im Pool.»

Zero schloß die Schranktüren, stieg in irgendeine weitgeschnittene Hose. Eine italienische, dachte Chad. Armani? Ferenzi?

Er stopfte das Hemd hinein und zog eine ebenfalls weite Jacke an. «Mach doch mal die Kommode auf, ja – unterste Schublade. Ich brauch einen Schal.»

Die Kommode stand direkt hinter Chads Ohrensessel. Er beugte sich nach hinten und zog die Schublade heraus. Es waren bestimmt zwei Dutzend. Die weißen Seidenschals schimmerten im ungleichmäßigen Licht. Chad zog einen heraus und warf ihn Zero hin. Wie hätte er annehmen können, Zero habe nur einen, wo er ihn doch immer umhatte und er trotzdem immer frisch wirkte?

«Danke.» Zero drapierte sich den Schal um den Hals und sagte: «Komm mal rüber!» Er hatte die andere Seite der Kommode geöffnet – auf beiden Türen waren facettierte Spiegel –, beugte sich hinunter und musterte seine Schuhe. «Schau mal. Ich hab hier zwei Paar Docksiders, die ich fast nie anziehe. Ich glaub, sie sind in zwei verschiedenen Größen, weil Eva sie eingekauft hat und nicht wußte, was für eine Schuhgröße ich habe. Ob sie mich wohl bei einer Gegenüberstellung erkennen würde?» Einen Moment lang schwieg Zero. «Probier sie an!»

«Danke, nein.»

«Jetzt red keine Scheiße. Es ist doch meine Schuld, daß du die Schuhe verloren hast.»

«Du konntest nicht wissen, daß das Boot kentern würde. Du hast unseren Badeausflug nicht geplant.»

Zero ließ die Schuhe fallen. «Verfluchte Scheiße, warum streiten wir uns? Hier sind zwei Paar von den verdammten Schuhen, und ich weiß, daß dir eins davon paßt, Aschenputtel, weil es *mir* eine Nummer zu groß ist. Ich kann die Schuhe sowieso nie anziehen.»

Warum stritt er sich weiter herum? Er wußte es nicht. «Ich werde sie schon finden.»

«Sie sind auf dem Grund von diesem Scheißsee, du Idiot.» Zero lehnte mit verschränkten Armen an der Kommode und versetzte den Docksiders ein paar Tritte. «Willst du eine Schnorchelausrüstung, oder was?»

Chad setzte sich auf. «Hast du eine?»

«Du bist wahnsinnig, Junge. Du bist noch verrückter als ich. Nein, ich hab keine. Aber ich bin sicher, daß irgendwo eine rumliegt. Pop und seine Spezis, die haben sicher so was. Schick sie runter zum Nachgucken. Die wären begeistert. Also, was ist jetzt mit den Schuhen?»

Chad zuckte die Achseln. «Es geht um was anderes.»

«Dieses andere scheint es wert zu sein, mehr drüber zu erfahren.» Inzwischen hatte sich Zero wieder aufs Bett fallen lassen, die Hand ausgestreckt und die Tür eines Walnußnachttisches geöffnet, in dem sich ein Kühlschrank verbarg. Er riß ein Bier heraus und warf es Chad zu. «Los, erzähl!»

«Wovon?»

«Von diesem *anderen*, natürlich. Was immer es ist, weswegen du so an diesem beschissenen Paar Schuhe hängst.»

Chad umging die Antwort durch eine Frage: «Wo ist Casey?»

«Wahrscheinlich ist sie in ihrem Zimmer und erfindet die Guillotine zum zweitenmal.»

Es klopfte kurz, und fast gleichzeitig flog die Tür auf.

Sie kam, als hätte man sie gerufen. Casey stand im gleichen schwarzen Kleid, mit immer noch nassen, von Grasstückchen verunzierten Haaren als Silhouette im von hinten erleuchteten Eingang.

«Scheint auch fertig zu sein», sagte Zero. «Du siehst ja auch nicht gerade frisch aus. Wo warst du?»

«Unten, wie es sich gehört. Die ersten gehen schon.»

«Gut. Dann kann ich mich ja wieder ausziehen.»

«Du könntest zumindest mal runtergehn», sagte sie gelangweilt. Immer noch stand sie herum und drehte am Türknauf. Dann sagte sie: «Ich sterbe.»

Zero, der um ein Haar gegen die Sprechanlage gestoßen wäre, drehte sich rasch um und starrte sie an. Er ließ den Kopf aufs Kissen zurückfallen. «Schon wieder?»

Sie kam nicht ins Zimmer herein. Chad beugte sich nach vorne, aber er konnte ihren Gesichtsausdruck nicht erkennen. Ihre Stimme jedoch klang ziemlich tödlich.

«Ich sterbe. Wenn du das so verdammt lustig findest –»

«Red nicht so einen Quatsch.» Zero warf sich den Arm vors Gesicht.

«*Du* machst das doch ständig. Auch nicht gerade ein gutes Vorbild!»

«Bessere wirst du hier nicht finden. Was ist es denn diesmal?»

«Dir ist es ja sowieso egal, wenn ich sterbe.»

«Beim letzten Mal wolltest du auf diese Männerparty gehen, am Tag vor der Zeugnisverleihung.»

«Ich wette, ihr habt Pornofilme gesehen.» Casey pflückte einen Grashalm aus ihrem Haar.

«Killerfilme.»

«Du bist zum Kotzen.»

«Du hast anscheinend vergessen, daß du zehn warst und wir schon einundzwanzig. Damals war es... ja, rheumatische Arthritis, und du bist an zwei Stöcken gegangen.»

«Ich hatte große Schmerzen», sagte sie steif.

«Weil du von diesem verdammten Pferd da draußen gefallen bist, auf das sich nicht mal Kent Desormeaux rauftrauen würde. Dann bist du an etwas gestorben, das du als ‹subliminales Hämatom› bezeichnet hast. Es heißt übrigens ‹subdural›.»

«Ich hatte einen Unfall und hab mir den Kopf verletzt, und es hat Monate gedauert, bis ich wieder wußte, was eigentlich passiert war. Weißt du nicht mehr, wie benebelt ich war? Also gut, ich sterbe, und dir ist es egal. Wenn du siehst, wie ich wie *sie* am Ufer vorbeitreibe, dann wird es dir noch sehr, sehr leid tun.»

Zero gähnte. «Jaa. Tja, es tut mir schon jetzt leid. Wenn's also passiert, dann weißt du, es hat mir leid getan.»

«Zuerst muß ich noch wahnsinnig werden.» Ihre Stimme klang zornig, aber lebhaft – wahrscheinlich ihre Vorstellung von der Stimme einer Wahnsinnigen.

«Hoffentlich werd ich auch dabei sein. Und an was stirbst du diesmal?»

Sie zögerte ein wenig. «An Aids.»

Sie waren noch immer am Spielen, Schüssel und Krug waren wieder aufgefüllt und die drei Lücken im Kreditkartenspiel offensichtlich geschlossen.

In den wenigen Augenblicken, die Chad gebraucht hatte, die Treppe hinunterzusteigen, hatte er eine Entscheidung getroffen. Er würde morgen (nein, noch heute) fahren; er würde zurückfahren nach La Porte, und wenn er trampen mußte; er würde die Uni verlassen, zumindest für ein Jahr. Und er würde zu seiner Mutter ziehen. Oder vielleicht konnte er auch, wenn er sich dort zu abhängig fühlte, ein Zimmer in Hebrides finden und durch Malerjobs ein Jahr lang Geld zusammensparen.

Und in diesem Augenblick trocknete der Strom der Schuld einfach ein. Doch seinen Platz nahm ein anderer, von einer anderen Quelle gespeister Strom ein. Jetzt fühlte er sich – ausgerechnet – gegenüber Zero schuldig. Weil er ihn im Stich ließ.

Seine Hand griff in die Hintertasche und tastete nach den hundert Dollar, die er für die Reise gespart hatte. Seine Mutter hatte ihm einen Zwanziger gegeben («falls du den Angestellten Trinkgeld geben mußt»).

Die Gesichter in der Runde blickten zu ihm auf und lächelten, Chad lächelte zurück. Sie schienen glücklich wie die sieben Zwerge, als Schneewittchen ihnen ihren Besuch abstattete. Dann schaute er auf die große Waterford-Schüssel und das sich darin bildende Schmelzwasser; und dann direkt hinüber zu Mr. Bond, der seine Kreditkarten in der erhobenen Hand hielt und sie in einer kleinen wellenartigen Bewegung drehte.

«Geben Sie mir Karten.»

Chad leerte drei Waterford-Krüge Martini, bluffte bloß mit einem Paar Diners Mr. Sardinias AmEX-Flush; stach Brandons zwei Lloyds mit drei Visas.

Als eine der Bondschen Angestellten ihm auf die Schulter tippte und sagte, Mrs. Bond wünsche ihn in der Bibliothek zu sehen, da saß Chad mit zweihundertfünfzig Dollar – in diversen Garderobenmarken vom «Pierre's», vom «Vier Jahreszeiten» und vom «Au Pied de Cochon» in Paris – am Tisch.

Und er hatte die Regeln immer noch nicht kapiert.

3

Eva Bond stand an der Terrassentür hinter dem Schreibtisch und starrte ins Leere. Das heißt, in die dunklen Glasscheiben, soweit Chad das sehen konnte.

«Ich hatte Angst, Sie würden verlieren», sagte sie.

«Das hätten die anderen bestimmt nicht zugelassen.» Er lächelte.

Sie trug einen dünnen, sauerrahmfarbenen Mantel, der so schlicht war, daß er fast billig wirkte. Es war ein Mantel, wie sie ihn vielleicht im alten Emporium in Hebrides vom Ständer hätte reißen können – einem kleinen Kaufhaus, das jetzt geschlossen war und wo alles dünn, ärmlich und altmodisch ausgesehen hatte, sogar die Verkäuferinnen und die Wände. Chad war vor ein paar Jahren hingegangen, um seiner Mutter ein Geburtstagsgeschenk zu kaufen. Es waren nur zwei oder drei Kunden dagewesen, aber der Geschäftsführer und die Angestellten schienen einfach zu ignorieren, daß das Geschäft zurückgegangen war. Der Geschäftsführer hatte ein Sträußchen – eine weiße Nelke – im Knopfloch stecken. Die Verkäuferinnen trugen alle gestärkte weiße Kragen aus Leinen oder Spitze, aber keinen Schmuck. Als er in dem kühlen, dunklen Laden von Tisch zu Tisch (Schals, Handschuhe, Glaswaren und Porzellan) ging, sprachen sie mit leisen und angenehmen Stimmen und hantierten mit ihren billigen Waren, als handele es sich um Seide und Sèvres-Porzellan.

Zuerst hatte er einen Schal gekauft. Dann ein Paar braune Baumwollhandschuhe, die die Verkäuferin aus der Vitrine geholt hatte, wo sie unter anderen in Plastikschachteln verpackten Handschuhpaaren lagen. Dann ein langstieliges Glas in der Porzellan-und-Glas-Abteilung. Die Frau dort hatte es anscheinend überhaupt nicht komisch gefunden, daß er nur ein einziges Glas kaufte. Jeder Gegenstand war langsam und sorgfältig, beinahe ehrfürchtig, in Seidenpapier gewickelt worden, während alle Verkäuferinnen leise über das Wetter und das College und über La Porte sprachen.

Im Laden war es dunkel und kühl, und als er auf das sonnengebleichte Pflaster heraustrat, bekam er einen Schock.

Er war besorgt und traurig – besorgt, weil er das ganze Geld für Sachen ausgegeben hatte, die seine Mutter nie benutzte. Sie trug keine Handschuhe oder Nylonschals. Und als das Glas in der Schachtel verstaut und mit einem weißen Emporium-Siegel verschlossen wurde, hatte er bemerkt, daß es doch kein Martini- sondern ein Sektglas war. Es zurückzugeben, es wieder der netten Frau mit dem weißen Kragen zu reichen, das war jedoch ebenso undenkbar, wie die Traurigkeit, die er beim Blick zurück auf den Laden empfand, unaussprechlich war. Man sah, daß es dem Untergang geweiht war.

Sechs Monate später hatte das Emporium plötzlich zugemacht. Jeden Tag kaufte er sich das *Banner*, die Lokalzeitung von Hebrides, um die Anzeigen zu lesen, und war dann erleichtert wie einer, der einen Krankenbesuch gemacht und festgestellt hat, daß der Patient noch lebt. Dann verschwanden die Anzeigen, und er suchte die ganze Zeitung nach irgendeinem Hinweis ab. Ja: da stand die bittere Nachricht, daß das Emporium Konkurs angemeldet hatte. Wenn er auch wußte, daß es vermutlich Einbildung war: er meinte, einen selbstgerechten, höhnischen Ton in dem düsteren, kurzen Bericht über die Geschichte des Ladens zu entdecken, einen Ton, der hämisch feststellte, daß die Stadt dieses gräßliche Gespenst von der Ecke Walnut und Beech Street nun endlich doch noch vertrieben hatte.

Chad war mit dem Bus zu dieser Ecke im Geschäftsviertel von Hebrides gefahren. Der Laden war mit einem Vorhängeschloß versehen, die Fenster blind, mit Brettern vernagelt, alle Rolläden heruntergelassen, als gäbe es hier etwas Unanständiges zu sehen.

Er konnte seiner Mutter die Geschichte, die sich hinter diesen Geschenken verbarg, nicht erzählen; er wollte nicht unmännlich erscheinen. Als sie erst das eine und dann das andere Päckchen öffnete (das mit den Handschuhen und dem Schal), sagte er schnell, daß sie im Winter Handschuhe brauche, daß sie sie anziehen solle und den Schal auch. Aber sie gab sich keine große Mühe. Er warf ihr rasch einen Blick zu und sah in ihrem Blick und ihrem Lächeln den Schatten der Enttäuschung. Schließlich hatte sie Andeutungen gemacht, um es ihm zu erleichtern: kleine Dinge wie Schuhcreme, und wo hatte sie bloß ihre Nagelhautschere hingetan und so weiter. Dann packte sie das Glas aus und starrte es eine Zeitlang an. Stand auf und ging in die Küche. Als sie zurückkam, hatte sie eine Flasche Champagner in der Hand. «Wie bist du da bloß draufgekommen?» Doch ihre Stimme gewann den erwartungsvollen Klang, den sie vor dem Öffnen der Geschenke besessen hatte, nur teilweise zurück. Lächelnd schenkte sie den Champagner in die Sektflöte und sagte: «Tut mir leid, aber du kriegst jetzt das Wasserglas.»

Auch sein Lächeln wirkte niedergeschlagen; er hatte versagt; er hatte sie und sich selbst enttäuscht. Die Enttäuschung verwandelte sich in Trotz, und beide zogen sich ins Schweigen zurück. Schließlich, nachdem sie die Handschuhe mehrmals anprobiert und den Schal ausgeschüttelt hatte, erzählte sie von den Geschenken, die sein Vater ihr immer gemacht hatte. Immer irgendwas, was ihm in letzter Sekunde eingefallen war...

Aber sah sie denn nicht, das seine ganz anders waren?

Dennoch fragte er sich, warum er seiner Mutter – wo er sich doch im Emporium die ganze Zeit auf ihre Wünsche konzentriert hatte – Sachen gekauft hatte, die ihr nicht gefielen.

All das ging ihm in dem Augenblick, als Eva Bond sich vom Fenster abwandte und ihm zunickte, durch den Kopf.

Als er sie ansah, wie sie in dieser königlichen Designerrobe und dem erbärmlichen Mantel vor ihm stand, hatte er seinen einzigen glasklaren Gedanken – daß diese Mrs. Bond nicht die gleiche Frau war, die ihn auf der Treppe begrüßt hatte, und sie möglicherweise nie gewesen war.

«Warum haben Sie den Mantel an?» Er platzte damit heraus, um die Verwirrung zu verbergen, die dieser einzige klare Moment in ihm verursacht hatte.

Sie lächelte ein wenig, während sie an sich hinabsah. «Oh, zum Spazierengehen. Die meisten Gäste sind gegangen.» Sie näherte sich dem Schreibtisch. Ihre Hand schloß sich um den Rücken eines dicken Buches, das mitten auf der Platte lag. «Ich wollte mit Ihnen sprechen. Ich wollte mich entschuldigen wegen...» Sie hob den Arm, als wolle sie damit auf den Sessel weisen, in dem Maurice Brett gesessen hatte, ließ ihn aber wieder fallen, und die Bewegung blieb unvollendet.

«Das müssen Sie nicht.» Er hatte schon hinzufügen wollen, «Es ist schließlich *Ihr* Leben»; doch das erschien ihm zu grob, wo sie doch jetzt so schmal und zerbrechlich wirkte. Und schon in seinen eigenen Ohren klang dieser Satz, als wäre es ihm scheißegal, wenn sie geradewegs in ihr Verderben liefe.

Sie ging zurück zu dem Stuhl hinter dem Schreibtisch und setzte sich. Vielleicht diente ihr der Tisch als Barriere. Sie öffnete das Buch und klappte es wieder zu. Sie sah ihn an und zog das Schweigen in die Länge, bis es peinlich wurde und sie sagte: «Ich möchte Ihnen einen Vorschlag machen, aber ich habe Angst, Sie fassen das vielleicht falsch auf. Aber erst einmal wollte ich Ihnen sagen, daß es mich beeindruckt hat, wie Sie Mr. Brett das Geld wieder vor die Nase geknallt haben.» Sie lächelte, während sie irgendeinen Ausschnitt des byzantinischen Teppichmusters unter dem Schreibtisch betrachtete. «Billy hätte das genauso gemacht.»

Verblüfft starrte Chad sie an. Doch sie merkte es nicht und sah unverwandt auf den Boden. Ihren Vorschlag, den er «falsch auffassen» könnte, schien sie vergessen zu haben.

«Ist er beliebt... mögen ihn die anderen? Am College, meine ich?»

«Ist es bei soviel Geld nicht schwierig, die falschen von den echten Freunden zu unterscheiden?» Er lächelte. «Aber, doch, ja, soweit ich das mitkriege, schon.» Chad wurde ein wenig nervös. Es schien ihr in Wirklichkeit um etwas anderes zu gehen als das College oder die «Beliebtheit» ihres Sohnes.

«Ich frag mich das manchmal. Er hat hier zwar Freunde, aber niemanden, der ihm genügt...» Sie runzelte die Stirn und suchte nach dem richtigen Wort, den richtigen Worten.

«Was oder wer könnte denn genügen?» Chad versuchte ihr zu helfen.

Sie hob die Hände auf der Armlehne und ließ sie wieder sinken. Alle ihre Gesten schienen vergeblich. Der Blick, den sie ihm zuwarf, wirkte zögernd, und rasch senkte sie ihn wieder.

Nach einem kurzen Schweigen sagte sie: «Im letzten März – aber wahrscheinlich wissen Sie ja davon – konnte ich ihn zwei Wochen lang nicht finden. Ich rief in seiner Wohnung an, mein Mann ebenso. Ich kannte keinen seiner Freunde. Sie sind der einzige, den er je zu uns eingeladen hat, wissen Sie. Zuletzt hab ich dann den Dekan angerufen. Anscheinend ist Billy zwei Wochen lang nicht in seinen Kursen gewesen, hat sein Schulgeld nicht bezahlt, ist überhaupt nicht aufgetaucht. Der Dekan entschuldigte sich, aber sie mußten ihn aus der Klassenliste streichen – zumindest bis das Schulgeld bezahlt war. Es war zwei Monate überfällig. Sein Vater war sprachlos, wo er Billy doch so viel Geld geschickt hatte.» In beinahe rechtfertigendem Ton sagte sie: «Also hab ich die Polizei angerufen. Mein Mann war wütend; er sagte, es würde mehr schaden als nützen. Stellen Sie sich mal vor, wenn die Polizei an Ihre Tür käme...»

Chad erinnerte sich nur allzu gut daran. Im März war Zero fast zwei Wochen lang einfach stehengeblieben wie eine Uhr. Nicht mehr zu den Seminaren gegangen (nicht einmal zu dem Shakespeare-Seminar), weder auf den großen Partys noch in Mooneys Bar oder im Quicklunch aufgetaucht – seinem Lieblingslokal, wo er zweimal einen Streit beendet hatte, indem er den Kopf des Gegners in den Kichererbsentopf stieß, und den Geschäftsführer nur dadurch abhalten konnte, die Campus-Bullen zu rufen, daß er ihm ein paar Hundertdollarscheine in die Tasche stopfte. Chad hatte Zeros Stammplätze abgeklappert, inklusive Bowlerama. Er selber kegelte nicht (er trieb überhaupt keinen Sport); er griff sich bloß ein Hot dog mit Senf und Zwiebeln und setzte sich hin und sah den Keglern zu.

Vor allem überraschte es Chad, daß Zero schweigend im Dunkeln hockte, als er ihn nach einer Woche endlich fand, denn eigentlich schien er doch immer unerschöpfliche Energien zu besitzen. Bei jedem Wetter lief er mit offenem Mantel (Kaschmir oder Trench) herum und ließ den weißen Schal hinter sich herflattern. Wegen seines Aussehens und seiner Kleidung – er kaufte bei Bill Blass, Perry Ellis oder Armani ein – hechelten die glamourösesten Frauen des Campus ständig hinter ihm her.

Dennoch hatte Zero seine längste Beziehung, die nur sechs Monate dauerte, mit einem schmalgesichtigen, freundlichen Mädchen namens Paula gehabt, das nervös und in jeder Beziehung unauffällig war – abgesehen von ihrem Verstand (dem Verstand eines Biochemikers) und ihrer Freundlichkeit. Sie war eine von denen, die während eines Blizzards nach einer entlaufenen Katze suchen. Und weil sie weder schön noch sexy war, verbreitete sich dann wohl das Gerücht, daß Zero wahrscheinlich schwul war, ein Gerücht, das eine der drei oder vier gutaussehenden Frauen hätte zerstreuen können, mit denen Zero sehr kurz zusammen war, ehe er sie abhakte, als entwerte er einen Scheck. Sie wollten das Gerücht nicht zum Verstummen bringen. Als es Zero eines Nachts bei Mooneys zu Ohren kam, stieß er sein Bier um, und Chad machte sich schon auf eine weitere Szene im Quicklunch gefaßt. Aber Zero erstickte fast vor lauter Lachen. «Ich kann mir schon vorstellen, wer das unter die Leute gebracht hat», sagte er. «Dieser kastrierte Quarterback, der's nur auf dem Footballplatz bringt.»

Zero haßte schöne Frauen.

In jener Märzwoche war Zero, ehe Chad an seine Tür hämmerte, kein einziges Mal ans Telefon gegangen. Sein Porsche stand auf seinem Platz; Chad nahm an, daß Zero in der Wohnung sein mußte.

Es war stockdunkel. Zero hatte «Herein» gerufen. Obwohl Chad aus der Dunkelheit eines dämmerigen Märztages hereinkam, hatte er blinzeln müssen, um die Umrisse von Sofa, Schrank und Zero, der vor einem Spieltisch-Set am Fenster saß, zu erkennen. Er starrte ins Leere, das heißt auf ein paar dunkle, unbelaubte Bäume hinaus.

«Na, Chad», sagte Zero, als ob sie sich seit Stunden unterhalten hätten und nun die Zusammenfassung käme.

«Wo, zum Teufel, warst du?»

«Ich hab hier gesessen und geraucht. Und getrunken.» Er hob die Flasche Jameson Black Bush in die Höhe.

«Das ist alles?» Chad sah sich im Zimmer um, soweit das bei diesem Licht möglich war. «Kein Koks? Nicht mal 'n bißchen Pot?»

«Ich nehm keine Drogen. Hab nie welche genommen. Das weißt du doch.»

Es stimmte. Und er hatte auch nicht betrunken geklungen. Noch nie. In einem anderen Zimmer klingelte das Telefon. Chad starrte ihn an. «Gehst du nicht hin?»

«Das erledigt der Anrufbeantworter», sagte Zero zum Fenster.

Das Klingeln hörte auf. Der schwache, metallische Klang einer Stimme lief auf das Band.

«Schon wieder Eva. Sie ruft dauernd an. Das ist schon das, ach, achte oder neunte Mal.»

Chad ärgerte sich. Er selber hatte bestimmt fünfmal angerufen. Gut, wenn Zero sich vergraben wollte, dann war das allein seine Sache. Aber das ging nun schon eine Woche so, und schließlich war sie seine Mutter... «Warum gehst du nicht ran, verdammt noch mal? Deine Mom dreht wahrscheinlich durch.»

Die Stille und die Dunkelheit vertieften sich, als Zero zu ihm herüberschaute. «Meine ‹Mom›? Eva?» Er lächelte ein wenig. «Wie ist es denn mit *deiner* Mom?»

«Wie?»

«Wie ist sie?»

«Hab ich dir doch erzählt.» Chad war unbehaglich zumute.

Zero schnippte mit dem kleinen Finger die Asche von der Zigarette. «Sie liest Gedichte und strampelt sich in 'nem Eßlokal einen ab, damit du Französisch schwänzen und Pot rauchen kannst.»

Der Blick, den er Chad aus verrauchten Augen und unter dunklen Brauen hervor zuwarf, war vernichtend. Chad war zutiefst getroffen. Und mehr als nur ein bißchen verärgert. «Wer, zum Teufel, gibt *dir* das Recht, mein Leben zu beurteilen? Mit deinem scheinst du ja nicht so gut klarzukommen.» Sofort tat es ihm leid. Zero, der diese milde Attacke nicht übelnahm und sich offensichtlich auch nicht dafür interessierte, drehte das Gesicht zu den wäßrigen Fensterscheiben und den laublosen Bäumen hin, vor denen, von der Kugel der Straßenlaterne beleuchtet, langsam der Schnee fiel. Und in diesem Augenblick gewann er einen ganz anderen Eindruck von Zero – dem Zero der Kaschmirmäntel, der Seidenschals, der italienischen Anzüge, des Porsche-Kabrios. In diesem Augenblick wußte Chad, daß Zero überhaupt keinen Bezug zu den Dingen der Welt hatte.

«Mensch, hör mal...» begann Chad.

«Hau ab, okay?» In seinem Ton lag keinerlei Feindseligkeit, er war fast freundlich.

Aber Chad ging nicht. Er setzte sich an den Tisch, ohne daß Zero seine Anwesenheit zu bemerken schien, goß sich einen Schuß Jameson ins Glas, sah sich im Zimmer um und überlegte, was er sagen könnte. Doch der Raum verriet nichts, und Chad hatte wieder einmal (denn er war viele Male hier gewesen) das seltsame Gefühl, daß die Stück für Stück sorgfältig ausgewählten Möbelstücke nicht den Stempel ihres Besitzers trugen.

Das Zimmer war nicht mit dem Trödelkram vollgestopft, den man in den meisten Zimmern der Stadt fand, schnell und auf einmal in dem einen oder anderen dunklen Geschäft erstanden, dessen mürrischer Besitzer es nie der Mühe oder des Aufwands für wert befand, eine kaputte Sprungfeder zu reparieren oder eine Fläche zu polieren, und dessen Lebensunterhalt vom Kommen und Gehen, der Ankunft und der Abreise der Studenten abhing. Chad war mit Zero in mehreren dieser Läden gewesen und hatte gespürt, wie er es hassen würde, wenn sein Lebensunterhalt so untrennbar mit der Flüchtigkeit und Vergänglichkeit der Dinge verknüpft wäre.

Zero jedoch kaufte keinen Plunder. Er hatte ein unglaubliches Talent, zwischen kaputten, beinlosen, aufgestapelten Teilen echte Antiquitäten aufzuspüren, deren Wert den Besitzer kaltzulassen schien. So hatte Zero die intarsienverzierte Sheraton-Anrichte erworben, über der ein schöner Spiegel aus facettiertem Glas hing; den Rosenholzsekretär; den elisabethanischen Stuhl mit der hohen gerippten Lehne und den seltsamen wasserspeierähnlichen Blätterknaufen aus einem Holz, so dunkel, daß es kohlschwarz wirkte.

Chad legte seinen Blick wie eine Staubschicht nacheinander auf jedes der etwa zehn Stücke und fand, daß Zeros Zimmer doch sehr stark einem kleinen Museum ähnelte mit den Möbeln, die schön oder bizarr, auf jeden Fall aber einzigartig waren. Und doch verriet das Zimmer in seiner Einzigartigkeit weniger über seinen Bewohner als ein Hotelzimmer, wo ein Gast vielleicht ein gerahmtes Bild auf eine Kommode stellen würde. Zero erschien ihm wie ein solcher Hotelgast ohne Bild oder ein Besucher, der gekommen und gegangen war und sich geweigert hatte, seine Visitenkarte dazulassen.

Vielleicht lag es an der Dunkelheit, oder vielleicht wollte Chad es auch nicht sehen; jedenfalls fiel ihm der weiße Verband erst auf, nachdem er sich im Zimmer umgeschaut hatte. Der Ärmel des Kaschmirpullovers war durch Zeros Bewegung, als er die Hand zum Rauchen hob, hochgerutscht, und der Verband leuchtete fast wie eine kleine weiße Flagge vor dunklem Wasser.

Chads Kehle war rauh, als sei er gegen eine eisige Strömung angeschwommen. Es fiel ihm schwer, die Worte hervorzupressen. «Was hast du denn da am Handgelenk?»

«Hmmh?» sagte Zero träumerisch. Der Blick, den er Chad zuwarf, war eher nach innen gerichtet.

«Dein Handgelenk. Was ist passiert?»

Zero sah an seinem Arm hinunter. «Hab mich verbrannt.» Sein Lächeln kam ein wenig zögernd.

Die beiden saßen am Tisch vor dem Fenster; die Schneeschicht auf dem Fenstersims wurde immer dicker, sie umrandete die Bäume und bildete auf den Autodächern Hügel.

Die Auffahrt glitzerte im Lichtkegel der Straßenlaterne, und Chad sagte: «Erinnerst du dich an Schattenland?»

«Schattenland» war eine Art Codename für jenen Winter, als Studenten und Dozenten unmittelbar vor den Weihnachtsferien vom Schnee eingeschlossen waren, der so hoch lag, daß er den größten Teil der kleinen Stadt hinter Türen und Fenster verbannte. Chad und Zero hatten gerade aufbrechen wollen, als ihr Flug abgesagt wurde, und sie wären sowieso nicht nach Chicago gekommen, weil Zeros Porsche unter einer Schneewolke begraben war, einem weißen Hügel in einer ganzen Reihe von weißen Hügeln entlang der Bordsteinkante.

Komischerweise war keiner von beiden enttäuscht. Sie sahen ihr weißes Gefängnis als eine Chance und schafften es gerade noch zum Lebensmittelladen und zum Spirituosengeschäft, ehe alle zumachten.

Als sie am Schreibwarengeschäft vorbeikamen, waren Zero ein paar Faschingshüte im Schaufenster aufgefallen, und er bestand darauf, die Champagnerkiste abzustellen und hineinzugehen, um die Hüte zu kaufen.

Und so verbrachten sie dann fünf Tage, an denen sie nur Dom Perignon tranken und hebräische Nationalsalami-Sandwiches und Kaviar aßen und von Zeros düsterem Schattenzimmer aus zusahen, wie draußen die Schneepflüge schwerfällig durch die Straßen krochen.

Fünf Tage lang trugen sie ihre Faschingshüte. Sie dachten sich dazu passende Figuren aus. Sie hatten acht Hüte, also vier Rollen für jeden. Zero saß dann etwa auf dem elisabethanischen Stuhl, trug die windige Goldkrone und deklamierte Verse aus König Lear; oder Chad setzte den Froschhut auf und machte sich auf die Suche nach dem Zauberer; oder aber Zero weinte unter der hohen blauen Spitzhaube, wenn er die Rolle der Prinzessin vom Schattenland mimte. Es war seine Lieblingsrolle und ihr Palast sein liebster Aufenthalt. Die Prinzessin war aufgewacht und mußte feststellen, daß König und Königin und alle Hofdamen fort waren, verschwunden, bis sie in den huschenden Schatten an den kalten Wänden König, Königin, Minister und Diener erkannte. Es war die Aufgabe der Prinzessin, die Schatten in Menschen zu verwandeln.

Es gab einen Elefantenhut und einen Löwenhut; es gab einen Hut mit einem Bild von Elvis Presley und seiner Gitarre; einen schwarzen Spitzhut mit Silbersternen und einen mit einem Studebaker. (Den fand Zero einfach umwerfend; den Studebaker spielte er mit Begeisterung.) Sie waren zu dem Schluß gekommen, daß es sich bei den Hüten um Restbestände handelte, übriggeblieben von irgendwelchen Party-Sets für Feste, die ein bestimmtes Motto hatten, und daß die bebrillte Frau, die das Schreibwarengeschäft betrieb (und nicht danach aussah, als wäre sie in ihrem Leben schon mal auf einer Party gewesen), sie billig im Paket verkauft hatte. Wahrscheinlich waren es ursprünglich acht Hüte für Elvis-Fans gewesen; oder ein Satz von Tierhüten für eine Kinderparty; oder sogar Hüte für einen Autoclub.

In den Geschichten, die Chad und Zero sich ausdachten, mußte jeder an der Handlung des anderen teilnehmen und den jeweils passenden Hut tragen. Zero konnte Chads Handlungsstrang fortführen, und Chad durfte in Zeros Plot Elemente einfügen. Einer sollte den anderen herausfordern und anregen, aber das funktionierte nie, denn das Geschehen wurde einfach immer phantastischer. Der Löwe reparierte platte Reifen; der Frosch belegte für den Zauberer Salamisandwiches mit Kaviar. Die einzige Aufgabe, die es zu meistern galt, war es, schnell den Hut zu wechseln, denn wenn der Frosch unter dem Elvis-Hut hervorquakte, mußte man einen Dollar bezahlen. Oder wenn man einen Moment lang Studebaker gewesen war und sich dann im Nu in Elvis verwandelte, mußte der andere seine Art, sich mit einem zu unterhalten, ändern (denn man redete ja nicht mit Elvis wie mit einem Studebaker) oder aber einen Dollar bezahlen.

Zero mußte nie einen Dollar bezahlen, denn er konnte so

schnell in eine Rolle hinein- und wieder herausschlüpfen, wie Wasser durchs Schilf oder über Kiesel fließt, und kein Hutwechsel von Chad war so schwierig, als daß man sich nicht durch ihn hindurch- oder an ihm vorbeimogeln konnte. Aber seine Lieblingsrolle war stets die Prinzessin vom Schattenland.

An dem Tag, an dem Chad und Zero nach Hause fahren konnten, mußten alle Figuren gemeinsam in einer Geschichte vorkommen, soweit Chad und Zero dies unter hastigem Auf- und Absetzen von Hüten, Verwandlungen in die eine oder andere Person und Erzählungen von ihren Leiden und Abenteuern gelang. Zero sagte, sie würden nun alle gemeinsam im Schattenland leben, Elvis und die Prinzessin, Lear und der Frosch, der Zauberer und der Elefant, der Studebaker und der Löwe.

Am Ende sollte jeder einzelne das Dilemma der Prinzessin lösen; das heißt, einen Weg finden, um die Schatten wieder in König und Königin und Diener zu verwandeln. Doch an jenem letzten Tag erwachten sie bei so hellem und grellem Sonnenlicht aus ihrem Champagnerschlaf, daß sie sich vom Fenster wegdrehen mußten. Draußen blitzte der Porsche in seiner ganzen geranienroten Pracht, und die Leute gingen mit bunten Päckchen auf der Straße auf und ab, von der die letzte Schneeschicht schon fast geschmolzen war.

Um nach Chicago zu kommen und ihren Flug noch zu erreichen, mußten sie sich daher beeilen, sich duschen und rasieren und anziehen und die Koffer in den Wagen schmeißen.

Niemals brachen sie den Zauberbann; nie lösten sie das Rätsel; der Palast blieb voller Schatten, und die Prinzessin irrte seufzend zwischen ihnen umher.

So sah Chad sie zumindest jetzt, als er wieder in Zeros Zimmer saß und dem fallenden Schnee zuschaute. Sah, wie sie die Säulenhallen durchschritt, im Schatten versunken. Er betrachtete Zero, der den gemächlichen Fall des Märzschnees betrachtete, und nahm an, daß der die Frage nicht gehört hatte.

«Erinnerst du dich an Schattenland?»

Und dann dachte er sich, daß Zero keine Lust hatte zu antworten, denn das eisige Schweigen hielt an.

Zuletzt wandte sich Zero vom Fenster ab und sagte: «Dieser verdammte Frosch hat nie Fahren gelernt – er hat Elvis plattgewalzt und den Studebaker zu Schrott gefahren.»

«Worüber amüsieren Sie sich denn so?» fragte Eva Bond mit einem Lächeln.

Das düstere Zimmer in Chads Gedanken wurde von diesem seltsam beleuchteten Raum verdrängt, und er merkte, daß er einige Minuten dagesessen haben mußte, ohne zu antworten.

Chad schüttelte rasch den Kopf und versuchte, sich zu erinnern, was Eva Bond eben gesagt hatte. Er erinnerte sich. «Die Polizei?»

«Der Polizist, der mich zurückrief, sagte, es sei alles in Ordnung. Billy sähe blaß aus, sagte er, und müde, aber er sei angezogen und die Wohnung aufgeräumt. ‹Keine Orgie, Mrs. Bond.› Der Polizist lachte ein bißchen. Er war sehr nett – sehr. ‹Ihre Mutter hat angerufen und will, daß Sie sie zurückrufen, hab ich ihm erzählt.›» Wehmütig betrachtete sie Chad. «Das ist doch ein herrlicher Grund für die Polizei, mal bei einem anzuklopfen. ‹Ihre Mutter hat angerufen.›» Sie seufzte. Dann sagte sie zu ihm: «Ich frag mich, warum er nie den Hörer abgenommen hat.»

Ging es also darum? Sollte er der Bote sein, der die schlimmen Nachrichten überbringt, der die traurige Geschichte von Zerstörung, Elend und Tod erzählt und dann für seine Mühe am Galgen endet? Aus Gründen, die er selbst nicht begriff, wurde er zornig. «Warum fragen Sie Zero nicht selber?»

Sie stand auf, wandte sich zur Balkontür, drehte sich wieder um. «Oh, Billy würde mir das nicht erzählen.»

«Warum nicht, frag ich mich?»

Sie schwieg. «Ich höre da diesen selbstgerechten Zorn in Ihrer Stimme. Er kommt wohl von der Vorstellung eines Zwanzigjährigen darüber, was Eltern sein und tun sollen.» Sie lächelte. «Ich finde, die meisten Kinder sind da naiv und ziemlich moralinsauer.»

«Sind wir das wirklich?» Chad ärgerte sich über die ungerechte Beurteilung, die durch ihr kontrolliertes kleines Lächeln noch schlimmer wurde. Er mußte es ihr zurückgeben. Mit beherrschter Stimme sagte er: «Finden Sie wirklich, daß wir einfach nur – undankbar sind?» Er hatte seine Stimme nicht mehr unter Kontrolle, denn unter ihrem kühl starrenden Blick fühlte er sich wie im Rampenlicht. «Wissen Sie eigentlich, daß Sie uns verdammte Schuldgefühle machen können? Ich frag mich: warum hat Zero Ihnen nicht gesagt, wo er die zwei Wochen lang war? Und warum mußte er heute abend mit Casey diese verrückte Schau abziehen?»

Sie sah ihm ins Gesicht. «Ich fand sie ziemlich gut – verrückt vielleicht, ein bißchen wie das Pokerspiel seines Vaters, aber brillant auf ihre Art. Billy steht gerne im Mittelpunkt.»

«Steht gern im Mittelpunkt? Sehen Sie denn nicht, was dahintersteckt?»

Sie gab keine direkte Antwort darauf, sondern sagte: «Wir hatten alle mal Eltern.» Sie begann, ihren Mantel zuzuknöpfen, wobei sie sich wieder zum Fenster umdrehte. «Wir sind, wie der Dichter sagt, alle mal selber versaut worden.» Sie hielt inne. «Ich hab's schon lange aufgegeben, zu versuchen, den Lauf der Dinge zu verändern. Die Dinge passieren einfach. Man kann weder ihre Richtung verändern noch sie abwenden; so wie man etwa dem Teufel ein Kreuz entgegenstreckt.» Sie hatte die Hand auf der Klinke der Terrassentür und lächelte. «Sie glauben tatsächlich, daß ich ihn nicht liebe, nicht wahr?»

Als sie den Pfad erreicht hatte, drehte sie sich um und winkte zurück.

Er horchte auf das scharrende Geräusch ihrer Absätze im Kies. Dann ging er hinüber zum Schreibtisch und schaute auf das große lederne Buch hinunter, das sie mit den Fingern berührt hatte. Es war ein Fotoalbum von der Art, wie er es vor Jahren gesehen und sich dabei über die Geduld desjenigen gewundert hatte, der es anlegte. Die Ecken der Schnappschüsse steckten in kleinen schwarzen Dreiecken.

Die meisten waren von Zero; manche von Zero und Casey; etwa zwei Dutzend von Zero und seiner Mutter; weniger vom Vater, und noch weniger von der ganzen Familie. Und sie waren mit vielen verschiedenen Kameras aufgenommen worden: Polaroid, fünfunddreißig Millimeter, einer alten Instamatic.

Das Album war abgegriffen, einige der Seiten hatten sich von den Metallringen gelöst. Es war über die Jahre häufig betrachtet worden. Als er es zuschlagen wollte, fielen ein paar lose Bilder aus dem hinteren Teil zu Boden. Chad schaute hinunter und sah Eva Bond, die in ihrem Fliegeranzug wie ein frecher kleiner Junge aussah. Sie lehnte an der einmotorigen Maschine und trug Lederjacke, Helm und einen weißen Schal. Er schien aus weißer Seide zu sein. Einen Augenblick starrte er nur blind auf die Gestalt vor dem Teppichhintergrund. Als er die Hand ausstreckte, um die Bilder aufzuheben, hatte er das seltsame Gefühl, als schaue er auf zwei Leben, die vor langer, langer Zeit gelebt worden und jetzt – unwiederbringlich – in Vergessenheit geraten waren. Er dachte an Zero, wie er in jenem dunklen Zimmer gesessen hatte; er dachte an Zeros Mutter, die noch vor einem Augenblick an der Glastür gestanden hatte. Er fühlte sich krank.

Als er das Motorengeräusch hörte, ging Chad hinaus, um den von ihr eingeschlagenen Pfad zur Garage hinaufzuschauen, die groß genug war, um ein halbes Dutzend Autos zu beherbergen. Die Scheinwerfer von Maurice Bretts BMW glühten. Der Wagen stieß zurück, spritzte beim Beschleunigen nach allen Seiten den Kies auf und machte fast einen Satz auf die lange Auffahrt.

Was?

Er konnte es nicht glauben. Sollte dieses Leichtgewicht von Maurice Brett jetzt noch zum Schicksal werden?

Zero stand am Fenster über dem Pfad, den seine Mutter gerade eingeschlagen hatte, und war dabei so in Gedanken versunken, daß Chad zweimal seinen Namen sagen mußte.

Er schaute sich um. Es war, als sei Chad jemand, den er von früher kannte, von dem er aber nicht so recht wußte, wo er ihn hinstecken sollte. Sein Gesicht war aschfahl. «Wo will sie hin?»

«Was? Wer? Wovon redest du?»

Zero war wie der Blitz durchs Zimmer geschossen und die Treppe hinuntergerannt. Chad folgte ihm, sah ihn in das große Wohnzimmer laufen, das nun, bis auf den abgestandenen Champagner, halbausgetrunkene Cocktails und aufgeweichtes Essen völlig leer war. Er hörte das Geschrei. Er hörte das Geräusch zerbrechenden Glases. Dann entdeckte er Casey in der Halle, in einem alten Bademantel und Slippern, die nach Zeros Lederpantoffeln aussahen.

«Geh ins Bett», sagte Chad.

Aber sie starrte ihn nur an und drehte dabei unentwegt den Gürtel ihres Bademantels hin und her.

Als Chad es noch einmal sagte, machte sie sich wieder auf den Weg in ihr Zimmer. Doch als er den Fuß der Treppe erreicht hatte, stand sie noch immer da oben und schaute über das Geländer.

Will Bond sah zu seinem Sohn hoch. Er hielt einen Drink in der Hand, bis Zero ihn ihm wegriß und an die Wand schleuderte. Was ihm der Vater auch sagen wollte, es ging im Geschützfeuer der Gläser und Flaschen unter – die gegen die Terrassentür, gegen den riesigen Spiegel über dem offenen Kamin, in den Kamin selber schlugen. Und Zero brüllte: «Du hast es gewußt, oder? Du hättest es verhindern können. Verdammt noch mal, sie ist meine *Mutter*!»

Zero raste, ohne Chad überhaupt anzusehen, an ihm vorbei zur Eingangstür. Es dauerte nur fünfzehn Sekunden, da hörte Chad den Motor des Porsche röhren.

Mein Gott, er würde hundertsechzig fahren, so wie Chad ihn kannte. Der Porsche würde sie vielleicht sogar überholen, trotz ihres großen Vorsprungs. Und konnte der Jaguar der Bonds da mithalten?

«Was, zum Teufel, geht hier vor?» fragte Will Bond, der nur noch wankte und schwankte, nicht vom Wodka, sondern von dieser Attacke auf seine Sinne.

«Geben Sie mir Ihre Autoschlüssel! Bitte!»

Will Bond rührte sich nicht, sah Chad nur aus trüben Augen an.

«Geben Sie mir die Schlüssel für den Jaguar, verdammt!»

Benommen griff Zeros Vater in seine Hosentasche und warf ihm die Schlüssel zu.

Der Jaguar raste in einer scharfen Kurve die Auffahrt hinab. In fünf Minuten erreichte er die Bundesstraße und mußte sich entscheiden: Norden oder Süden? Er bog scharf nach Süden ab und drückte kräftig aufs Gas. Schnell stellte er fest, wie kraftvoll dieser Wagen war. Chad hörte ein Geräusch hinter sich, schaute in den Rückspiegel und sah Casey, noch immer im Bademantel, nach vorne klettern.

Der Jaguar machte einen Schlenker, und sie wären fast in den Straßengraben gefahren. «Mein Gott! Du hättest dabei umkommen können!»

Die Schultern im Bademantel zuckten gleichgültig. «Na und? Ich sterb ja sowieso.»

4

Wieviel Vorsprung hatte Zero? Fünf, vielleicht zehn Minuten. Aber er fuhr einen Porsche; er konnte den BMW überholen. Der BMW würde nicht mit überhöhter Geschwindigkeit fahren.

Der Porsche würde ihn überholen, ja. Und was dann? Chad konnte sich vorstellen, wie Zero an sie heranfahren und ihnen wie ein Polizist bedeuten würde, an den Straßenrand zu fahren. Und wenn sie das nicht taten, würde Zero den BMW immer im Auge behalten, auch wenn er zu dicht auffahren mußte. Aber der Wagen würde anhalten. Chad hoffte zumindest, daß Zero nicht so dumm wäre und versuchen würde, sie von der Straße zu drängen.

Chad versuchte, sich den Ausdruck auf Eva Bonds Gesicht vorzustellen, das Wirrwarr der Gefühle, das sie mit Sicherheit überwältigen würde, wenn sie erkannte, daß sie Billy soviel bedeutete, daß er ihr ohne zu überlegen nachraste.

Wie, fragte er sich, hatte dieses unausgesprochene, chronische Leiden begonnen? Und was trieb die beiden dazu, es immer wieder anzuheizen?

Wenn er hundertdreißig fuhr, dann fuhr der Porsche wahrscheinlich hundertsechzig. Wiesen, Farmen und Zäune flogen verschwommen, kaum voneinander unterscheidbar, vorüber. Er fuhr zu schnell; er kannte diesen Wagen nicht, wußte nicht, wie stark er noch beschleunigen konnte, bevor es sie in den Straßengraben schleuderte oder an die Felswand zu ihrer Linken. Er ging auf hundert herunter. Und sogar bei diesem Tempo sausten zwei Autos an ihm vorbei, eines davon mit einer großen Schar aufgekratzter, angetörnter junger Leute.

Casey schien auf dem Beifahrersitz in ihrem großen gesteppten Bademantel zusammengeschrumpft zu sein. Sie hatte schon seit Meilen nichts mehr gesagt; sie mußte wohl eingedöst sein. Und dann sah er, wie sich die doppelten rotblauen Scheinwerfer des Streifenwagens näherten. Scheiße! Er hämmerte auf das Lenkrad und wollte schon an den Straßenrand fahren, als der Polizeiwagen an ihm vorbeiraste. Hinter ihm kam noch einer, beide mit heulenden Sirenen, und hinter dem zweiten Wagen zwei Polizisten auf Motorrädern. Er drosselte das Tempo und fuhr auf die Seite.

«Was ist los?» Casey setzte sich auf.

«Nichts. Schlaf weiter.»

«Schlafen? Wer sagt denn, daß ich geschlafen habe? Wie soll man denn schlafen, verdammt, wenn du einen ums Verrecken nicht schlafen läßt und eine Horde Bullen hinter dir her ist?»

Er steuerte den Wagen erneut auf die Fahrbahn und beschleunigte wieder auf hundert. «Sie sind doch nicht hinter mir her. Und jetzt sei endlich still! Ich hab dich schließlich nicht gebeten mitzukommen, oder? Er fragte sich, ob sie wußte, ob sie je geahnt hatte, daß ihre Mutter mit einem anderen Kerl vögelte.

Ihre Stimme klang sehr tief, als sie sagte: «Wir holen ihn nie ein.»

Chad fragte sich, ob Casey das wörtlich oder im übertragenen Sinn meinte – oder aber beides. Sie klang sehr traurig.

Dann hörte er das Heulen eines Krankenwagens, der sich aus der entgegengesetzten Richtung näherte. An der Kurve direkt vor ihnen sah er ein Riesendurcheinander von Streifenwagen, Bullen und Zivilisten, deren Gesichter durch das blinkende Licht in ein ungesundes Rosa getaucht wurden. Egal zu welcher Tages oder Nachtzeit, es gab immer Leute, die sich einen Unfall nicht entgehen lassen wollten. Es mußte ein Wahnsinnsunfall sein.

Und die Quelle des Lichts war ein Feuer. Ein Polizist winkte ihn zur Seite. Er hatte den Jaguar kaum zum Stehen gebracht, als er auch schon die Tür aufriß und Casey zubrüllte, sitzen zu bleiben.

«Was ist? Was ist denn?» Ihre Stimme war heiser, die Augen weitaufgerissen und starr vor Entsetzen. «Was ist denn passiert, Chad?» Sie begann zu weinen.

«Ein Unfall.» Er legte ihr den Arm um die Schultern und bat sie, doch bitte im Auto zu bleiben, denn er wußte, daß sie aussteigen und ihm folgen würde. Chad war nur ein paar Meter gegangen, als ein Polizist ihn anhielt: «Is gesperrt, Junge.» Chad erinnerte sich an die anderen Autos, die beiden, die ihn überholt hatten, die Teenager, die offensichtlich von irgend etwas high waren.

Chad schluckte. «Ist jemand lebend davongekommen?»

Der Polizist ignorierte die Frage.

«Hören Sie! Ein paar von den Leuten vor mir hab ich gekannt. Meine Güte, wenigstens eine einfache Frage könnten Sie doch beantworten!»

Kaugummikauend rückte der Bulle seine Brille zurecht. «Aus dem Ding wär keiner mehr lebend rausgekommen.» Er machte eine Kopfbewegung in Richtung der Überreste eines Autos. Chad hatte noch nie einen derart ausgebrannten Wagen gesehen. Einzelne Teile waren auf die Straße geschleudert worden – ein Reifen, eine zerschmetterte Tür; die Karosserie war völlig verkohlt.

«Bitte, Officer, können Sie sich bitte nach etwas erkundigen? Sehen Sie, meine Mutter ist ein paar Meilen vor mir gefahren.» Seine Stimme klang flehend.

«Wart mal ’n Moment.» Die Stimme des Polizisten war voller Mitgefühl. «Was für ’n Auto issie gefahrn, Junge?»

«BMW.» Er erstickte fast in der Hitze und dem Rauch.

Der Bulle ging weg, sprach mit einigen anderen und kam dann wieder zurück. «Es war kein BMW.» Sogar der Polizist schien erleichtert. Wahrscheinlich hatte er es satt, immer nur schlechte Nachrichten zu übermitteln. «Sportwagen. Vermutlich ein Porsche.» Er steckte sich die Hände in die Achselhöhlen, sah sich das schwarze Ding noch einmal genauer an und fügte hinzu: «Is mal rot gewesen.»

5

Chad stürzte in Richtung Feuer, doch der Arm, der herausschoß und ihn zurückhielt, war wie ein Schraubstock. «Mein Gott, Junge, da ist doch nix mehr zu machen, es sei denn, du kannst durchs Feuer gehen.» Dann riß der Polizist plötzlich den Kopf herum und sagte: «Kümmer dich um deine kleine Schwester.»

Casey stand ein paar Schritte hinter ihm, und die Tränen strömten ihr über die Wangen. «Es ist Mammi, nicht wahr?» Ihre Stimme klang gepreßt; sie schluckte.

Chad legte wieder den Arm um sie. Durch den dicken Bademantel fühlte sie sich klein und knochig an.

«Es ist nicht deine Mama.»

Nach ein paar weiteren Minuten waren die Flammen fast erloschen. Alle – Polizisten, Sanitäter, Schaulustige – standen wie versteinert da und sahen zu, wie sich der Umriß des ausgebrannten Autos in Rauch und Asche verwandelte, die in die Höhe stiegen, als das Feuer langsam erlosch. Immer noch hielten Autos an, und die Fahrer und Mitfahrenden stiegen aus. Eine Gestalt ging langsam durch die schimmernde Hitze auf das Wrack zu.

Es war eine Frau. Es war Eva.

Sie blieb gut zehn Schritte davor stehen und sah über Caseys Kopf hinweg Chad in die Augen – ihre eigenen Augen waren von Grauen erfüllt und wirkten im Spiel der letzten züngelnden Flammen dunkel, hohl, ausgebrannt. Chad legte die Wange an Caseys weiches Haar, löste ihre Arme von seiner Taille und drehte sie um. Casey brüllte und rannte auf sie zu.

Es war, als seien die Positionen nun einfach vertauscht, dachte er, und fand es fast unmöglich, daß er die Augen nicht niederschlug.

Seine Gedanken verwirrten sich, sein Blick wanderte über die Menge, über die Trümmer, die wäßrigen Spuren der Schläuche, die pulsierenden Lichter der Streifenwagen, schwarze Wagen glänzend wie Lack, und Scheinwerfer, die ihr Licht über die Straße ergossen. Er hatte sich getäuscht; er hatte sich völlig getäuscht.

Er schaute zurück auf die Frau in dem alten Mantel, die offensichtlich allein hierhergekommen war, in deren silberfarbenes Haar plötzlich ein Windstoß fuhr und deren weißer Schal sich löste und davonflatterte.

Er wußte nicht, wie lange sie noch dort standen und zusahen, wie das Feuer in dem ausgelaufenen Öl erstarb, das einen gezackten Kreis um das verkohlte Auto bildete, wo die Feuerwehrleute in ihrem schweren Ölzeug, unbeirrbar mit ihren Schläuchen schwenkend, hin und her gingen.

Unter Hüten, die ihnen zu groß zu sein schienen, warfen die letzten Flammen Reflexe auf ihre Gesichter, zarte Gewebe aus Licht und Dunkel, und Chad dachte an Schattenland.

VIERTER TEIL

Ramon Fernandez

I

Eine Fremde, eine vollkommen Fremde, dachte sich Sam und blickte auf den Körper von Elizabeth Hooper, der auf der blutverkrusteten Erde lag. Oder das, was von ihm übrig war. Nicht nur die Kehle war aufgeschlitzt; ihr ganzer Leib war verwüstet, die Spur des Messers zog sich vom Hals bis zur Scham. Sie lag da, in den Fetzen, die von ihrem Unterrock, dem Büstenhalter und der Unterhose übriggeblieben waren. Ihr weißer Mantel war achtlos beiseite geworfen. Das Kleid war spurlos verschwunden.

Sams ganze Mannschaft und die Hälfte der Truppe von Elton County waren da, obwohl es sich um Sams Zuständigkeitsgebiet handelte. Er hatte Sedgewick angerufen und ihn um Verstärkung gebeten, und er solle doch auch die Beamten von der Spurensicherung mitbringen; die örtliche Polizei verfügte weder über die Ausrüstung noch die Erfahrung der Kreispolizei. In Wirklichkeit wollte er dem Sheriff nur schmeicheln, damit der herüberkam und mit eigenen Augen sah, wie Elizabeth Hooper ausschaute.

Sedgewick stand fett und stirnrunzelnd da, wärmte sich die Hände unter den Achseln und schüttelte den Kopf. «Das hier wird alle Frauen in Panik versetzen. Unmöglich, das geheimzuhalten, wo sie 'ne Auswärtige ist. Und die Reporter haben wir ab heute bis in alle Ewigkeit am Hals.»

«Ist das nun eine vordringliche Angelegenheit oder nicht? Glauben Sie nun langsam, daß die Frauen hier in der Gegend ihre Türen absperren und keine Mitternachtsspaziergänge mehr machen sollten?»

Sedgewick zerrte sich die Hose hoch, um sich für den Streit

zu wappnen, aber er kriegte den Gürtel nicht über die Bierwampe.

«Elizabeth Hooper war aus der Stadt, wie Sie ja gesagt haben», fuhr Sam fort. «Sehr ruhig, sehr nett. Hatte mit niemandem hier was zu tun. Ist nur einmal im Monat, wenn sie ihren Sohn besuchte, hier durchgekommen. Ganz anders als die Perry oder die Butts – aber sie ist genauso übel zugerichtet worden wie die beiden, nicht wahr? Wie die beiden und Nancy Alonzo.»

Sedgewick wußte jetzt, wohin der Hase lief. «Moment mal, DeGheyn. Versuchen Sie wieder, das mit den anderen in Zusammenhang zu bringen? Versuchen Sie immer noch, Boy Chalmers zu entlasten? Scheiße, bevor ich mich auf ihre hausgemachten Theorien verlasse, glaub ich eher, daß er wieder ausgebrochen ist.»

Obwohl er sich ärgerte, zog Sam seine Zigaretten heraus und bot Sedgewick eine an, der sich zwei nahm und eine hinters Ohr klemmte. Sie zündeten sie an. «Ist er aber nicht, oder? Diesmal wird Chalmers scharf wie 'n Jungfernarsch bewacht.» In seiner Stimme war nicht der geringste Anflug von Sarkasmus, als er versuchte, in Sedgewicks Metaphern zu sprechen. Wenn er bloß den Sheriff, den Bürgermeister, die Staatsanwältin dazu brachte, das Offensichtliche anzuerkennen: Es war schon immer ein anderer gewesen und nicht Boy Chalmers.

Es würde nicht leicht werden.

«Meeein Gott, DeGheyn!» Sedgewick versuchte es mit einem Achselzucken und einem falschen kurzen Lachen abzutun. «Sie sind nicht zufrieden, ehe Sie nicht einen Serienmörder präsentieren können, oder?»

«Ich wär schon zufrieden, Sheriff.» Sams Lächeln war dünn. «Aber ob er's wohl auch wär?»

Sedgewick steckte seine Daumen in den breiten Gürtel und ignorierte diese Bemerkung. «Vier Morde in... was? Drei Jahren? Is ja kein Vergleich zu New York City, oder?»

«Fünf, Sedgewick.»

«Hä?» Er kaute seinen Tabak ein bißchen langsamer, musterte Sam argwöhnisch, als wollte der ihn reinlegen.

«Eunice Hayden.»

«Von was, zum Teufel, *reden* Sie da?»

«Von fünf Morden in vier Jahren. Hat irgendwie eine bedrückende Regelmäßigkeit, finden Sie nicht?»

Sedgewicks Kiefer hörten auf zu mahlen, und er spuckte aus. «Scheeeii-ßße. Dieses Mädchen war was ganz anderes. Sie war noch ein Kind. Und sie ist auch nicht vergewaltigt worden», fügte er lahm hinzu. Um vom Hayden-Mord wegzukommen und Sam zu zeigen, daß er mitdachte, sagte er: «Ich frag mich bloß, wo, zum Teufel, die Klamotten von der Hooper sind? Ihr Kleid, mein ich? Also, das ist noch nie vorgekommen, so daß ich mir diesmal denke, daß der Killer sich einen – wie heißt das wieder? Einen Fetisch geholt hat. Jaaa. Einen Fetisch.» Er leckte sich die Lippen und kaute wieder schneller, so als schmecke er das Wort auf der Zunge. «Wissen Sie, was ich glaube? Ich glaube, das ist vielleicht einer von diesen Stadtpsychopathen, der der Frau hierher gefolgt ist. Vielleicht hatte sie Probleme mit irgend so 'nem Verrückten in der Stadt. Was wissen wir denn überhaupt von ihr?» Er schien ziemlich stolz auf diese Einsicht zu sein und schenkte Sam sogar ein verkniffenes Lächeln, da er dachte, er habe ein weiteres Loch in das Gewebe von Sams Schlußfolgerungen gerissen. Dann rief einer seiner Männer nach ihm, und er entfernte sich.

Sam antwortete nicht. Er mußte wohl dankbar sein, daß dieser Mord im Wald geschehen war, fern von den anständigen Bürgern von La Porte, die alle noch brav in ihren Betten lagen. Und die Ambulanz war aus der anderen Richtung, aus Hebrides, gekommen. Warum Dr. Hooper diesen schmalen, unbefestigten Pfad eingeschlagen hatte, konnte er sich nicht vorstellen. Diesen Waldpfad entlangzugehen, zu so später Stunde... Vielleicht konnte sie nicht schlafen.

Und Sedgewick hatte da nicht ganz unrecht. Was wußte er denn über Elizabeth Hooper? Nur, daß sie seit bestimmt schon einem Jahr in La Porte Halt machte auf ihrer Fahrt zur Schule ihres Sohns. Das hatte ihm Maud erzählt. Sam hatte Dr. Hooper zehn, vielleicht auch zwölf Male gesehen, gewöhnlich im Rainbow, wo sie sich ein Plätzchen erobert hatte und dort neben Ulub und Ubub oder Dodge, Wade oder Sims an der Theke saß. Wo sie höflich war, wenn Dodge ihr eine Frage stellte. So höflich wie nur möglich, wobei sie ihm nie eine richtige Antwort gab.

Mit Maud jedoch unterhielt sie sich; was Sam über Dr. Hooper wußte, wußte er von Maud. Wie sie das Sorgerecht für ihren Sohn aufgegeben hatte, ein Verhalten, das für Maud so fremd war wie das eines Außerirdischen. Unirdisches Zeug und manches davon so fremd, hatte Maud gesagt, wie dieses Raumschiff in «Begegnung der dritten Art». Sam hatte ihr gesagt, daß er dies für einen merkwürdigen Vergleich halte.

Tja, hatte sie gesagt, die Leute schwebten davon, kamen zurück, flogen wieder davon, so daß man fast den Eindruck bekam, daß es diese anderen Welten, in die sie gingen, diese Orte, von denen wir keinerlei Kenntnis hatten, tatsächlich gab. (Es endete immer bei diesem «wir»; Sam sollte wohl genauso wenig über diese Dinge wissen wie Maud selber, hatte er festgestellt.) Da gab es diesen Ort, an dem Chads Freund lebte – Belle Harbor. Maud verlegte Belle Harbor in ihren Phantasien auf einen anderen Planeten. Sam hatte sie daran erinnert, daß es fast so groß wie La Porte war und nur gut hundertfünfzig Meilen weiter oben an der Küste lag. Wie La Porte war es landeinwärts gelegen. Aber es war viel, viel reicher.

Er blickte auf die Leiche von Elizabeth Hooper hinab und dachte an das Schicksal. Sam war selten fatalistisch und hatte dem Schicksal nie so große Bedeutung zugemessen wie in dieser Nacht. Warum hatte sie hier in La Porte Halt gemacht?

Elizabeth Hooper hätte doch ohne weiteres im reichen, schicken Belle Harbor übernachten können. Seine großen, mit Teichen übersäten Grundstücke waren voll großer blendendweißer Häuser, Häfen, Anlegestellen für die Yachten in der Bucht – ein Reiche-Leute-Paradies. Dr. Hooper wirkte, als sei sie reich, Dr. Hooper hatte Format.

Dr. Hooper war tot.

Gerade waren etwa zwanzig Männer in den Wald ausgeschwärmt. Bisher hatte keiner etwas entdeckt. Sam stand da und betrachtete den Körper, das Gesicht, auf dem keinerlei Spuren der bestialischen Attacke zu sehen waren. Er hatte immer gefunden, daß sie eine wirklich schöne, sympathische Frau war, auch wenn sie nie ein Gespräch begann, sondern nur einmal im Monat, pünktlich wie ein Uhrwerk, ins Café kam. Er hörte das weiche Plopp eines Kiefernzapfens, dachte an ihren Sohn. Mein Gott, wie würde der Junge damit fertig werden?

Konnte es Schlimmeres geben als den Tod der eigenen Mutter? Mütter durften eigentlich nicht sterben. Er dachte daran, wie seine eigene Mutter sich eines Nachts im Schlaf davongestohlen hatte. Er selbst hatte sie gefunden, und er fuhr fort, mit der Frau im Bett zu reden, die Rolläden hochzuziehen und ihr zu erzählen, es sei ein herrlicher Oktobertag, zu verleugnen, zu verleugnen und noch einmal zu verleugnen. Als seine Schwester ins Zimmer kam, redete Sam noch immer und stellte Fragen. *«Stimmt's, Mom?»* Solche Sachen. Seine Schwester war zehn Jahre älter und stark, aber sie mußte all ihre Kraft zusammennehmen, um den schreienden siebenjährigen Bruder aus dem Zimmer zu zerren.

Die Männer hatten den Körper auf die Bahre gelegt und trugen Elizabeth Hooper fort. Es ergab einfach keinen Sinn; es war keine Ordnung darin. Vielleicht, dachte er, als er die Bahre im Wald verschwinden sah, konnte er Sedgewick dazu überreden, den unvermeidlichen Anruf beim Exmann oder

(Gott steh uns bei) dem Sohn aufzuschieben. Er könnte hinfahren. Vielleicht konnte er Maud überreden mitzukommen; wenn sich jemand in die Gedanken eines Kindes einfühlen konnte, dann Maud.

Sam fragte sich, ob er Chad anrufen sollte. Maud würde sich über den Mord an Elizabeth Hooper furchtbar aufregen. Elizabeth Hooper war neben Sam und neben Chad vielleicht der liebste Mensch für Maud. Sam war unverhältnismäßig ärgerlich, weil Chad gerade jetzt nicht da war, als ob Chads Anwesenheit den entsetzlichen Schmerz von Elizabeth Hoopers Sohn irgendwie hätte aufheben können. Denn Sam war sich sicher, daß der Junge seine Mutter, die ihn verlassen hatte, letzten Endes mehr liebte als den Vater, der bei ihm geblieben war.

Und er fragte sich, wie schon so oft, wie es wohl wäre, Vater oder Mutter zu sein. Diese Art von Liebe war sehr seltsam. Es war fast ein bißchen so, als würde man, je mehr man liebte, um so weniger gebraucht. Es war wie ein Urteil.

«Nanu, ich muß schon sagen. Hab nie einen erwachsenen Mann heulen sehn.»

Der Sheriff war wieder da. Sams Kragen fühlte sich feucht an, und als er sich ins Gesicht faßte, war auch seine Hand naß.

«Sogar Sie, Sedgewick – sogar Sie müssen eine Mutter gehabt haben. Verpissen Sie sich!»

Sam drehte sich um und ging zu seinem Streifenwagen.

2

Er hatte das blaue Kleid sorgfältig gewaschen und es schon beinahe – ebenso sorgfältig – fertig gebügelt. Er war es nicht gewöhnt zu bügeln, und es wäre ein Sakrileg, wenn er einen Brandfleck darauf machen würde.

Schließlich hielt er es hoch. Glatter ging es gar nicht. Keine einzige Falte.

Er holte Kissen von der Couch und aus einem der anderen Schlafzimmer und ging mit dem blauen Kleid in sein eigenes Schlafzimmer.

Ganz vorsichtig stopfte er das Kleid aus. Die kleineren Kissen schob er in Richtung Hals, damit sie die Büste ausfüllten, die größeren zwängte er unter den Rock. Er wünschte sich, er hätte auch den BH und das Höschen mitgenommen, hatte er aber nicht, muß man sich eben mit dem begnügen, was man hat.

Sobald das Kleid ausgestopft war, legte er es auf sein Bett. Dann zog er sich aus und legte sich selber in das Doppelbett. Er schlang die Arme um das blaue Kleid und begann zu weinen, hemmungslos Rotz und Wasser zu heulen.

Sie würde es verstehen. *Sie* würde das Richtige sagen. *Sie* würde ihm erklären können, daß das Leben nicht verrückt war, auch wenn es so aussah, sie würde ihm sagen, daß Gott einen Plan hatte, der sich, so verrückt hier unten auch alles zu sein schien, eines Tages offenbaren würde. Er würde sich offenbaren, fast wie die Sünden in der Beichte. Wie sehr er sich wünschte, in sie hineinzukriechen. Er könnte ein Loch in das erste Kissen unter dem Rock schneiden; er könnte die Schere holen und ein Loch schneiden, er könnte...

3

Einige Grüppchen verließen die Party, und Maud wurde unruhig. Es war erst zwei Uhr, und sie wußte, wie lange diese Partys dauern konnten; dennoch signalisierten die, die zum Dock hinuntergingen, daß irgendwann die Lichter ausgehen würden. Jetzt war Labor Day, dachte sie. Und der Labor Day bezeichnete das Ende von allem. Man würde das Haus da drüben winterfest machen; Raoul und Evita würden nach Manhattan zurückkehren; und Chad wäre wieder auf der Universität. Sein letztes Jahr. Sam durfte das nicht aussprechen, aber sie sagte es sich wohl ein dutzendmal am Tag vor.

Sie spürte, wie die Angst in ihr hochstieg. «Panik» war wohl ein besserer Ausdruck dafür. Sie wünschte wahrhaftig, Dr. Hooper wäre da. Ja, dies war eines von den Dingen, mit denen nur Dr. Hooper fertig werden konnte. Gewöhnlich ergriff die Panik sie entweder kurz vor dem Einschlafen oder direkt nach dem Aufwachen. Wahrscheinlich, weil dann ihre Abwehr geschwächt war. Sie spürte, wie es anfing, ein schwaches schwirrendes Geräusch und ein Brausen. Bald verschlang es sie dann vollständig; sie verlor das Gehör, ihr Blick trübte sich. Unfähig, sich zu bewegen, unfähig, sich an etwas festzuklammern, weder an der Sessellehne noch an der Lampe; es gab nichts, was sie auf dem Boden, auf dem Pier hielt. Maud konnte nichts hören außerhalb dieses außerirdischen Raumes, in dem das ferne Schwirren wuchs und wuchs, bis sie schließlich nur noch das Schlagen riesiger Flügel hörte.

Es war fürchterlich. Es war entsetzlich. Es war, als befände man sich im Auge des Sturms – schlimmer wahrscheinlich, denn ein Tornado war wenigstens eine Naturkatastrophe.

Der einzige Mensch, dem sie davon erzählt hatte, war Sam. Er hatte gesagt, er wolle eine Weile darüber nachdenken und daß es ihn an etwas erinnere, das er gelesen hatte. Ein paar Tage später war er ins Rainbow gekommen und hatte ihr ein Buch gegeben, das vom Leben nach dem Tod handelte.

«Ich glaub nicht an das Leben nach dem Tod», hatte sie in etwas boshaftem Ton gesagt. «Ich glaub nicht an den Tod.»

«Interessant», sagte Sam.

«Wenigstens nicht für mich oder Chad.»

«Wie erklärst du dir dann, daß Sonny Stuck mit dieser riesigen Leichenhalle so viel Geld verdient? Mit dem schönsten Gebäude von La Porte?»

Sie wischte mit dem Scheuerlappen fest über die Theke und runzelte die Stirn. «Ich weiß nicht. Das ist irgend so ein Trick. Aber darum geht's ja wohl nicht. Was steht in dem Buch?»

«Lies es», hatte Sam gesagt und war dann gegangen.

Es war erstaunlich. Es gab unzählige andere Menschen, die ein wie von Schwingen erzeugtes Windesbrausen gespürt hatten. Sie fühlte sich besser, weil sie nun wußte, daß sie nicht allein war. Sie fühlte sich schlechter, als sie las, daß dies einer – gewöhnlich der erste – von mehreren Schritten zu einer Art außerkörperlichen Erfahrung war. Maud fühlte manchmal, daß etwas sie vom Pier zerren wollte. So wie manche Leute während einer Operation über dem Tisch schwebten und den Ärzten und Krankenschwestern dabei zugucken konnten, wie sie auf ihre Überbleibsel loshackten. Nein, danke. Dann berichteten alle von einem strahlenden Licht. Das war gewöhnlich der letzte Schritt. Oder zumindest der letzte Schritt vor dem ersten Schritt ins Land der Toten.

Wenn sie nur durchhielt, würde sie die Panik überwinden können; und so war es auch. Das Pier unter ihren Füßen wurde wieder fest, und alles war, wie es sein sollte. Nur daß sie überzeugt war, sterben zu müssen. Oh, nicht dieses blöde Seele-verläßt-Körper. Es würde kein strahlendes Licht geben, und auch die Toten, die sie geliebt hatte, würden nicht erscheinen.

Sie dachte jetzt an Dr. Hoopers Sohn. Sie hatte einen Schnappschuß von ihm gesehen und fand, daß er sehr gut aussah; er hatte große Ähnlichkeit mit seiner Mutter. Maud wünschte sich auf einmal, sie hätte Dr. Hooper heute nacht auf das Pier eingeladen. Das war allerdings ein alberner Gedanke; die Vorstellung, jemanden wie Dr. Hooper einzuladen: «Hey, hätten Sie Lust auf einen Drink unten am Pier?» Also wirklich.

Dr. Hooper übernachtete manchmal in der Pension Stuck respektive «Branntwein», wie das Haus auch genannt wurde. Vielleicht war sie zum Abendessen in eines der Lokale gegangen, das die Leute vom See frequentierten, wie zum Beispiel das Silver Pear, ein Restaurant, das sich auf Kuriositäten spezialisiert hatte. Es war kurios und teuer, und sie und Chad konnten es nicht ausstehen. Dr. Hooper würde es wahrscheinlich auch nicht mögen, obwohl sie es sich ohne weiteres leisten konnte, dort statt im Rainbow zu essen. Schon aus ihrer Kleidung konnte man ersehen, daß sie in ihrem Beruf erfolgreich war. Vielleicht war sie auch im «Branntwein» geblieben und ins Bett gegangen; wahrscheinlich war sie genauso ungern unter Menschen wie Maud selber. Aber zumindest konnte Dr. Hooper sich auf vier oder fünf weitere Jahre freuen, während deren sie ihren Sohn an Wochenenden und in den Ferien sehen würde, denn er ging erst in die zweite Klasse der *prep school*.

Maud zündete sich eine Zigarette an und beneidete Dr. Hooper. Nein, eigentlich tat sie das nicht, denn ein Nachteil war, daß der Junge bei seinem Vater lebte. Bei seinem Vater lebte und seinen Vater vielleicht sogar lieber mochte, denn hatte ihn seine eigene Mutter nicht im Stich gelassen?

Dr. Hoopers Sohn tat ihr leid. Und sie fragte sich, ob er seiner Mutter je verziehen hatte. In Mauds Augen war sie eine so wunderbare Frau – ruhig, gelassen, intelligent. Hinreißend – ja, hinreißend. Sam hatte das gesagt. Maud dachte an diesen Film mit Meryl Streep und Dustin Hoffman, wo Meryl Streep den Mann und den kleinen Jungen verlassen hatte. Sie erinnerte sich, wie eloquent Meryl sich am Ende verteidigt hatte, und war überzeugt, daß Dr. Hooper das genauso könnte, wenn sie wollte.

Sie selber hätte Chad nie und nimmer so verlassen können, sah dies aber nicht als etwas Positives an. Sie glaubte nicht, daß Meryl Streep und Dr. Hooper ihre Kinder weniger liebten. Sie hatten sich nur an irgendeinem Punkt vorstellen können, auch getrennt von ihnen zu leben. Maud konnte das nicht.

Gut, der Sohn der Hoopers könnte ja durchaus den Vater vorziehen. Aber welches Recht hatte Ned, nachdem er mit dieser Toyota-Verkäuferin davongelaufen war, wieder in ihr Leben hereinzutrampeln und einfach weiterzumachen, fast so, als sei er nie gegangen? Und dadurch in Chads Augen fast einen gewissen Glanz zu gewinnen. Der Verlorene Dad. Der viel liebenswerter war als die daheimgebliebene Mom, die einfach nur da war, und das auf so langweilige Weise. –

Oh, Gott, mach dich nicht lächerlich. Und dennoch blieb sie auf der Hut, hielt Ausschau nach Zeichen dafür, daß Chads Zuneigung sich von ihr ab- und Ned zuwandte.

Sie blinzelte über den See. Ein weiteres Paar kam von der Party zum Dock herunter.

Schließlich wußte Chad nicht, warum sein Vater fortgegangen war, und gelegentlich machte er Andeutungen, daß sie vielleicht daran schuld sei. Mit diesem Gedanken spielte er gerne, das wußte Maud, denn er erkannte, wie er dabei Schuld zuweisen konnte. Sie hatte ihm nie erzählt, daß sein Vater mit einer anderen durchgebrannt war. Nicht, weil sie so edelmütig war. Sie hob sich dieses spezielle kleine Überraschungsei bloß auf für den Fall, daß es einmal so aussah, als wolle Chad bocken und zum Feind überlaufen.

Maud kaute an der Haut um den Daumennagel. Na ja, vielleicht war das nicht so ganz genau der Grund, warum sie es Chad nicht erzählt hatte. Eigentlich war es ihr peinlich, daß es ihr gar nicht so viel ausgemacht hatte, als Ned mit dieser Verkäuferin von Toyota abgehauen war, derjenigen, die ihnen ihr letztes Auto verkauft hatte. Maud erinnerte sich, daß sie drapierte seidige Kleider von der Art, wie Velda sie bevorzugte, getragen hatte, mit breiten Gürteln und Schulterpolstern. Maud konnte sich nicht mehr entsinnen, ob sie Velda ähnlich gesehen hatte – wahrscheinlich nicht, denn Velda war Mannequin. Maud hatte nie erfahren, wo Ned Velda kennengelernt hatte oder was aus der Toyota-Verkäuferin geworden war.

Maud fand die Kleider, die Dr. Hooper trug, viel schöner. Heute hatte sie ein blaues, äußerst schlichtes, diagonal geschnittenes Leinenkleid angehabt, das wahrscheinlich ein Vermögen gekostet hatte. Maud sah so etwas; sie hatte früher selber genäht. Maud fragte sich erneut, ob Dr. Hooper wohl in eines der Seerestaurants zum Abendessen gegangen war. Vielleicht ins Silver Pear.

Im Silver Pear aß man nicht bloß, man hatte ein «kulinarisches Erlebnis». Es war eines jener Restaurants, die große Versprechungen, aber nur kleine Portionen zu bieten hatten. Chad hatte noch einen zweiten Korb Brot bestellen müssen, um satt zu werden. Es befand sich in einem alten viktorianischen Haus etwa eine Meile seeaufwärts. Die Besitzer waren Gaby und Julian (Gastronomen hatten immer solche Namen, war Maud aufgefallen, sie hießen nie «Mary» oder «Bob»), und sie hatten die ursprüngliche Baustruktur sorgfältig erhalten und die Salons im Erdgeschoß in eigene kleine Speiseräume verwandelt. Zwischen Kaminen und Kerzen in Sturmlaternen bildeten die Räume ein einziges Durcheinander von flackernden Schatten, ein Effekt, den teure Restaurants häufig anstrebten. Abgesehen von der glasumschlossenen Kerze schien jeder Tisch mit dem Schrott verschandelt, der der Vorstellung irgendeines New Yorker Designers von rustikalem Prunk entsprach. Chad hatte sie vor zwei Jahren an ihrem Geburtstag dorthin eingeladen. Den ganzen Abend lang hatte sie Sachen herumgeschoben – Vase, Silberkörbchen mit Potpourri, die silbern bemalte Birne (auf jedem Tisch eine), um an die silbernen Salz- und Pfefferstreuer – ebenfalls in Birnenform – heranzukommen. Es war, als manövriere man sich durch einen winzigen versilberten Garten.

In dem Streit war es um Chads Weihnachtsferien gegangen und darum, wo er sie verbringen sollte. Ned und Velda wollten, daß er zu ihnen nach Colorado kam. Obwohl Maud wußte, daß Chad es sich nicht bei *ihnen* gemütlich machen wollte, sondern am glühenden Kaminfeuer irgendeines todschicken Ferienhotels von Vail, wo sie sich weihnachtsmäßig amüsieren wollten (ein Ausdruck von Velda, die sich ungeheuer jugendlich vorkam und ständig Ausdrücke aus der Teenagersprache verwendete). Chad war noch nie in seinem Leben Ski gefahren, aber was hieß das schon, wenn da alle diese blonden Mädchen in Skistiefeln und dicken Norwegerpullovern après-ski-mäßig mit ihren Drinks am Feuer saßen?

Maud wußte, daß sie verlieren würde, wußte, daß sie zustimmen mußte; dennoch mußte es aber noch Spielraum für Verhandlungen geben. «Na ja, in Ordnung – aber nicht die zweite Ferienhälfte.»

Oh, Gott, ist das nervig, hatte sein Seufzen ausgedrückt. «Mom, genau zu der Zeit sind sie aber dort.»

«Und ich soll mich ohne dich weihnachtsmäßig amüsieren?» Sie schob den gedämpften Lachs auf dem Teller herum, ihr war der Appetit vergangen. Dann setzte sie der Silberbirne zu, schob sie hierhin und dorthin, stellte sich einen silbernen Obstgarten vor, versuchte sich an das Märchen zu erinnern, in dem silberne Birnbäume vorkamen...

«Natürlich nicht am Weihnachtstag selber», sagte Chad

jetzt. «Am Weihnachtstag bin ich hier.» Er war ungeheuer vernünftig – sah sie das denn nicht?

«Aber neujahrsmäßig bist du anderswo engagiert, das willst du doch damit sagen, oder?»

«Na ja, schon... ‹neujahrsmäßig engagiert›? Was ist denn das für ein Ausdruck?»

Maud fixierte ihn mit zusammengekniffenen Augen. Sie wurde immer mißtrauischer. «Wie lange willst du dich denn auf der Piste rumtreiben?»

Sehr beiläufig sagte er: «Na ja, wir dachten, ich könnte einfach von Vail zur Schule zurückfliegen.»

Die anderen Speisenden, Leute vom See, die alle Weiß zu tragen schienen, flogen wahrscheinlich auch von Vail zurück oder redeten zumindest dauernd davon. «Vail» ging Chad einfach ein bißchen zu flott über die Lippen, als sei er in Gedanken schon über all diese Hänge gerauscht und als wäre es kaum zu ertragen, daß er vielleicht nach La Porte zurückkehren mußte. «Vail» schmerzte ihr in den Ohren. Und was viel schlimmer war, sie hatte ein ganz flaues Gefühl im Magen: Chad würde den letzten Teil seiner Ferien mit Ned und Velda verbringen.

«Warum kannst du dich nicht während der ersten Ferienwoche weihnachtsmäßig mit ihnen amüsieren und dann neujahrsmäßig mit mir einen draufmachen?»

«Um Gottes willen, Mom, hör auf, so zu reden. Ich hab's dir doch gesagt: Wie soll das gehen, wenn sie in der zweiten Woche in Vail sind und nicht in der ersten?»

Natürlich sollte ihr das egal sein; war es aber nicht, und er wußte es. Zum Ende der Ferien hin war es immer schwerer, seine Abwesenheit zu ertragen, denn da hatte sie nichts, worauf sie sich freuen konnte. Nichts als Abwesenheit.

Maud erinnerte sich, daß sie in den Saal gestarrt hatte, auf die Speisenden dort, die Paare und Victorgruppen, die Frauen in Pastelltönen, denen das Licht des Feuers die Farbe entzogen hatte, so daß alle weißgekleidet schienen, weiße Trauergäste, die an einem weiteren von Mauds Totenbetten standen. Jeder Abschied ein Tod, und deswegen mußte sie verhandeln: noch ein paar Tage, bitte!

Das Paar am nächsten Tisch: wie der Mann seine Zigaretten anzündete, dann das schmale silberne Feuerzeug in die Tasche seiner Segeltuchhose gleiten ließ; diese Sommergäste taten alles mit flüssigen, klaren Bewegungen, wie Schwimmer, die, ohne eine Spur zu hinterlassen, ihre Bahn durchs Wasser zogen, oder Skifahrer, die die Berge hinabschossen, oder Tennisspieler, die über den Platz glitten und einander perfekte Bälle zuschlugen. Maud hörte mit ihrem geistigen Ohr Tennisbälle aufschlagen wie Kiefernzapfen im Schnee.

Und sie dachte: ihr Leben muß genauso weich sein, denn sie stanken nach Privilegien. Ihre Stimmen, ihr gedämpftes Lachen schienen in Mauds Richtung zu driften wie der Nebel, der sich über den See breitete.

Hatten die vier an jenem Tisch beim Fenster, dessen Scheiben mit reflektierten Lichtern bestirnt waren – hatten sie Kinder?

Ja, natürlich hatten sie welche, aber es waren saubere, dekorative Kinder, die man sich hielt, damit sie einem Freude machten, ähnlich wie die kleinen Boote, die auf dem Wasser vorbeiglitten oder gegen Abend irgendwo am Ufer anlegten. Maud konnte sich die Kinder vorstellen, wie sie nun schliefen, in ihren Träumen dahintrieben, sich im Rhythmus der Traumbilder schaukelnd hoben und senkten.

Und wenn sie sich scheiden ließen, so entstand da keine Zwangslage. Maud konnte sich durchaus vorstellen, daß diese Frau im hauchdünnen Pastellkleid daheim in New York – inzwischen von ihm getrennt – ihr eigenes Leben in ihrer riesigen, museumsartigen Wohnung in Manhattan führte, wo sie ein GANZ EIGENES LEBEN als Malerin oder vielleicht Lektorin bei irgendeinem literarischen Verlag hatte. Maud konnte sich vorstellen, wie dann der Sohn hereinschlurfte, im Kaschmirpullover und tiefbraun und sich in einen weichen Sessel plumpsen ließ, seine Mutter fröhlich begrüßte und sagte, daß er weihnachtsmäßig vielleicht was mit ein paar Freunden in Portofino vorhabe; und dann kommt die Tochter: *«Daddy will, daß ich Weihnachten in die Hamptons komme. Klingt super...»*

Und die Mutter, die Frau mit den hellen Haaren, die so vertieft ist in ihre Farben und Leinwände oder aber in ihren brillanten ersten Roman, oder in einen Autor, den sie entdeckt hat, hört das alles kaum, denn es spielt kaum eine Rolle, und denkt sich, ah, jetzt kann ich mich ja weihnachtsmäßig ganz auf Kyle einstellen, oder Robert. Welcher Liebhaber es eben wert ist, Weihnachten mit ihr zu verbringen.

Nein, diese schöne Malerin-Lektorin-Mutter-mit-Liebhabern – die brauchte keine Absprachen zu treffen. Aber bei Maud war es immer dasselbe: die kleinen Kompromisse, das ewige Verhandeln und Nachverhandeln.

Dann begann sie über das Geburtstagsessen selber nachzugrübeln: War es bloß ein Mittel, sie zu beschwichtigen und in Stimmung zu bringen, damit sie ihm wegen Vail keine Schwierigkeiten machte? Die Unsicherheit schmerzte.

«Ich muß ein bißchen Zeit mit ihnen verbringen, verdammt noch mal.»

«Dagegen hab ich auch nichts gesagt. Mir geht es nur darum, welchen Teil der Ferien du mit ihnen verbringst.»

Sie haßte sich selber, schämte sich, weil sie redete wie irgend so ein feilschender Perlen- und Seidenhändler auf einem Basar in Bagdad, der den Verkaufspreis immer um noch eine Rupie erhöhte, bloß ein bißchen mehr, ein kleines bißchen. Der Streit eskalierte nicht in der Lautstärke, sondern in Schärfe und Bitterkeit. Er konnte nicht verstehen, oder behauptete das zumindest, warum sie daraus so ein Drama machte.

Es war jedoch komisch, nie gab er als Grund an, daß sein Vater schließlich für die Universität bezahlte. Manchmal dachte sie, er tue es deswegen nicht, weil er wußte, daß das nicht fair wäre, dann wieder nahm sie an, es sei deswegen, weil sie ja beide wußten, daß es nicht wirklich darum ging. Auch wenn Maud all dies Geld gehabt hätte, wären diese Streitereien weitergegangen. Ned glaubte wahrscheinlich, er habe einen gewissen Einfluß, weil er Kaufkraft besaß. In gewisser Weise wünschte Maud sich fast, daß es so wäre; es würde die Beziehung zwischen ihr und Chad viel verständlicher machen.

Sie beobachtete, wie weitere Partygäste in ihre Boote einstiegen, und es gab jede Menge Gejauchze und Gebrüll und Gelächter, als einer von ihnen fast über Bord ging. Aber die Musik spielte weiter. Sie würden wohl bis in die Morgenstunden aufbleiben, vor allem, weil es ja die letzte Party war.

Das Eis im Kübel war bis auf wenige Stücke geschmolzen, die sie nun durchs Wasser jagte und in ihr Glas warf. Sam hatte gesagt, er werde zurückkommen, also würde er auch kommen, auch zu so später Stunde. Es war schon nach zwei.

Es war wunderbar: Kaum hatte sie es gedacht, da hörte sie schon den Wagen, hörte die Tür zuschlagen, und er kam den Pfad herunter. Sie hoffte, er würde nicht mit irgend so was Deprimierendem wie dem Ende der Saison anfangen.

«Hallo, Maud.»

Sie drehte sich um. «Wade Hayden, um Himmels willen! Was streifen Sie denn um die Zeit noch in der Gegend rum? Sie haben wohl auch nicht schlafen können.» Sie wollte nicht den Eindruck erwecken, als säße sie aus einem anderen Grund hier unten.

«Darf ich mich zu Ihnen setzen, Maud?» Sie nickte. Er setzte sich auf Sams Stuhl und stellte seine braune Tüte daneben ab. Er schaute auf die vergessene Bierdose. «Normalerweise trink ich ja nicht, aber hätten Sie wohl was dagegen...?»

Eigentlich hatte sie was dagegen: Wenn das letzte Bier ausgetrunken war, hieß das vielleicht, daß Sam nicht mehr kam. Ach, um des lieben Friedens willen. «Nehmen Sie nur, Wade.» Dann dachte sie sich, daß Sam das zum Schreien fände – Wade Hayden, der sich das Coors aus dem kalten Wasser nahm und es zischend öffnete.

«Feiert da drüben jemand 'ne Party, Maud?» Sein Lächeln war bloß ein Zucken der Lippen. «Und wir sind nicht eingeladen?»

Die Art, wie er sie beide in einem Atemzug nannte, hatte etwas leicht Beängstigendes. «Wir.» Sie trank von ihrem schwachen Martini.

«Da ist was, das ich Ihnen zeigen will.» Er griff in die braune Papiertüte und zog ein blaues Kleid heraus. «Hübsch, nicht?»

Maud erstarrte. Sie fühlte sich sehr zerbrechlich; hätte sie sich bewegt, wäre sie in tausend Stücke zersprungen. Ihr war eiskalt vor Angst. Das Kleid gehörte Frau Dr. Hooper. Maud sah sich ihre Kleider immer genau an und wünschte sich dabei, sie selber könnte so schlichte Sachen tragen und so gut darin aussehen wie Dr. Hooper. Sie mußte etwas sagen. Ihr Mund war wie ausgedörrt, aber sie sagte: «Wade, das ist *sehr* hübsch. Ist das ein Geschenk für jemanden?» Sie wußte nicht, wie sie es schaffte, den Mund zu bewegen, so verkrampft fühlte er sich an.

Wade Hayden lächelte wieder sein gefühlloses Lächeln. «Oh, ja. Das ist für Sie.»

Sie hatte Wade Hayden nie woanders als auf der Post oder im Rainbow gesehen, und er hatte außer Hallo und Wiedersehn nie etwas gesagt. Irgend etwas war da faul, entsetzlich faul; sie mußte aufpassen, was sie sagte... aber auch wieder nicht zu sehr, damit er nicht die Angst aus ihren Worten heraushörte. «Hmm, das ist ein schönes Kleid, Wade. Aber warum sollten Sie mir denn was schenken? Ich hab nicht Geburtstag.» Es gelang ihr, ein kleines Lächeln auf ihre starren Lippen zu zaubern.

«Oh, Sie kommen nie drauf, wofür das ist. Ich weiß, daß Ihr Junge wieder an die Uni gefahren ist, und ich weiß, daß er Ihnen fehlt. Das ist bloß eine Kleinigkeit, die ich Ihnen mitgebracht hab, weil Sie eine gute Mutter sind. Hier im Umkreis gibt's meilenweit keine beßre; nicht eine einzige. Als Postmeister kann man das beurteilen, da weiß man unheimlich viel über die Leute. Das ist nun mal so.» Er schaute sie an, und sein Blick war seltsam freundlich. «Wollen Sie's mal anprobieren, damit Sie sehen, ob's paßt?»

Ohne ihn anzusehen, nahm sie das Kleid und legte es auf ihren Schoß. Und ohne mit ihm zu sprechen, blickte sie auf das Wasser und sah, daß es ruhig war, ganz ruhig, und niemand war da außer einem Mann – sie sah sein weißes Jackett schimmern –, der drüben am Dock stand und eine Zigarette rauchte. Sie sah eine winzige Glut, einen Lichtpunkt von der Größe eines Stecknadelkopfs, der aufblinkte und wieder erlosch. Aber der Mann war zu weit weg, als daß man ihn hätte rufen können, er hätte genausogut da oben in der schwarzen Nacht in einem Flugzeug sitzen können, dessen blinkendes rotes Licht ihr verriet, daß Menschen irgendwohin flogen, an Orte, zu denen sie ihnen nicht folgen konnte – zurück an die Universität, in die Stadt, zu jenem Zimmer, dessen Balkon über dem Meer hing.

Maud strich immer und immer wieder über das Kleid. Zwei Tränen liefen ihr übers Gesicht, fielen auf das Kleid. Frau Dr. Hooper.

«Nein, Wade. Ich glaub nicht, daß ich Ihr Kleid anprobieren möchte. Trotzdem vielen Dank.»

Elizabeth Hooper würde nie wieder in La Porte Halt machen, nie wieder an der Theke sitzen und Kuchen essen, nie wieder ihren Sohn besuchen.

4

Sam hatte den Wagen nicht angelassen, hatte überhaupt nichts gemacht. Wirklich dumm, es sich mit Sedgewick zu verderben. Aber jeder hat seine Grenzen, dachte er sich, und er hatte es satt, vor einem blöden Arschloch wie dem Sheriff den Kotau zu machen.

Er ließ den Motor an, als wüßte er, wo er hinwollte, und ließ ihn laufen.

Wenn es sein Kind gewesen wäre... Er dachte an Wade. Versteinert, schweigsam, außer, daß er immer und immer wieder den Mord an seiner Tochter durchkaute. Kein Wunder. Was würde einem Menschen wohl sonst durch den Kopf gehen, nachdem so etwas passiert war?

Sam dachte plötzlich an Rosie. Er dachte an Rosie, wie sie in der Mittagspause die Fifth Avenue hinunterspazierte, in die Schaufenster guckte, ein spanisches Tuch beäugte – leuchtend rote und orange Farbspritzer für ihr rotgoldenes Haar –, ein Stück, das sie sich mit großer Geste über die Schulter werfen konnte, wenn sie in der linden Luft einer jener vollkommenen Frühlingstage, derer sich sogar New York City erfreut, die Fifth Avenue hinunterfegte –

Plötzlich hatte er einen Krampf in der Hand, ließ die Zigarette fallen und merkte dabei, daß er an ein imaginäres Mädchen gedacht hatte. Sie beobachtet hatte, diesem leuchtenden spanischen Tuch gefolgt war, getragen von einem Mädchen, das nicht einmal existiert hatte, ehe er Maud seinen Namen nannte. Es hatte nie eine Rosie gegeben.

Sam trat mit dem Absatz die Zigarette aus und fragte sich, ob er Maud-meschugge wurde? Maud-Mediterraneameschugge? Er lächelte. Diese Vorstellung und das Lächeln rüttelten ihn wieder wach, genug jedenfalls, um sich die ganze verdammte Sache noch einmal durch den Kopf gehen zu lassen.

Er lehnte den Kopf an die Kopfstütze zurück, schloß die Augen und dachte über die Frauen nach. Für ihn waren sie alle verschieden. Tony Perry mochte vielleicht durch und durch eine Hure gewesen sein (wenn er das Wort auch verabscheute), eine Frau mit Kindern, um die sie sich wenig oder gar nicht kümmerte. Loreen Butts war laut Mutter schüchtern und ruhig; laut Ehemann manchmal schwierig im Umgang; laut Boy Chalmers dito. Carl Butts war meist unterwegs und überließ es ihr, den Sohn zu versorgen. Nicht, daß der je viel Fürsorge genossen hätte... Sam runzelte die Stirn. Wie konnte man Elizabeth Hooper überhaupt mit ihnen vergleichen? Oder auch Nancy Alonzo? Nancy war eine Einheimische, sicher; aber das war auch alles, was sie mit der Perry und der Butts gemeinsam hatte. Er zündete sich eine Zigarette an; seine Stirnfalten vertieften sich. Aber Moment mal. Ja – ja, sie ließ sich schon mit ihnen vergleichen, denn auch sie hatte ihren Sohn und ihren Mann im Stich gelassen. Eunice Hayden. Eunice war nicht vergewaltigt worden, nein... Und doch, er *wußte*, daß all diese Morde vom gleichen Mann begangen worden waren; das war genauso sicher wie die Tatsache, daß seine Scheinwerfer Zwillingsspuren dunstigen Lichts durch den Wald legten, Bäume, Unterholz und Felsen in Abschnitte unterteilten. Was hatten die Opfer gemeinsam, außer daß sie – mit Ausnahme von Eunice – Kinder hatten?

Sie alle hatten Kinder. Sie alle hatten Kinder, die viele Leute bestenfalls als vernachlässigte und schlimmstenfalls als mißhandelte Kinder charakterisiert hätten.

Der Gedanke blieb einfach haften. Hmm, das war lächerlich. Die meisten Frauen hatten Kinder; und da war schließlich noch Eunice – sie paßte nicht dazu. Sosehr er die Antwort auch abschütteln wollte, sie drängte sich dennoch auf – verrückt und unvernünftig. Vernachlässigte Kinder. Tony. Loreen. Nancy. Elizabeth. Vernachlässigt, so jedenfalls sah es der Mörder. Aber Eunice? Ihre Mutter Molly paßte auf sie auf wie... Eunices Mutter Molly haßte ihre Tochter. Eunice fängt an, sich im Heu zu wälzen wie 'ne gewöhnliche Nutte, hatten manche gesagt, vielleicht um ihrer Mutter damit ihre Verachtung zu zeigen...

Lieber Gott, vielleicht konnte nur ein Opfer in diesem Wahnsinn irgendein Muster entdecken...

Er versuchte noch immer, die Puzzlestücke zusammenzusetzen, als sein Funkgerät zu knattern und krachen begann, wahrscheinlich, weil sich verschiedene Stimmen überlappten. Aber es war bloß Donny, sein Hilfssheriff. Er nahm das Mikro und drückte auf den Knopf. «DeGheyn.»

«Sheriff? Sheriff?» Donny hatte anscheinend immer Zweifel, ob er das wirklich war.

Sam seufzte. «Ja. Hier ist der Sheriff.»

«Hören Sie, Sheriff. Maud Chadwicks Junge – Sie kennen ihn doch? –, der Junge versucht, Sie zu erreichen.»

Sam hielt den Hörer vom Ohr weg. Donny brüllte. Donny brüllte immer, weil er anscheinend nicht glauben konnte, daß sich über Luftwellen, Radar oder was auch immer eine Verbindung herstellen ließ. «Hören Sie auf zu schreien. Was ist mit Chad?»

«Was? Was?» brüllte Donny. «Okay. Hören Sie, der kleine Chadwick muß mit Ihnen reden.»

Sam runzelte die Stirn. «Hat er gesagt, warum?»

Alles blieb still.

«Hat er gesagt warum? Donny?»

Nichts. Hatte der verdammte Idiot ihn wieder mal rausgeschmissen? Das machte er laufend.

«Sheriff? Sind Sie da? Nein. Hat er nicht gesagt.»

«Von wo hat er angerufen?»

Wieder Ausblendung. Dann knisterte es, und die Stimme war wieder da. «Von Meridian. Ich glaub, Meridian war's.»

Meridian lag etwa fünfzig Meilen von Belle Harbor entfernt, etwa hundert Meilen von hier. Was, zum Teufel, hatte Chad dort zu suchen? «Donny?»

Nichts als ein fernes, metallisches Knallen. Vielleicht schlug Donny mit einem Löffel auf einen Teller – Sam hätte sich das durchaus vorstellen können. Er war mit Sicherheit nicht Sams erste Wahl für den Hilfssheriff gewesen. «Donny?» Jetzt schrie Sam.

«Gefängnis.»

«Was reden Sie da? Chad ist im Gefängnis?»

Totenstille. Donny fummelte wahrscheinlich am Schaltpult herum und hatte erneut die Verbindung gekappt.

Er steckte das Mikro wieder weg und ließ den Motor an. Das Auto ruckelte den Waldweg entlang und hob, als es auf die Hauptstraße einbog, mit zwei Rädern ein paar Zentimeter vom Boden ab.

Er knallte die Bürotür zu und sagte zu Donny, er solle die Füße vom Schreibtisch nehmen und draußen Sedgewicks Männern helfen.

Als Donny merkte, daß es tatsächlich der Sheriff war, riß er seinen Pistolengürtel von einem Regal und stolperte zur Tür.

Sam setzte sich erst gar nicht hin; er meldete das Gespräch nach Meridian an.

«Nein, direkt verhaftet worden is er nicht.»

Unwillkürlich legte Sam die Hand auf das Pistolenhalfter. Seine Nerven waren bis zum äußersten angespannt, und die Polizeitruppe von Meridian – falls man sie so nennen konnte – war ein ganzer Haufen von Donnys. «Tja, wenn er nicht direkt verhaftet ist, wie wär's, wenn ihr den Jungen laufen laßt?»

«Da is noch das Auto. Der Junge hat diesen Jaguar gefahren, der als gestohlen gemeldet war.»

«Wollen Sie damit sagen, Murray Chadwick hat den Wagen gestohlen?»

«Nich so direkt.»

«Und was war dann direkt?»

«Dieser echt schlimme Unfall draußen auf der Neunundzwanzig. Zirka zehn Meilen von hier, wissen Sie?»

«Nein, weiß ich nicht. Was hat das mit dem Jaguar zu tun?»

«Das sind alles die gleichen Leute. Ich mein, der Jaguarbesitzer – also, jemand aus der Familie – ist verunglückt. Wir versuchen bloß, das zu klären. Er is vermißt gemeldet worden, verstehen Sie. Dieser Jaguar, den der Junge gefahren hat. Das issen Auto, ich sag Ihnen. Kein Wunder, daß es gestohlen worden is.»

Mein Gott. «Ich dachte, Sie hätten gesagt, es ist nicht gestohlen worden.»

«Jaaa. Na ja, nich direkt.»

«Geben Sie mir ihn mal.»

Chad erzählte Sam, was geschehen war. «Ich hab das verdammte Auto nicht gestohlen, Sam. Und ich glaub nicht, daß Mr. Bond das je so gemeldet hat. Ich glaub nicht, daß er das täte, und überhaupt wär ihm in der Situation das verdammte Auto doch wurscht.» Er war den Tränen nahe; er klang, als hätte er schon geweint, und zwar reichlich.

«Die glauben auch nicht, daß du's warst. Sie versuchen nur, aus der ganzen Sache schlau zu werden. Das kann eine Weile dauern, und ich seh nicht ein, warum du währenddessen da rumhängen sollst.»

«Ich war auf dem Heimweg. Ich hab versucht, Mom anzurufen, aber sie ist nicht rangegangen. Ist sie wieder unten auf dem Scheißpier?»

Er klang zornig wie ein kleiner Bub. Als sei das alles Mauds Schuld. Sam lächelte. «Ja, sie ist unten auf dem Scheißpier. Wenn's Probleme gibt und sie dich nicht gehen lassen wollen, dann sollen sie mich anrufen. Sie kennen mich. Wahrscheinlich ist das das Ereignis des Jahres in Meridian.»

Chad lachte. Es war zwar ein schwaches Lachen, aber es klang schon viel besser. «Genau. Dürfte eigentlich nicht länger als zwei Stunden dauern.»

«Um Himmels willen, du hast vielleicht einen Jaguar, aber laß dich nicht mit überhöhter Geschwindigkeit erwischen. Ich schau jetzt bei deiner Mutter vorbei.»

Es trat ein kurzes Schweigen ein. Dann sagte er: «Danke, Sam.»

«Nicht der Rede wert. Sieh zu, daß du herkommst.»

«Erzählst du's ihr?»

«Erzähl ich ihr was?»

Jetzt trat ein längeres Schweigen ein, ein ausführliches Schweigen, als ob der Junge die Jahre umblättere.

«Ich weiß nicht.» Er klang verwirrt.

5

Nein, natürlich können Sie das nicht», sagte Wade. «Weiß gar nich, was in mich gefahren is. Türlich können Sie das Kleid nich anziehn. Tut mir leid – hab wohl nich nachgedacht, Maud. Es is so viel passiert.»

Maud fühlte sich einen Moment lang erleichtert, lockerte ihren Griff um die Armlehnen des Schaukelstuhls, verstärkte ihn jedoch fast sofort wieder. Es war schließlich immer noch Dr. Hoopers Kleid, oder? Und Wade sah sie mit einem Blick an, den sie nicht erwiderte; sie richtete lediglich das Profil in seine Richtung und die Augen auf das gegenüberliegende Dock.

Er war immer noch da, der Mann oder Junge, das winzige rote Auge der Zigarette zwinkerte: auf und zu. *Chad.* Sie konzentrierte sich, so intensiv sie konnte, auf den Namen und die Gestalt da drüben. *Chad.* Sie drückte die Augen zu und versuchte, den Namen über das Wasser zu schießen.

«Was da passiert ist, Maud, ich hab gedacht, Sie verstehn das vielleicht.» Er machte eine Pause. «Was ist los? Sie ham die Augen so fest zugedrückt wie 'n Baby.»

«Baby.» Aus seinem Mund klang das Wort obszön. Aber sie öffnete die Augen. Ihre Kehle arbeitete. Maud hob die zur Faust geballte Hand, um zu hüsteln, zu gucken, ob sie überhaupt ein Wort herausbekam, denn sie hatte *es* gesehen und sich nichts anmerken lassen – das Messer. «Ach nichts, Wade. Gar nichts. Ich bin nur baff, weil Sie noch so spät unterwegs sind.» Es verblüffte sie, wie vollkommen natürlich ihre Stimme klang. Daß sie soviel Selbstbeherrschung hatte – genügend sogar, um ein wenig zu lächeln. «Ich hätt immer vermutet, daß Sie bei Sonnenuntergang ins Bett gehn. Mit den Hh–» Sie hustete. Und dann wußte sie, warum sie das Wort «Hühnern» nicht gesagt hatte. Wegen Eunice da draußen in der Scheune. Er hatte auch Eunice umgebracht. Alle.

Jetzt zwang sie sich sogar, im Stuhl hin und her zu schaukeln; er knirschte auf den verrottenden Planken, und sie spürte auch ihren Hals knarren, als sie ganz, ganz langsam den Kopf herumdrehte, um ihn mit einem ebenso steifen Lächeln anzuschauen. Wade Hayden erwiderte es mit einem verrückten Grinsen, aber sie wandte den Blick nicht ab. Sie wagte es, direkt auf das Messer zu schauen. «Wade, wozu brauchen Sie denn dieses alte Küchenmesser? Mit dem können Sie nicht jagen.» Sie sagte es langsam und fast träumerisch, ihre Lippen kräuselten sich zu jener Erinnerung eines Lächelns. So wie Joey lächelte, dachte sie sich.

Shirl würde Joey weiterhin und für alle Zeiten im Rainbow Café sehen. Aber sie würde Chad nie wieder sehen, nie wieder.

Irgendwie schaffte sie es, mit Dr. Hoopers blauem Kleid im Schoß weiterzuschaukeln, und während er mit verwirrtem Gesichtsausdruck auf das Messer hinunterstarrte, sagte sie: «Was für Sachen denn, Wade? Warum erzählen Sie mir nicht mal, was passiert ist?»

«Die Sachen, die ich vorhatte, Maud. Schlimme Sachen.» Jetzt hielt er das Messer zwischen Daumen und Zeigefinger, ließ es ein wenig hin und her baumeln. «Sachen, die ich gemacht hab. Ich hab gedacht, Sie hören mir zu.»

Sie versuchte, sich an das Gesicht ihres Sohnes zu erinnern, doch es gelang ihr nicht. Die Angst hatte es ausgelöscht.

Ihr war, als gönne man ihr eine kurze Atempause. Ja, versicherte sie ihm, sie würde ihn anhören. Wenn sie ihn nicht ansah, wenn sie sich auf das Dock da drüben konzentrierte, dann gelang es ihr vielleicht, sich davon zu überzeugen, daß dies nicht wirklich geschah. Über diese Reihe kleiner Boote hinaus hatte sie keine Zukunft. Sie fragte sich, ob sie überhaupt eine Vergangenheit hatte. Alles war unwirklich. «Was waren das für Sachen, Wade?» fragte sie wieder im Konversationston, während ihre Finger das blaue Kleid falteten.

Wade schlug die Beine übereinander, räusperte sich, als wolle er es sich gemütlich machen und seine Stimmbänder vorbereiten.

«Sie haben mich und Eunice nicht besonders gut gekannt.»

Nein, hatte sie nicht. Ihre Zunge war belegt. Er hatte sein eigenes Kind ermordet.

«Wir waren *so* miteinander.» Er hielt zwei Finger eng aneinander. «Viel mehr als ihre Mutter und sie. Jaaa, Eunice und ich, wir ham uns verstanden. Das Problem war nur, daß sie dann angefangen hat rumzuhuren.»

Es versetzte ihr einen Schock, wie er das sagte, in was für einem ruhigen und gemessenen Ton. Mauds Haar war wie eine Mütze aus Schweiß; ihre Kopfhaut kribbelte. Sie mußte ihr Entsetzen verbergen.

«...hat rumgehurt und is schwanger geworden.» Er verschluckte das «r», sagte «schwangä». Seine Stimme, die vorher fast kehlig geklungen hatte, wurde hoch und dünn und kreischte wie eine Säge, als er mit der Faust auf die Lehne des Aluminiumstuhls schlug. «So was kann man nich durchgehn lassen, nich im eignen Haus – nich beim eignen Fleisch und Blut.»

Sie spürte die Hitze, die von ihm ausstrahlte; es war wie die schimmernde Hitze, die manchmal Fata-Morgana-ähnlich von sonnendurchglühten Flächen aufsteigt – von einer Straße, von der Wüste. Sie mußte ihm antworten: «Nein. Nein, das geht nicht, Wade.» Sag immer wieder seinen Namen! Hörte er sie überhaupt? Wußte er überhaupt, wo er war?

«Eunice, die wär so eine geworden wie diese Loreen Butts oder diese Tony, wie heißt sie schnell wieder?»

Er hatte es vergessen. Maud schloß die Augen. Er hatte den Namen vergessen, als wäre Tony bloß irgendeine verstorbene Bekannte, die er aus den Augen verloren hatte, eine, die er flüchtig gekannt hatte.

«Haben Sie Loreen Butts mal kennengelernt?» Er sprach in einem beiläufigen Plauderton, als sei er gerade auf dem Bürgersteig stehengeblieben, um ein bißchen zu tratschen.

Nein. Das Wort kam nicht heraus; sie würgte daran, schluckte. Maud räusperte sich. «Nein», sagte sie mit fester Stimme.

Er wandte ihr das Gesicht zu. «Brütest du was aus, Maud? Du bist ganz verschwitzt. Gibt nix Schlimmeres als 'ne Sommererkältung.»

Nichts Schlimmeres. Sie packte ihr Buch. Hinter ihr knackten Zweige. Sam.

Es ist nicht Sam. Du hast kein Auto gehört. Vergiß Sam. Sie versuchte, Wades Stimme auszublenden. Er redete über Loreen Butts.

«Die Sache war die, daß sie sich mit diesem Boy Chalmers eingelassen hat. Der is so schwul, wie ein Drei-Dollar-Schein falsch ist, das weiß jeder. Aber irgendwie isses schon in Ordnung, daß der Sheriff von Elton County ihn verhaftet hat. Den Boy Chalmers.»

Wade beugte sich zu ihr herüber und spuckte auf die Bretter. «Typen wie der sollten nich frei rumlaufen. Überrascht mich gar nich, daß so'n Gesocks wie die Loreen Butts sich mit dem Boy Chalmers einläßt.» Jetzt kam er wieder auf Eunice zurück. «Die Sache is die, Eunices Mama hat einfach nich recht gewußt, wie sie sie erziehen soll, obwohl, versucht hat sie's schon. Nich wie meine eigene Mama. Die hätten Sie mal kennenlernen sollen...»

Diesen Engel von einer Mutter. Maud umklammerte ihr Buch – das blaue Kleid hing nun über der Stuhllehne – und lauschte seiner seltsamen, wirren Geschichte über seine so wunderbare, seine engelgleiche Mutter. Es war eine einzige Lüge. Wades Mutter war abgehauen, als er noch ein kleiner Junge war. Sam hatte das von Molly Hayden erfahren; sogar Molly, die sonst so verschlossen war, redete bei Sam.

Wo war er nur? Kam er noch einmal zurück?

«Frau Dr. Hooper.» Maud wußte nicht, daß sie es laut gesagt hatte, bis Wade sich zu ihr hindrehte, so, daß er ihr, als sei er starr vor Kälte, nicht nur den Kopf, sondern den ganzen Rumpf zuwandte.

«Die Frau hat Sie an der Nase rumgeführt, nich wahr? Wahrscheinlich ham Sie, bloß weil sie Ärztin war, geglaubt, sie wär was Beßres als andere Leute? Kennen Sie die Briefe, die sie geschrieben hat? Tja, Sie hätten diese Briefe mal lesen sollen, ich wette, dann würden Sie sie nich mehr so toll finden.»

Seine Stimme, dachte sich Maud, klang jetzt verbittert und voller Groll, wie die eines Gebrechlichen, wie die einer kranken alten Frau wie Tante Simkin.

«Sie haben nich gewußt, daß sie ihren Jungen verlassen hat, oder? Seine Stimme klang jetzt eindringlicher. «Briefe bedeuten schlechte Nachrichten, meistens jedenfalls. Als Postmeister, tja, da muß ich das wissen. Der Postmeister hat eine heilige Pflicht.»

Sie spürte, wie er sie ansah und wollte, daß sie nachfragte. «Das hat er wohl, Wade. Aber ich weiß nicht mal, worin die besteht.» Sie hustete.

«Es is seine heilige Pflicht, Bescheid zu wissen. Zu wissen, was in seiner Stadt passiert. Dieser Billy Katz – kennen Sie ihn? Das ist der Postangestellte drüben in Hebrides. Billy Katz is eine Schande für unsern Beruf.» Wade beugte sich nach vorn, spuckte in das dunkle Wasser und fuhr dann im Plauderton fort. «Jaa, der Billy. Würd ich nich immer wieder rüberfahren und für ihn einspringen, tja, da würden die praktisch gar keine Post kriegen. Glauben Sie ja nicht, daß ich nich alles über Loreen Butts und diese Antoinette gewußt hab. Gibt nich viel, worüber ein Postmeister nich Bescheid weiß.» Er nahm einen Schluck aus der Bierdose, lachte dabei und wischte sich den Speichel vom Mund. «Sam DeGheyn glaubt, ich war den ganzen Nachmittag drüben in Hebrides. Wissen Sie noch? Der Nachmittag, an dem die Eunice ermordet worden is?»

Als sei dies lediglich noch so ein zu vergessendes Datum im Kalender. Mauds Finger krallten sich in das blaue Kleid. Sie konnte nicht antworten.

«Sam DeGheyn meint, er is der Größte.» Seine Stimme bekam etwas Hinterhältiges. «Er hatte ein Verhältnis mit dieser Alonzo, ham Sie das gewußt?»

Maud schüttelte den Kopf. Sie wußte, daß es nicht stimmte, und dennoch flackerte ein Fünkchen Eifersucht in ihr auf. Es war erstaunlich, daß sie bei all ihrer Angst überhaupt noch ein so klares Gefühl wie Eifersucht spüren konnte.

«O doch, verdammt noch mal.» Er ließ sie nicht aus den Augen. «Hat nach Feierabend da drüben im Gerichtshaus rumgemacht. Ich wette, er hat sie in allen möglichen –»

«Wie hast du ihn getäuscht, Wade?» Sie schrie das in einem Ton, der gespannt wie eine Geigensaite klang. «Wie hast du Sam an der Nase rumgeführt?»

Sein Lachen war eher ein Kichern. Es war entsetzlich. «War kinderleicht. Hab nur in meinen Pickup springen, zur Farm zurück- und dann wieder nach Hebrides fahren müssen. Hat nur 'ne Stunde gedauert, nicht viel länger. Wenn jemand in die Post gekommen wär, hätt ich nur sagen müssen, ich war auf'm Klo oder mir war schlecht. Is wohl keiner reingekommen. Wer will auch schon mit Billy Katz reden? Der kennt nich mal den Unterschied zwischen seinem Arsch und – tschuldigen Sie meine Ausdrucksweise.»

Das Kichern war beängstigend, beinahe noch schlimmer als die Geste, mit der er seinen Daumen über die Klinge des Messers gleiten ließ.

«Dr. Elizabeth Hooper … Dr. Elizabeth Hooper …»

Er wiederholte den Namen immer und immer wieder, als würde er ihn streicheln, auf der Zunge zergehen lassen. Er erzählte Maud, wie er sie in der gleichen Nacht aus dem dunklen Postamt heraus beobachtet hatte. «Sie war 'ne Hure, sonst nix, Maud.» In seiner Stimme lag jetzt wieder diese weinerliche Gereiztheit. «Ich hab Sie umbringen müssen, oder? Genau wie die anderen. Was hat ihr Junge sie schon gekümmert? Hat ihn doch einfach sitzenlassen, oder? Wie Loreen Butts immer wieder ihr Baby verlassen hat, damit sie mit diesem Boy Chalmers ausgehen konnte.» Die Stimme hatte wieder diesen hohen, schnarrenden Wimmerton angenommen, als er beschrieb, wie er am Fenster des Postamts gestanden hatte. Es befand sich ein Stück weiter unten an der Straße, nicht weit vom Gästehaus Branntwein entfernt, aber er konnte zur Pension hinübersehen und sie beobachten.

«Hören Sie auf...» Maud hielt die Hände in die Höhe, um ihn daran zu hindern, ihr das Vorgefallene zu erzählen.

Es war verrückt, ihn herauszufordern oder anzudeuten, daß er etwas Unrechtes getan hatte, aber sie konnte sich nicht mehr beherrschen. Nicht bei Frau Dr. Hooper. «Sie war wegen ihres Sohnes hier. Seinetwegen ist sie – mit der Regelmäßigkeit eines Uhrwerks – einmal im Monat hier durchgekommen, nur um ihn zu besuchen.»

Maud weinte jetzt, wobei sie noch immer übers Wasser blickte. So viele Leute auf der anderen Seeseite, und keiner konnte ihr helfen. Sam.

«Es ist zu spät.»

Die Veränderung in seinem Tonfall durchzuckte sie wie ein elektrischer Schlag. Aus dem Augenwinkel sah sie, wie sich das Messer, an das er sich nun wieder erinnerte, bewegte. Sie hatte genau das Falsche gesagt: Es stand ihr nicht zu, Dr. Hooper zu verteidigen; es stand ihr lediglich zu, Wade zu bestätigen, daß er recht hatte. Wade Hayden brauchte die Absolution; vielleicht würde er sie beide umbringen, aber er brauchte etwas von ihr. Deswegen war seine Stimme jetzt kalt vor Zorn.

Auf einmal war die Furcht verschwunden. Sie verstand nicht, warum oder wie sie von ihr abgelassen hatte, um dann fortzugehen und sie von einem anderen Standort aus zu beobachten. Sie blinzelte, schaute über das Wasser, und entweder war die Gestalt von vorher zurückgekehrt, oder da stand eine andere, die ihr sehr ähnelte. Die Gestalt war nicht mehr als ein schwarzer Strich, aber sie konnte noch immer das winzige Lichtpünktchen der Zigarre oder Zigarette erkennen. Es war, als sei die Furcht über das Wasser geflohen und stünde nun da drüben und beobachte sie.

Maud saß nur da und wartete und strich mit der Hand über ihren Gedichtband, als sei er eine Art Talisman. Sie verstand dieses neue Gefühl nicht ganz; da saß sie nun mit einem Wahnsinnigen, einem Psychopathen und Mörder am Ende des Piers und fühlte sich ganz leicht. Sie blickte über das Wasser und spürte, wie sich das Bild vor ihr in Lichtpartikel auflöste und sich dann zu etwas zusammensetzte, das einerseits dasselbe und dann doch auf subtile Weise anders war, etwas, das nicht mit dem bloßen Auge erkannt, sondern nur erfühlt werden konnte. «Ramon Fernandez, sage mir…»

Wade sagte etwas.

«Was?» fragte sie.

«‹Ramon›, ham Sie gesagt.»

Offensichtlich hatte sie den Namen laut ausgesprochen.

«‹Ramon Ferdinand›, ham Sie gesagt. Wer ist das?»

«Nicht ‹Ferdinand›. Fer-*nan*-dez.»

«Was issn das für ein Name? Is das ein spanischer Name?»

Sie lächelte ein wenig und fuhr mit der Hand über das Buch. «Vielleicht ein kubanischer.»

«Klingt nach ’nem Mexi.» Verärgert spuckte er ins Wasser. Er schien vergessen zu haben, warum er da war.

Sie lächelte wieder. «Hmm, ist aber keiner.»

«Das is einer von diesen Mexi-Namen», sagte er eingeschnappt.

Maud dachte einen Moment lang nach und begann dann zu schaukeln. Es war, als sei es ganz normal, daß sie nachts zu zweit hier unten am Pier plauderten. Zu dritt, dachte sie, als ihr Ramon wieder einfiel.

«Er ist ein Freund von mir.»

«Na ja.» Seine Stimme klang irgendwie entschuldigend, aber er war immer noch eingeschnappt.

«Ein guter Freund. Ja, ich kenne ihn seit – ach, schon viele, viele Jahre.»

Sie wandte sich ihm zu, um ihn zu betrachten, das hagere und zerfurchte Profil, die Hand mit den abgebissenen Nägeln, die das Messer jetzt nur noch locker umschloß.

«Er ist nich aus unsrer Gegend, oder? Ich glaub, so 'nen Namen würd ich mir merken.»

«Nein, er ist nicht von hier.» Sie machte eine Pause. «Er lebt auf Key West.»

«Key West, Florida? Da, wo die ganzen Schwulen sind? Jetzt sagen Sie bloß noch, daß er schwul is.»

«Er hat einen Yachthafen. Wissen Sie – wo die Leute ihre Boote festmachen.»

Wades Mund war wieder am Arbeiten und spuckte dann aus: «Typische Schwulenarbeit.»

«Er ist wunderschön, der Hafen. Die vielen Boote.»

«*Sie* waren doch nie in Florida, oder?»

Maud schaukelte langsam weiter und betrachtete die Reihe der Boote auf dem Wasser. «Nur ein einziges Mal. Es ist so schön. Die Sonne geht direkt hinter dem Hafen unter. Solche Sonnenuntergänge haben Sie noch nie gesehen, hier oben im Norden gibt's das nicht.»

«Verdammt, die Sonne geht dort genauso unter wie überall. Was ist denn so Besonderes an Key West? Weit und breit nix als Schwule.»

Er hatte anscheinend alles vergessen. Das Blut, das Messer, den Grund für sein Hiersein vergessen; und sie schaukelte weiter und redete über Key West, das sie nur aus ihren Phantasien kannte. Und dann hatte sie auf einmal das Gefühl, daß das, was jetzt geschah, gar nicht so bedeutend war. Schlimmstenfalls konnte Wade das Messer nehmen und es in sie hineinrammen. Und im großen Plan der Dinge, der Kriege und Hungersnöte, Flutkatastrophen und Feuersbrünste, war das nicht viel. Was die Leute für wichtig hielten, hatte im Grunde dieselbe Bedeutung wie eine Rassel für ein Baby: etwas Buntes halt, das ein angenehmes Geräusch macht. Etwas, was das Baby einfach haben will. Dieses Messer war nicht viel mehr als eine Rassel. Wenn er es plötzlich in sie hineinstieß, würde es nur die Lichtpartikel durchdringen. Zum erstenmal in ihrem Leben fühlte Maud sich frei.

Dennoch mußte etwas passieren. Sie wandte sich ihm zu und schaute ihn an. «Wade, ich glaub, für mich ist es jetzt Zeit, reinzugehen.»

Er schmollte immer noch wie ein kleiner Junge. «Ich hab gedacht, wir könnten noch bleiben und ein bißchen reden.»

«Vielleicht ein andermal.»

Sie stand auf. Er bewegte sich nicht.

«Ich muß die Sachen mit reinnehmen.» Maud zog die Flasche aus dem Eimer und schüttete das geschmolzene Eis aus. Wade schaute nur zu ihr auf und blinzelte, als müßten sich seine Augen erst an eine neue Dunkelheit gewöhnen. «Sie könnten mir helfen. Könnten Sie vielleicht den Stuhl zusammenklappen und ihn tragen?»

Er stand langsam auf und seufzte ungeduldig. Noch immer das Messer umklammernd, klappte er den Aluminiumstuhl zusammen, und Maud zog an der Perlenschnur der Lampe. Sie standen im Dunkeln. Sie schaltete sie wieder ein, und da leuchteten das Messer, der Stuhl und der silbrige Kübelständer einen Moment lang im Mondlicht auf. Sie nahm den Ständer und griff nach der Lampe. «Könnten Sie die vielleicht auch nehmen?»

«Ich denk schon», sagte er in noch immer trotzigem Ton. Seine grobknochige Hand schloß sich um die Lampe.

Maud sah ihn an, schaute auf das jämmerliche und ziemlich alberne Bild, das sich ihren Augen bot. Er stand da, hielt den Stuhl unterm Arm, mit derselben Hand umklammerte er auch das Messer und mit der anderen die Lampe, die er an ihrem schmiedeeisernen Fuß hielt. Er blinzelte ins Licht und wollte gerade mit Daumen und Zeigefinger wieder an der Schnur ziehen.

Sie schüttelte den Kopf. Es war so traurig und so simpel. Es war völlig unmöglich, daß er sein seelisches Gleichgewicht behielt, dachte sie, als sie plötzlich mit dem Kübelständer ausholte und ihn damit an der Schulter streifte.

Wade schwankte, guckte überrascht und verwirrt. Dann kippte er rückwärts in den See. Es machte einen furchtbaren, entsetzlichen Knall, und sie schloß die Augen und hielt sich die Ohren zu.

Maud stand mit fest zusammengekniffenen Augen da, als sie plötzlich etwas Weiches an ihrem Fußgelenk spürte. Sie schaute hinunter und sah, daß die schwarze Katze, die sich eben noch an ihren Beinen gerieben hatte, jetzt zum hintersten Ende des Piers geschlichen war und den Kopf über den Rand reckte.

Wenn die Katze das aushielt, dachte sie, dann konnte sie das auch, wenn auch ein getrübter Blick ganz hilfreich gewesen wäre. Gereizt beugte sie sich nach vorn. Sie wußte nicht, welchen Anblick sie sich erwartet hatte: Katastrophaleres als dies hier? Die Leiche von Wade Hayden trieb mit dem Gesicht nach unten auf dem Wasser, sein Arbeitshemd bauschte sich in die Höhe, als habe jemand Luft hineingepumpt. Die Lampe war natürlich verschwunden, aber als Memento war da noch der geblümte Schirm, der in der Nähe von Wades

Kopf trieb ... wie ein Faschingshut, der heruntergefallen war, als der alberne, besoffene Narr in den See stürzte.

Draußen auf dem schwarzen Wasser schoß wieder ein Schnellboot vorbei. Und Maud, die in einen seltsamen Traum aus Tod und Wasser eintauchte, schaute, was sein Kielwasser wohl mit der Leiche anstellen würde, so als könne sie der Sog des Wassers vielleicht ins Meer hinausschwemmen. Der Körper bewegte sich kaum; der rosafarbene Lampenschirm hüpfte.

Sie hob die Katze hoch, um sich selber zu trösten, und dachte: Warum hast du dich nicht einfach in Asche verwandelt? Hier sollte Asche verstreut werden. Tränen rannen ihr übers Gesicht und fielen auf das Fell der Katze; und die schrie und wand sich aus ihren Armen. Sie stand mit hängenden Armen da und starrte auf Wades Körper, den die kleinen Wellen sanft hin und her schaukelten.

Jemand schien aus großer Ferne ihren Namen zu rufen. Sie erkannte kaum seinen Klang; und sie registrierte auch die anderen Geräusche hinter ihr – wegspritzender Kies, ein Motor, der abgeschaltet wurde, das Geräusch der zuschlagenden Tür – als etwas, das so fremd war wie ein Rascheln aus einem anderen Universum.

«Maud? *Maud?* Bist du da? Was, zum Teufel, ist mit der Lampe passiert?»

Sam kam auf das Pier gelaufen. Sie stand da und rang die Hände und sagte kein Wort.

«Maud? Was ist –?»

Der umgestürzte Stuhl, der umgefallene Kübelständer, die umgekippte Flasche ... Er ging hinüber zum Rand. «O Gott!» flüsterte er, auf einem Bein kniend. Die Leiche hob sich ein wenig und sank dann wieder wie ein sich ausruhender Schwimmer auf den sich kräuselnden Wellen. «Was, zum Teufel, ist passiert? Maud, alles in Ordnung mit dir?»

Sie hielt das Buch und das Kleid fest an sich gepreßt und

sagte: «Wo sind die Bullen, wenn man sie mal braucht? Er war's, von Anfang an. Wade hat sie alle umgebracht.»

«Mein Gott», flüsterte Sam. Dann legte er die Hände auf ihre Schultern. «Ich muß mein Funkgerät holen. Maud?»

Sie nickte bloß, stand einfach da und schaute weg, zu den Booten hinüber und zu den Partygästen, die jetzt auf das Dock zuschlenderten. Schläfriges Gelächter driftete über den See.

Sam war wieder da und zog seine Lederjacke aus. «Was, zum Teufel, ist passiert?»

«Du bist der Boß; find's selber raus. Was tust du eigentlich?» Sie schüttelte die Jacke von ihren Schultern. «Warum, zum Teufel, schmeißen Männer den Frauen immer ihre Mäntel hin? Du siehst zu viele Filme.»

«Erzählst du es mir jetzt? Was ist passiert?»

«Ich mußte ihn ja reinschubsen, oder? War ja sonst keiner da, um ihn reinzuschubsen. Hier – hier ist ihr Kleid.» Bevor Sam reagieren konnte, sagte Maud streng: «Erzähl mir nichts davon; ich will's nicht hören.» Dann starrte sie auf die alten Bretter zu ihren Füßen. «Was ist mit ihm – was ist mit ihrem Sohn? Es ist nicht fair, wenn er es von seinem Vater erfährt.» Mauds Schultern begannen zu zittern, und sie spürte, wie ihr Gesicht brannte und anschwoll, so als kündige sich eine Flut von Tränen an. «Es ist nicht fair, wenn er es von seinem Vater erfährt. Es ist mir egal, daß sie meinte, gehen zu müssen; sie war eine gute Mutter.» Gleich würde sie anfangen zu wimmern, zu heulen.

«Ich hab mir gedacht, ich fahr vielleicht hoch», sagte Sam ruhig, »um's ihm vielleicht selber zu sagen.»

Beide schwiegen. Gereizt sagte sie: «Du wirst's nicht richtig machen. Du bringst es fertig und legst ihm den Autopsiebericht vor.» Sie wandte sich ab und schaute hinüber zu den kleinen Booten, die inzwischen weniger geworden waren.

«Ich hab mir gedacht, du könntest vielleicht mitkommen.»

Maud sog die Nachtluft ein, blies die Backen auf, ließ sie wieder entweichen. «Tja...» Einen sehr langen Augenblick lang schaute Maud über den See. Die Lampions glühten noch immer schwach. «Heißen sie wirklich Raoul und Evita? Ich wette, du hast gelogen.»

Sam zuckte zusammen. «Um Himmels willen, Maud. Wade Hayden ist grade – du warst hier gerade hautnah mit einem Killer zusammen, Maud. Wen interessieren denn Raoul und Evita? Komm jetzt. Gehen wir rauf zum Haus.»

«Danke, danke.» Sie schüttelte seinen Arm ab, wie sie die Jacke abgeschüttelt hatte.

«Mein Gott, bist du mies gelaunt. Du bist sauer, weil ich nicht zurückgekommen bin.»

Maud ignorierte das. «Ich nehm an, du kriegst Urlaub. Zu guter Letzt hast du den Fall doch noch gelöst. Wenn's auch in Wirklichkeit ich war.» Sie seufzte und begann aufs Haus zuzugehen. «Kommt mein Bild in die Zeitung?» fragte sie über die Schulter zurück.

Sam holte sie wieder ein. «Ich denke schon.»

«Wenn wir Frau Dr. Hoopers Sohn besucht haben, will ich zur Universität fahren und Chad besuchen. Damit er sieht, daß ich noch lebe.» Sie klang ziemlich stolz.

Chad. Sam hatte Chad ganz vergessen. Er hielt inne und schaute zum Nachthimmel hinauf, der sich am Horizont nun allmählich purpurn färbte. War es schon so spät? Dämmerte es schon?

«Hör zu, Maud. Ich hab mit Chad gesprochen. Er hat angerufen, um zu sagen, daß er heute nach La Porte zurückfährt.»

«Was? Was soll das heißen ‹fährt zurück›? Er hat kein Auto. Und warum sollte er überhaupt? Er ist in Belle–»

«Belle Harbor, ich weiß. Tja, er hat aus Meridian angerufen. Er hat sich den Wagen seines Freundes ausgeliehen.»

Ungeduldig sagte sie: «Meridian? Was hat er in Meridian verloren?»

«Hab ich doch eben gesagt, oder? Er hat von dort angerufen.»

«Das erklärt immer noch nicht, warum er nach Hause kommt.»

Sam dachte einen Moment lang nach, während er ihr seine Jacke um die Schultern zu legen versuchte und sie herumzappelte wie diese blinde schwarze Katze, die verstohlen am Pierende herumschlich. «Er hat seine Bücher vergessen.»

Maud schüttelte die Jacke ab. «Oh, verdammt noch mal. Deswegen würd er nicht die ganze Strecke zurückfahren; er würde sie sich schicken lassen. Und er kann sowieso nicht lesen. Es ist nicht nett von dir, daß du mich bei so was anlügst.» Sie ließ die Jacke auf dem Boden liegen und marschierte davon.

«Maud, verdammt noch mal! Ich lüge nicht. Wahrscheinlich ist er in zwei Stunden hier.» Sam hob seine Jacke auf. Er hatte Lust, sie nach ihr zu schleudern.

«Du brauchst nicht gleich so gereizt zu sein.»

«Ach nein?» Er beugte sich hinab und hielt sein Gesicht ganz nah vor das ihre. «Hör mir mal zu: ich mag's nicht besonders, wenn Frauen umgebracht werden. Frau Dr. Hooper – ich hatte Elizabeth Hooper *sehr gern*. Es gefällt mir überhaupt nicht, daß sie blutbespritzt da herumliegt. Ich *bin* ganz schön gereizt. Da draußen, falls du's vergessen hast, treibt mit dem Bauch nach unten ein toter Mann im See!»

«Das brauchst du mir nicht zu erzählen. Ich hab gerade einen Martini mit ihm getrunken.» Sie ging ein paar Schritte den Pfad hinauf.

«Ach, verdammt noch mal...» Sam holte sie wieder ein und legte den Arm um ihre Schultern. Sie schüttelte ihn nicht ab.

Und dann fuhr sie fort, als habe dieser ganze Wortwechsel nicht stattgefunden: «Also, wenn wir Dr. Hoopers Sohn besucht haben und Chad wieder an der Universität ist, dann möchte ich nach New York fahren.»

Sie ging weiter, aber Sam blieb wie angewurzelt stehen. «New York? Wozu?»

In der Ferne heulte eine Sirene. Sie war weit weg – eine Geistersirene.

«Um Rosie zu besuchen.»

Dann drehte sie sich um und blieb stehen, und Sam dachte sich, daß ihr Lächeln leuchtete wie die Lichter in den kleinen Booten über dem Wasser.

«Es sei denn, du hast gelogen.»

Er holte sie noch auf dem Pfad wieder ein, und als sie sich vom Ende des Piers entfernten, dachte er, sie habe etwas gesagt (aber er war sich nicht sicher, weil die Musik über das Wasser herüberwehte), sie habe gesagt oder geseufzt: «Lieber Junge.»